A distância entre nós dois

MARINA GESSNER

A distância entre nós dois

TRADUÇÃO: Beatriz Alves

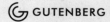

Copyright © 2023 Editora Gutenberg
Copyright © 2015 Penguin Group (USA) LLC

Título original: *The Distance From Me to You*

Todos os direitos reservados pela Editora Gutenberg. Nenhuma parte desta publicação poderá ser reproduzida, seja por meios mecânicos, eletrônicos, seja via cópia xerográfica, sem a autorização prévia da Editora.

EDITORA RESPONSÁVEL
Flavia Lago

EDITORAS ASSISTENTES
Natália Chagas Máximo
Samira Vilela

PREPARAÇÃO DE TEXTO
Fabiane Zorn

REVISÃO
Samira Vilela
Marina Saraiva

CAPA
Diogo Droschi

DIAGRAMAÇÃO
Waldênia Alvarenga

Dados Internacionais de Catalogação na Publicação (CIP)
Câmara Brasileira do Livro, SP, Brasil

Gessner, Marina
   A distância entre nós dois / Marina Gessner ; tradução Beatriz Alves. -- 1. ed. -- São Paulo : Gutenberg, 2023.

   Título original: The Distance From Me to You

   ISBN 978-85-8235-694-4

   1. Ficção juvenil I. Título.

23-141804   CDD-028.5

Índices para catálogo sistemático:
1. Ficção : Literatura juvenil 028.5

Aline Graziele Benitez - Bibliotecária - CRB-1/3129

A **GUTENBERG** É UMA EDITORA DO **GRUPO AUTÊNTICA**

São Paulo
Av. Paulista, 2.073 . Conjunto Nacional
Horsa I . Sala 309 . Bela Vista
01311-940 . São Paulo . SP
Tel.: (55 11) 3034 4468

Belo Horizonte
Rua Carlos Turner, 420
Silveira . 31140-520
Belo Horizonte . MG
Tel.: (55 31) 3465 4500

www.editoragutenberg.com.br
SAC: atendimentoleitor@grupoautentica.com.br

Para Athena Woodward.

Espero que seus caminhos sejam curvos, tortuosos, perigosos e que te levem à mais impressionante paisagem. Espero que suas montanhas se elevem para dentro e para cima das nuvens.

Edward Abbey

1

MCKENNA NÃO PODIA ACREDITAR. Talvez seus ouvidos estivessem com problemas. Ou seu cérebro estivesse lhe pregando alguma peça. Qualquer uma das opções – surdez ou insanidade – parecia melhor do que acreditar nas palavras que saíam da boca de sua melhor amiga.

— Desculpa – disse Courtney. Ela começou a chorar e deitou a cabeça na mesa.

McKenna sabia que aquele era o momento certo de acariciar a cabeça da amiga e dizer palavras de conforto. Mas não conseguia. Ainda não. Não só porque Courtney estava voltando com *Jay*, mas também porque estava desistindo da viagem.

McKenna e Courtney planejavam aquela viagem havia mais de um ano – uma caminhada de mais de três mil quilômetros na Trilha dos Apalaches – e deveriam partir em menos de uma semana. Elas haviam adiado a matrícula da faculdade. Tinham gastado toda a economia de suas vidas em equipamentos de acampamento e guias sobre trilhas – McKenna, pelo menos; no caso de Courtney, era uma espécie de *paitrocínio*. E, o pior de tudo, tinham convencido seus pais a concordar com o plano: duas garotas percorrendo toda a Trilha dos Apalaches do começo ao fim, do Maine até a Geórgia.

Agora, Courtney tinha mudado de ideia. Pelo pior motivo possível: um garoto. E não qualquer um, mas aquele que elas detonaram durante os últimos quatro meses. Honestamente, McKenna estava tão cansada de falar sobre ele que mal podia pronunciar seu nome.

Ao redor delas, a Associação dos Estudantes da Universidade de Whitworth vibrava entre as conversas e o barulho de talheres. Os pais de McKenna eram professores, então ela comia no refeitório desde que podia se lembrar, e aquelas mesas eram tão familiares quanto a sala de sua casa. Era um dia bonito, no início de junho, a luz do sol penetrava as janelas do saguão e McKenna sabia que Courtney *tinha* que sentir o mesmo desejo que ela, de fugir dos lugares que já tinham visto um milhão de vezes, de sair para o mundo e viver debaixo do sol.

— Mas Courtney — disse McKenna, mantendo suas mãos firmes no colo —, *Jay?*

— Eu sei — murmurou Courtney, com o rosto ainda coberto pelos braços.

A viagem, o plano, era um sonho de McKenna desde que ela se conhecia por gente. Agora, tão perto da data de partida, Courtney queria destruir tudo.

— Courtney — repetiu McKenna —, tirando a trilha, as notícias ainda são horríveis.

Ela não podia suportar a ideia de Jay destruindo o coração de sua amiga. De novo.

— Não fala nada — disse Courtney, finalmente sentando-se. — Eu sei, eu sei tudo. E eu o perdoei. Amo ele, McKenna.

O que McKenna diria depois disso?

— Desculpa — repetiu Courtney, com a voz calma depois da declaração de amor. — Eu sei o quanto você quer isso.

— Achei que você também queria.

— Eu quero. Quer dizer, queria. Mas é muito tempo pra ficar longe dele agora, sabe?

McKenna não sabia de verdade. Mesmo com os olhos vermelhos e o rosto inchado, Courtney estava linda. Era a última pessoa que precisava mudar a vida por um cara, ainda mais o Jay. Ela tinha um cabelo loiro brilhante, que McKenna, a única de cabelo castanho da família, invejava. As duas estavam no time de corrida da escola, mas Courtney era a estrela, corria quase dois quilômetros em menos de seis minutos. Ambas faziam aula de equitação, mas a amiga era a que ganhava prêmios quando se apresentavam. E o mais importante: Courtney era uma amiga leal. Em outras palavras, ela valia uns milhares de Jays, dez mil Jays, um milhão.

— Courtney — disse McKenna, lutando para manter a voz firme —, Jay estará aqui quando voltar. Você pode mandar mensagem, ligar da trilha, enviar cartões-postais. São só alguns meses.

— Não são só alguns. Cinco meses, talvez seis. As coisas estão delicadas agora, McKenna, eu e Jay acabamos de voltar. Não posso sair pro mato e deixá-lo. Agora não.

Courtney parecia ter ensaiado aquele argumento, como se antecipasse o que McKenna diria.

Porque provavelmente ele passaria os seis meses ficando com outras garotas, pensou McKenna.

— Você vai deixá-lo se for estudar na Wesleyan, em Middletown — apontou McKenna.

Jay ia estudar na Whitworth, em Abelard mesmo, a escolha mais entediante e previsível de todas. Qual é a graça de ir para a faculdade se você não vai embora da sua cidade natal?

— Wesleyan não fica nem a uma hora daqui — disse Courtney. — E, de qualquer maneira, só vou ano que vem. Adiei a matrícula, lembra?

— Você adiou porque viajaríamos juntas — disse McKenna, se permitindo ser tão petulante quanto se sentia —, não para voltar com o Jay.

— Eu sei — admitiu Courtney.

— Bom, o que você vai fazer ano que vem, então? Desistir da sua primeira escolha de faculdade por um cara? Ficar aqui e estudar em *Whitworth*? — McKenna olhou para a Associação dos Estudantes. Ir para Whitworth seria como ir para a faculdade em sua própria casa.

— Jay não é só "um cara". E uma viagem pra acampar também não é uma faculdade.

— Uma *viagem pra acampar*?

Como ela podia reduzir todos aqueles planos em três palavras tão triviais? McKenna respirou fundo.

— Talvez ficar longe deixe o relacionamento de vocês mais forte. Como quando o Brendan e eu... — começou McKenna.

— Você não pode comparar você e o Brendan comigo e o Jay.

Bom, *aquilo* era verdade. Brendan nunca trairia McKenna. Não era esse tipo de pessoa, um jogador; ele era doce, honesto e sério. Estavam juntos havia três meses e Brendan ia para Harvard no outono. Será que McKenna tentaria impedir que ele fosse para a faculdade dos seus sonhos para que ficassem juntos? Claro que não, assim como ele não impediria que ela fosse para a Trilha dos Apalaches. Tinham um relacionamento maduro e se apoiavam. McKenna falou isso para Courtney, que revirou os olhos.

— McKenna — disse Courtney —, vocês são tão românticos como um guia de trilhas.

McKenna separou seus *hashis* com um estalo. Os sushis ali, intocados entre elas. McKenna cutucou um rolinho apimentado de atum, mas não o pegou. Se romance significava desistir de seus sonhos por um cara que não merecia, Courtney podia ficar com o romance só para ela.

— Há diferentes maneiras de ser romântica — retrucou McKenna. — Talvez pra você seja um jantar à luz de velas, mas pra mim... — ela pausou, com medo de começar a chorar se dissesse em voz alta.

Para McKenna, romance era uma noite debaixo das estrelas. Ela precisava apenas de ar puro e aroma de eucaliptos. O silêncio, exceto pelo barulho de grilos, sapos e o vento nas árvores.

Courtney esticou os braços e tocou a mão de McKenna.

— Sei o quanto essa viagem é importante pra você — ela disse — e sinto muito. Não sei quantas vezes preciso dizer que realmente sinto muito.

Centenas de argumentos ainda rondavam a cabeça de McKenna. Não era só sobre o Jay. Ela poderia lembrar Courtney dos certificados que pregariam no quadro de cortiça, ao lado dos distintivos do clube de trilheiros Ridgefield Prep, pelos quase três mil quilômetros percorridos. Elas também tinham pedido passaportes da Trilha dos Apalaches, livrinhos verdes nos quais ganhariam carimbos de todos os albergues e dos postos de marcação que encontrariam ao longo do caminho para documentar a jornada. Tinham planejado o itinerário para que pudessem levar Norton, o imenso Pastor-alemão mesclado e rosnador, buscando todos os acampamentos que permitiam animais. Tinham passado horas olhando mapas e guias. Subiram a Montanha

Bear com as mochilas cheias, treinando com bastante peso nas costas. Estavam prontas para ir.

Em vez de lembrar Courtney de tudo isso, McKenna ficou quieta, porque algo na voz da amiga dizia que não importaria o quanto ela implorasse, a resposta ainda seria a mesma.

– Bom – disse McKenna, finalmente comendo o atum picante –, se você não pode ir, vou sozinha.

Courtney arregalou os olhos. Depois riu.

– Não, de verdade – disse McKenna.

Ela sentou-se com a coluna um pouco mais reta. Dizer novamente tornaria a decisão mais séria.

– Vou sozinha.

– Você não pode passar seis meses sozinha na floresta – disse Courtney.

– Por que não?

Seis meses sozinha na floresta. Um minuto atrás, McKenna tinha se sentido murcha. Agora sentia a empolgação crescendo em cada centímetro de sua pele, formigando em seu corpo.

– Bom – disse Courtney –, não é seguro, só pra começar.

– Não estou indo pra essa viagem pra estar *segura*.

Ela engoliu a última palavra com um gosto amargo na boca. *Seguro* era fazer o que todos esperavam dela. *Seguro* era seguir as regras, tirar boas notas, ir para a faculdade. *Seguro*, em outras palavras, era tudo que McKenna tinha feito em cada minuto de sua vida.

– É sério, McKenna – disse Courtney. Seu semblante agora era de preocupação. – Você não pode ir sozinha.

Claro que Courtney não acreditava que ela poderia ir sozinha, ninguém acreditava. Mas agora as imagens já estavam se formando na sua cabeça: todos aqueles quilômetros de uma fabulosa solidão, seu corpo ficando cada vez mais forte, suas ideias expandindo. Na preparação para a longa caminhada, ela leu uma montanha de livros: guias de vida selvagem, biografias e romances. Um dos seus favoritos era o de uma mulher que percorreu toda a Trilha Pacific Crest sozinha, sem nem um cartão de débito, antes de iPhones e GPS. Se ela conseguiu, por que McKenna não conseguiria?

— Seus pais nunca vão deixar — apontou Courtney.

McKenna largou os *hashis*.

— Por isso é que nós não vamos contar pra eles.

Cruzando o pátio do campus, McKenna saltou com suas botas de trilha, que ela usava mesmo que todos ao redor estivessem de chinelos ou tênis leves. Há dois meses, vinha usando as botas todos os dias, determinada a lacear o par até o dia que começaria a trilha. Estava tão acostumada aos sapatos pesados que desviou com facilidade de um skatista que quase bateu em uma estudante que estava ao seu lado, a qual estava com o nariz enfiado na tela do celular. McKenna revirou os olhos. Naquele dia perfeito, nem a brisa com um aroma de madressilva nem o sol brilhando firmemente fizeram com que os alunos atravessassem o campus sem estarem com os olhos colados no celular.

Em casa, a pilha de livros sobre trilhas de McKenna continha bastante Thoreau, e ela se lembrou de uma de suas citações preferidas. Aliás, ela a usou como epígrafe na redação da prova para entrar na faculdade: "Devemos aprender a despertar e a nos manter despertos não por meios mecânicos, mas por uma expectativa infinita da madrugada, o que não nos abandonará mesmo em nosso mais profundo sono".

Todos os dias McKenna notava que as pessoas doavam horas de sua vida ao Instagram e ao Facebook. Se pudesse, ela nem levaria seu celular para a viagem. Mas, agora que estava indo sozinha, seria maluco não levar esse aparelho de conexão com o mundo. No entanto, McKenna estava determinada a mantê-lo no fundo da mochila e apenas usá-lo em caso de emergência. Não falaria com ninguém, não mandaria mensagem nem para seus pais, nem para Brendan e nem para sua irmã mais nova, Lucy.

Seria difícil, claro, especialmente agora que estava indo sozinha. *Sozinha*. Ela sabia que isso deveria assustá-la, mas a fez sorrir. Depois de convencer Courtney de que não mudaria de ideia, elas começaram a planejar os detalhes da mentira. Para começar,

Whitworth estava fora de cogitação, Courtney *não* poderia correr o risco de cruzar com os pais de McKenna enquanto ela estivesse na trilha. Courtney ofereceu a companhia de Norton, mas McKenna decidiu não aceitar. Ela queria diminuir as possibilidades de os pais de Courtney entrarem em contato com os dela. Tudo tinha que parecer com o plano original, com o qual os pais dela, embora relutantes, haviam concordado.

O alarme do carro destravou com um bipe eletrônico. Logo a vida de McKenna estaria gloriosamente livre desses barulhos, nada além de pássaros e sons de folhas ao vento.

Não via a hora de partir.

Seu namorado, Brendan, estava ligeiramente mais agitado sobre a viagem solo do que seus pais estariam.

— Não é como um parque de diversões no qual todo o perigo é de mentira — disse Brendan. — É a natureza selvagem. Com ursos e linces. E homens chamados Hannibal Lecter que se escondem na floresta.

— Leões, tigres e ursos, meu Deus! — falou McKenna.

Estavam a caminho do cinema depois de comer hambúrguer na lanchonete de Abelard. Em sua última semana na civilização, McKenna estava determinada a se mimar ao máximo: banhos quentes, maratonas de séries de TV e, especialmente, comida. Mesmo depois da refeição, tinha toda a intenção de pedir um pote de pipoca tamanho família, com manteiga falsa escorrendo.

— Tô falando sério, McKenna — ele disse.

Mesmo dentro do carro quase escuro, ela podia imaginar a feição de preocupação dele. Brendan não tinha uma beleza óbvia, como Jay. Não era tão mais alto que McKenna e tinha o cabelo escuro e indomável. Mas McKenna amava seu rosto, com seus olhos castanhos, suas covinhas e sua inteligência doida. Brendan era muito prático. Um dos dois estudantes do colégio preparatório de Ridgefield a entrar em Harvard, ele tinha todo o seu futuro desenhado. Primeiro estudaria Direito, depois iria para Washington, e mais tarde abriria o próprio escritório de advocacia. Com certeza, em algum momento desse plano, teria uma esposa e dois filhos, mas ele e McKenna nunca tinham falado sobre isso. Brendan não era o tipo de cara que se casaria com sua namorada do colégio. *Prático*.

Conforme Brendan listava todas as razões para que a namorada não fosse para a trilha sozinha, McKenna se lembrava de que ele apenas a desencorajava porque se preocupava com ela.

— Chamam de natureza *selvagem* por um motivo — ele disse. — Não tem um plano B. E isso não é piada. Tem mais ou menos umas mil maneiras de uma pessoa morrer.

— Não uma pessoa que sabe o que está fazendo — devolveu McKenna.

— Acidentes acontecem o tempo todo. Não estou dizendo que você não está preparada, mas especialmente pra uma garota...

— Por que *especialmente pra uma garota*?

Nada que ele dissesse poderia deixá-la menos determinada a seguir com os planos. Brendan deveria saber disso melhor do que ninguém. A mãe dele, além de ser uma das melhores cirurgiãs do estado do Connecticut, era mãe solo.

— McKenna — ele começou, seus olhos quase saindo da estrada —, não acho que eu tenho que dizer isso pra você.

— Olha — ela respondeu —, a faculdade também não é o lugar mais seguro do mundo. Estatisticamente, vou estar mais segura na trilha do que lá. Sem carros. Sem festas de faculdade. Sem estupradores.

Passaram por um poste na rua, e McKenna pôde ver que ele estava franzindo a testa.

— Sou esperta — ela argumentou —, não vou me arriscar sem necessidade. Vou acampar nos lugares designados pra isso, não vou sair da trilha. Não vou acampar no raio de dois quilômetros de um cruzamento de estrada. Sei o que estou fazendo, Brendan.

O garoto segurou sua mão.

— Gostaria de poder te ligar pelo menos — ele disse. — Vai ser muito estranho não poder falar com você.

— Pensa no quão bom vai ser me ver no Natal, quando toda essa distância terá deixado você mais apaixonado.

Ele parecia em dúvida, mas McKenna continuou.

– Então você vai me ajudar? Não vai contar pros meus pais?

– Não vou contar pros seus pais – respondeu Brendan. – Mas não significa que eu gosto disso. Não quer dizer que acho uma boa ideia.

Ela segurou a mão dele e a beijou. Talvez não estivessem em total acordo, mas McKenna sabia que ele não faria nada para impedi-la. Por enquanto, isso era tudo o que ela precisava.

No dia seguinte, McKenna chegou do seu último expediente do trabalho de verão. Por três anos, trabalhou como garçonete no Yankee Clipper, um restaurante que servia café da manhã e almoço. Durante o ano letivo, ela trabalhava aos finais de semana; nas férias, seis dias por semana; e, neste verão, ela trabalhou até três dias antes da grande viagem. Não eram muitos alunos do colégio preparatório Ridgefield que tinham um trabalho assim. A maioria tinha pais que eram advogados de sucesso, ou do mercado financeiro, ou cirurgiões. A família Burney podia pagar o colégio porque a Universidade de Whitworth tinha um programa de bolsas. A Whitworth pagaria o custo anual da faculdade de McKenna em alguma instituição do programa, então seus pais não tiveram que guardar dinheiro para isso e investiram na mensalidade do colégio Ridgefield.

Não que os Burney fossem pobres, longe disso. Sua mãe ganhava um extra como consultora de um escritório de arquitetura, seu pai escrevia no blog de uma revista sobre política nacional – "Somente os fatos", por Jerry Burney – e ambos ganhavam um salário decente como professores titulares na universidade. McKenna sabia que era privilegiada. Não tinha inveja de seus colegas de turma, pelo menos não muito, pelas viagens à Europa ou pelas bolsas Marc Jacobs. Para começar, ela gostava de trabalhar. E bens materiais não eram tão importantes para ela. Em casa, sua cópia antiga e folheada de *Walden* estava toda sublinhada e rabiscada a ponto de as páginas estarem em alto-relevo, deformadas de tanto uso. Como Thoreau, ela sabia que bens materiais eram apenas "brinquedos bonitos". McKenna tinha interesse nas coisas mais profundas que a vida tinha para oferecer.

Ela caminhava quase todas as tardes para ficar em forma, e hoje seu pai tentaria chegar mais cedo em casa para acompanhá-la. Ele foi a primeira inspiração de McKenna para fazer a Trilha dos Apalaches. Durante toda a sua vida, ela ouviu como ele e seu melhor amigo, Krosky, percorreram a Trilha Noroeste do Pacífico no verão que sucedeu a formatura do colégio. Claro, esse era um dos motivos do pai ter permitido que ela fosse. Como poderia dizer não para algo que ele dizia ser a melhor experiência que já tinha vivido?

— Pai? — chamou McKenna, abrindo a porta da frente.

Sua irmã, Lucy, passava o dia todo em um acampamento, mas às 15h30 os pais já estavam em casa. Um dos benefícios do trabalho de professor era ter as férias de verão livres. Bastante tempo para passar com a filha mais velha antes de ela embarcar para uma longa jornada.

— Mãe? — chamou McKenna, subindo as escadas.

Ela sabia que ninguém responderia. Sua mãe devia estar no escritório de arquitetura, dando sua opinião sobre a última planta.

Seu pai provavelmente tinha ficado preso em alguma reunião com um ambicioso estudante de Ciências Sociais. Mesmo no verão, ele mantinha o horário de expediente, atendia estudantes adoráveis e costumava levar um bando deles para jantar em casa. Algumas vezes, McKenna desejava que o pai fosse apenas um professor assistente com bastante tempo livre para caminhar com ela.

Ela entrou um pouco atrapalhada em seu quarto, se jogou na cama e encarou o teto. Ouviu um som estridente e se apoiou em um cotovelo para ver Buddy, o Labrador de sua família que tinha cor de chocolate e artrite, entrando a passos lentos no quarto. Ele caminhou até onde ela estava deitada, lambeu seu rosto e colocou suas duas patas da frente na cama. Hoje em dia, o cachorro só conseguia subir na cama se McKenna desse uma ajudinha.

— Não conta pra ninguém — ela sussurrou —, mas eu vou fazer a Trilha dos Apalaches sozinha.

Ela passou a mão na cabeça dele.

— Vou sentir sua falta, Buddy.

Mais tarde naquele dia, depois de subir a Montanha Flat Rock Brook sozinha, McKenna encontrou seu pai na cozinha, abrindo uma cerveja.

– Ei, menina – ele disse –, de volta da caminhada?

– Sim – respondeu McKenna. – Lembra que você ia tentar ir comigo?

Uma sombra passou pelo seu rosto, mas ele logo se recuperou.

– Desculpe – ele respondeu –, um aluno veio até a minha sala e eu não consegui sair.

Irritava McKenna o fato de o pai não admitir algo que ela podia ver em seu rosto: que ele tinha esquecido completamente.

– Tudo bem – ela afirmou, servindo-se de um copo de água gelada.

– Falei com o Al Hill hoje de manhã – contou o pai. – Ele está organizando a pesquisa e está bem empolgado em ter sua ajuda.

Como parte da negociação para que pudesse viajar, McKenna concordou em trabalhar para o amigo do seu pai catalogando sua pesquisa de pássaros para a Universidade Cornell. O salário de garçonete cobriu todos os gastos com os equipamentos da viagem. No entanto, durante a caminhada, ela usaria o cartão de crédito dos pais, e esse trabalho seria uma forma, pelo menos em parte, de pagá-los de volta. Mas também era algo que McKenna estava empolgada em fazer: trabalhar com um dos melhores ornitologistas do país.

– Ótimo – concordou McKenna. – Você vai ficar pro jantar?

– Não, eu e sua mãe vamos jantar com um professor novo. Você e Lucy podem se virar, certo?

– Opa! – exclamou McKenna, dando um sorriso leve e encorajador, como se nada que ele tivesse feito ou não feito na vida alguma vez a tivesse incomodado.

2

NA NOITE ANTERIOR à data prevista de partida, Buddy estava estatelado no chão do quarto. A cama de McKenna estava coberta por tudo o que ela planejava colocar na mochila, além de Lucy, que tinha sentado nos travesseiros com suas pernas esqueléticas de garota de 10 anos cruzadas, como se examinasse os equipamentos.

– Não acho que vai caber – ela ponderou.

Algumas semanas atrás, Lucy havia cortado seu longo cabelo loiro, e McKenna ainda estava se acostumando. O corte era desalinhado e irregular, o que, de alguma forma, a deixava ainda mais com jeitinho de garota selvagem do que quando tinha o cabelo longo até a cintura.

– Vai caber! – McKenna gritou do banheiro, onde estava lavando o rosto.

Nos próximos meses, ela teria basicamente um sabonete de menta, então estava aproveitando ao máximo o luxo da água morna e tirando total proveito de um espelho.

A mãe enfiou a cabeça dentro do quarto.

– Seu pai convidou alguns alunos para o jantar – contou a elas.

– Mãe – opôs-se McKenna, saindo do banheiro com o rosto ainda ensaboado –, é a minha última noite aqui! Esperava que fosse só a gente.

– Desculpe, querida. Um deles é um novo professor assistente. Ele vai ajudar na pesquisa e esta era a única noite que conseguiríamos.

McKenna caminhou até o banheiro, terminou de lavar o rosto e desistiu da ideia de ter um jantar em família como uma despedida de verdade. *Tudo bem*, pensou, pegando uma toalha. Com visitas à mesa, seriam menores as chances de deixar escapar algo relacionado a fazer a trilha sozinha, já que não teria oportunidade alguma de falar.

Sua mãe estava parada na porta do banheiro.

— Sei que está em cima da hora, mas quer convidar a Courtney?

— Não – disse McKenna. – Os pais dela farão um jantar de despedida especial, com sua comida preferida. Só a família.

— Bom – retrucou a mãe, o tom de desculpas aparecendo aos poucos na voz –, eu acabei fazendo *enchiladas*.

— Obrigada, mãe.

Quando a mãe foi embora, Lucy pegou a garrafa gigante e dobrável de água.

— Isso vai ocupar metade da sua mochila quando estiver cheia – comentou. – Quanto você acha que vai pesar?

Elas encheram a garrafa até a boca e descobriram que Lucy estava certa. Era tão pesada que McKenna mal conseguia levantá-la da pia segurando pela alça de plástico.

— Não acho que isso vai funcionar – aconselhou Lucy.

De acordo com seu guia do trilheiro raiz, havia abrigos suficientes na trilha, tão próximos uns dos outros que a maioria das pessoas nem levava uma barraca. McKenna não estava interessada em nada disso, preferia ter a opção de acampar sozinha em vez de dividir alojamento com estranhos. Mas, no geral, onde tivesse abrigos haveria fontes de água de sobra. E, caso não encontrasse, McKenna tinha seu próprio filtro de água e um estoque impressionante de tabletes de iodo, caso o equipamento quebrasse.

— Esquece o garrafão, então – disse McKenna. – As garrafas menores de água vão ser suficientes.

Lucy pegou as duas garrafas de um litro e as prendeu nas laterais externas da mochila de McKenna.

— Que esportista! – observou Lucy, tirando uma mecha de cabelo dos olhos.

— Muito esportista! – concordou McKenna.

A campainha tocou e a voz entusiasmada do pai subiu as escadas. Ele estava pronto para ser o centro das atenções.

— Vou sentir muito a sua falta – suspirou Lucy.

McKenna sentou-se na cama. Ela estava doida para contar a Lucy que Courtney não iria e que faria a trilha sozinha. Mas não podia arriscar, e de qualquer forma não seria justo colocar esse peso nos ombros de uma garota de 10 anos. Ambas gostavam de seguir regras, e Lucy era mais preocupada do que McKenna.

— Ei – disse McKenna –, talvez você faça a mesma trilha quando se formar. Poderíamos fazer juntas.

— Sério? – perguntou Lucy, os olhos aumentando de tamanho.

— Claro que é sério – respondeu McKenna. – Até lá eu já vou saber todos os truques.

Lucy pegou o chaveiro que estava ao lado da panela e do fogão portáteis e assoprou o apito. O chaveiro também tinha um spray de pimenta.

— Esse é um dos truques? – ela indagou. – Para afastar assassinos?

— Bom, comprei por causa dos ursos – respondeu McKenna –, mas acho que também funciona com assassinos.

Lucy concordou com a cabeça. McKenna notou que a irmã segurava as lágrimas.

— Vai dar tudo certo – garantiu McKenna –, e vou voltar tão rápido que você nem vai notar.

— Eu sei – respondeu Lucy rapidamente. – Vou ficar com saudades. Só isso.

McKenna puxou a irmã e abraçou todos os seus 29 quilos. Lucy parecia mais leve que o ar e ainda mais ossuda.

A voz da mãe subiu as escadas, chamando-as para encontrar as visitas, mas McKenna a ignorou, pelo menos por um minuto. Ela esperava que os pais se lembrassem de prestar bastante atenção na irmã quando estivesse fora. Aquela casa poderia ser bastante solitária com todo mundo tão ocupado, ou sempre a caminho de algum lugar.

O novo professor assistente de seu pai, um cara magro que tinha uma filha de 2 anos, não podia acreditar que os pais de McKenna estavam deixando a filha e uma amiga viajarem sozinhas. *Se ele soubesse*, pensou McKenna, sorrindo para si mesma.

— No verão em que completei 18 anos, fiz a Trilha Noroeste do Pacífico — contou o pai dela. — *Isso sim* era a natureza selvagem. Nós mal vimos outra alma o verão todo. Levamos toda a comida na mochila. Juntos, Krosky e eu perdemos 27 quilos.

Ambos os estudantes acenaram com a cabeça. McKenna já tinha visto milhões deles, todos muito atentos às falas do pai.

— Comparada com a Noroeste do Pacífico — disse o pai —, a Trilha dos Apalaches será como caminhar no estacionamento de um shopping.

McKenna franziu a testa e pegou um pouco de alface.

— Talvez devêssemos dirigir até o Oeste amanhã — ela disse. — Ir pra Noroeste do Pacífico.

— Não, não, não — retrucou a mãe. — A Trilha dos Apalaches já é selvagem o suficiente.

— McKenna sempre foi assim. Nunca duvide dela ou lance um desafio. Ridiculamente corajosa, desde pequena. Nunca teve um pesadelo sequer. Assistia a todos os episódios de *Buffy, a caça-vampiros* quando tinha 10 anos — disse o pai ao professor assistente.

Do outro lado da mesa, Lucy, que era mais propensa a ter pesadelos e não suportava nada de terror, se moveu desconfortavelmente. Sua mãe tomou mais um gole de vinho e começou a contar histórias da infância de McKenna que todos já haviam ouvido milhares de vezes.

Escutando a mãe, McKenna sorriu para Lucy esperando que a irmã entendesse que não precisava ser tão corajosa quanto ela. Ao mesmo tempo, admitia, era bom escutar suas histórias de coragem e de desenvoltura agora que sua mente estava na trilha.

McKenna não tinha dúvidas; ela ficaria bem.

Na manhã seguinte, ela estava em pé na entrada da garagem com seus pais e Lucy, esperando por Courtney e Brendan. Originalmente, Brendan levaria as garotas até o Maine e as deixaria no Parque Estadual Baxter, então precisavam fingir que seguiriam com o plano.

– Tem certeza de que pegou tudo? – perguntou o pai de McKenna. – Usou sua lista na hora de fazer a mochila?

Ela concordou com a cabeça, sem olhar diretamente nos olhos do pai. Tudo que tinha que fazer era entrar no carro e ir embora, e teria conseguido. Estaria livre.

– Escuta – disse a mãe. – Estava pensando, você poderia nos enviar uma mensagem um dia sim, outro não. Só pra gente saber que tá tudo bem, sabe? Só um "Bom dia, tô viva". Algo assim. Antes das nove?

– Mãe – começou McKenna –, só estou levando o celular em caso de emergência. Não quero mandar mensagem todo dia, ou saber que horas são. E, por favor, lembre-se de não me ligar, porque não vou atender, e não vou checar as mensagens de voz. Quero que essa experiência seja única.

– Gosto disso – aprovou o pai, com um tom hiper-razoável que sempre precedia uma contradição. – Mas você precisa valorizar a preocupação da sua mãe.

A mãe disparou um olhar que demandava solidariedade.

– Eu também estarei preocupado – acrescentou o pai. – Que tal duas vezes por semana? Podemos combinar às quartas e sextas, você envia uma mensagem de texto às dez da manhã.

– Realmente não quero ficar olhando para o relógio. Não foi você mesmo quem disse que a melhor parte da trilha era nunca saber as horas? – argumentou McKenna.

– Antes de escurecer, então – concedeu a mãe –, mensagens às quartas e sextas antes de escurecer, pra dizer onde você está. Só por segurança, pra gente saber.

Ela parecia implorar, McKenna se sentia culpada.

– Tá bem – ela concordou.

Então, *finalmente*, ali estava a minivan da mãe de Brendan, virando o quarteirão. McKenna ficou nas pontas dos pés e acenou furiosamente, como se pudessem passar direito se ela não avisasse.

O pai pegou sua mochila.

– Nossa! – disse, levantando a mochila até os ombros. – Você vai conseguir carregar isso?

— Pai... – retrucou McKenna, pegando a mochila. A última coisa de que precisava era que ele visse o porta-malas da van vazio, onde a mochila de Courtney deveria estar. – Eu consigo.

— Não, não – insistiu. Ele caminhou até o porta-malas da van e o abriu, enquanto McKenna quase teve um ataque cardíaco. Mas ali estava a mochila de Courtney, tão grande quanto a de McKenna. Toda a raiva que sentiu da amiga evaporou naquele momento de puro amor.

— Tá pronta? – a mãe perguntou a Courtney.

— Tô pronta – disse Courtney. Sua voz soava alta e nervosa.

McKenna abraçou o pai e Lucy. Sua mãe a envolveu um pouco mais e sussurrou em seu ouvido:

— Fica bem. Se cuida.

— Pode deixar, mãe – respondeu McKenna, e a beijou na bochecha.

Então, ela entrou na van e não olhou para trás para ver os pais se despedindo dela.

McKenna ficaria surpresa ao saber quanto tempo seus pais esperaram ali depois que a minivan partiu.

— Não acredito – disse a mãe de McKenna quando o veículo já estava fora de vista. – Não acredito que vamos deixar ela fazer isso.

— Não se preocupe – ponderou o pai. – Elas vão voltar em uma semana.

A mãe acenou com a cabeça, ainda dando tchau, se apegando à visão de McKenna até a van virar a esquina.

— Espero que esteja certo – falou, abraçando-se e esfregando os braços como se estivesse com frio, mesmo com o termômetro marcando 31 graus. – Espero mesmo.

3

MCKENNA INCLINOU-SE PARA A FRENTE e colocou uma mão no ombro de Courtney e outra no de Brendan.

– Quase morri quando meu pai abriu o porta-malas. Vocês foram muito espertos de colocar uma mochila lá! Obrigada.

– É, bom, eu também tenho um pai – disse Courtney.

McKenna se acomodou no banco enquanto Brendan dirigia pela Avenida Broad. Soltou um longo suspiro de alívio. Durante toda a semana e especialmente na última noite, teve problemas para dormir porque estava preocupada com a possibilidade de os pais colocarem um fim na sua viagem solo. Não teve nem tempo de se preocupar com a viagem em si.

Estavam finalmente na estrada, e Courtney tinha se vestido de forma convincente com botas de trilha: daria para acreditar que estavam indo juntas como no plano original. Mas quando Brendan parou no estacionamento da Flat Rock Brook, onde Jay esperava sentado, McKenna teve de enfrentar a realidade. Courtney ficaria em Abelard.

McKenna sentiu um peso no estômago, um frio na barriga, e lembrou-se de que ansiedade e empolgação eram primos próximos. Caberia à pessoa como nomear esse sentimento.

Demoraram sete horas de Abelard, no estado de Connecticut, para o Condado de Piscataquis, no Maine. Enquanto McKenna e Brendan percorriam o caminho, ela não tirava os olhos das florestas que beiravam a estrada, pensando em quanto tempo levaria para caminhar essa mesma distância. Quando voltasse para Connecticut não estaria nem na metade da travessia.

Enquanto dirigiam pela costa no sul do estado do Maine, McKenna abaixou a janela para sentir o ar fresco do mar.

– Ei – disse Brendan –, esqueci de te contar, mas reservei um hotel.

– Reservou? – O cabelo dela havia escapado do rabo de cavalo e flutuava em seu rosto.

Eles não tinham conversado sobre como seria a despedida. McKenna tinha presumido que passariam a noite juntos, mas em sacos de dormir dentro da van da mãe dele. O pai de Brendan era chefe de Neurologia de um hospital em New Haven e tinha seis filhos de dois casamentos diferentes. Tinham recursos, mas eram limitados. Não era do feitio dele ostentar com hotéis.

– Imaginei que gostaria de mais uma noite numa cama antes de começar a trilha – disse Brendan.

– Parece ótimo.

Nos três meses em que estavam juntos, eles ainda não tinham dormido na mesma cama. Ambos eram virgens, embora já tivessem chegado bem perto de mudar isso algumas vezes.

Quando chegaram ao hotel Katahdin Inn and Suites, McKenna deixou Brendan tirar sua mochila do porta-malas da van.

– Uau! – ele exclamou. – Tem certeza de que consegue carregar isso?

– Consigo – ela respondeu, tentando não soar na defensiva.

Fizeram o *check-in* e entraram no hotel. Ali estava ela, uma cama de casal tamanho *queen*. McKenna nunca tinha passado uma noite com um garoto.

Brendan estendeu os braços e apertou a mão dela.

– Está com fome? – perguntou.

– Com certeza.

O restaurante River Driver estava repleto de pessoas que pareciam apreciar a natureza e tinham níveis diferentes de higiene pessoal.

Algumas estavam com os cabelos molhados depois do que poderia ter sido o primeiro banho em dias ou semanas. Outras pareciam ter saído da trilha direto para a mesa do restaurante. McKenna se perguntou se havia ali algum trilheiro raiz prestes a embarcar numa jornada em direção ao Sul. Provavelmente não, os trilheiros raiz eram uma porcentagem pequena na Trilha dos Apalaches, e a maioria que caminhava em direção ao estado da Geórgia já teria iniciado o percurso, sabiamente, no começo de junho.

Brendan pediu um bife e McKenna um macarrão com vegetais.

— Bomba de carbo — notou Brendan quando o macarrão chegou, mas, na realidade, ela havia feito aquele pedido porque demoraria um tempo até que pudesse comer vegetais frescos novamente.

Estava levando seu fogão, mas não era uma boa cozinheira. No plano original, Courtney ficaria encarregada de cozinhar, e agora que comeria sozinha, McKenna decidiu se alimentar com refeições simples na trilha e ostentar quando chegasse a alguma cidade. Juntamente com refeições liofilizadas de todos os tipos de macarrão, ela também levava um estoque robusto de carne seca de peru, frutas secas e barras de cereal.

Durante o jantar, a garçonete parou para perguntar se estava tudo bem.

— Tudo ótimo — disse Brendan. — Uma cerveja, por favor.

— Claro. Posso ver sua identidade?

— Ah — respondeu, atrapalhado. — Acho que deixei no hotel.

— Desculpa, amigo — retrucou a garçonete e recuou.

McKenna olhou desconfiada para ele. Até em festas Brendan costumava negar cervejas. Pensou novamente se por acaso ele não estaria planejando algo importante para aquela noite.

O namorado deu de ombros, estava tão sem graça que era até atraente. Ela o observou voltar o foco ao bife, com seu cabelo escuro caído na testa, suas bochechas ainda rosadas pela rejeição da garçonete. Era tão fofo e atencioso da parte dele levá-la até ali, ficar com ela, guardar seu segredo. De verdade, ele era o namorado perfeito. Talvez esta *deveria* ser a noite, tivesse Brendan planejado ou não. Já tinha quase 18 anos. Talvez fosse a hora.

Ela estendeu os braços por cima da mesa e tocou o antebraço dele:
— Estou muito feliz que esteja aqui comigo – disse.
Brendan olhou para cima.

— Eu também. — E movimentou a cabeça em direção ao prato que havia comido até a metade. — Melhor terminar isso aí. Provavelmente será sua última refeição quente por um bom tempo.

Então, dois rapazes que tinham idade para estar na faculdade, com a aparência de terem acabado de chegar da trilha, sentaram na cabine ao lado deles, um ao lado de McKenna e o outro ao lado de Brendan. Antes que ela pudesse abrir a boca, o que estava ao seu lado mostrou um frasco prateado.

— A gente ouviu que a garçonete não atendeu vocês — ele disse, sorrindo com uma barba por fazer.

Ele exalava o distinto odor acumulado de suor e fumaça de acampamento, mas ambos pareciam tão amigáveis que McKenna não conseguiu conter o sorriso. Ele levantou o frasco em cima de seu refrigerante e ela concordou com a cabeça.

— Rum? — ela perguntou tarde demais, depois de uma quantidade significativa já ter sido adicionada ao seu refrigerante.

— Uísque — ele respondeu, fazendo o mesmo com a bebida de Brendan. — Sou Stewart, e esse é o Jackson. Acabamos de chegar da Geórgia.

— Não acredito! — disse McKenna. — Vocês são trilheiros raiz? Acabaram de terminar?

— Sim — respondeu Jackson. — Começamos em fevereiro. Acampamos no inverno.

— Uau! — exclamou McKenna. — Parabéns. Vocês chegaram rápido.

Brendan tomou um gole da bebida, agradecido pelo álcool, mas desejando que os novos amigos caíssem fora.

— Ah, isso não é nada — disse Stewart. — O recorde é de 46 dias.

— Eu sei! — respondeu McKenna. — Jennifer Pharr Davis. Li o livro.

Ela olhou para Brendan com um olhar triunfante, tentando se lembrar se tinha mencionado a ele que o recorde de terminar a Trilha dos Apalaches em menos tempo era de uma mulher.

— Claro, ela teve uma equipe que a encontrava nos intervalos – completou Stewart –, não teve que carregar muito peso. Não como a gente.

— Ou como eu – completou McKenna. – Vou começar minha trilha amanhã.

— Sim, nós vamos – adicionou Brendan rapidamente. McKenna lançou um olhar indignado, mas teve que admitir que a interrupção era bem-intencionada. Não fazia sentido contar que viajaria sozinha.

— Uau – Jackson assobiou, um som baixo e impressionado. – Pelo Sul. Caminho difícil. Espero que vocês tenham equipamentos de inverno para os últimos trechos. Confiem na gente, é bem frio nas montanhas do sul.

— Tenho, sim – disse McKenna. – Quer dizer, nós temos.

— Katahdin é a pior parte da trilha. Melhor você não beber muito disso aqui – aconselhou Stewart, adicionando um pouco mais de uísque em cada um dos copos. – Considere isso sua primeira dose de magia da trilha.

— Magia da trilha? – perguntou Brendan.

McKenna respondeu antes que Stewart ou Jackson tivessem qualquer chance.

— Quando trilheiros fazem algo um pelo outro, pequenas surpresas e gentilezas ao longo do caminho.

— Que bom que trouxe ela com você – disse Stewart a Brendan, colocando seu braço ao redor de McKenna, de maneira fraternal. – Parece que ela pesquisou bastante.

Então, os dois começaram a contar histórias de refeições caseiras entregues nos acampamentos pelos locais e de garrafas geladas de refrigerante esperando nos riachos.

McKenna sorriu para Brendan por cima do copo. *Viu?* Esperava que seus olhos dissessem. *Não vou ficar sozinha de verdade.* Encontraria pessoas que tomariam conta e fariam companhia a ela em cada parte do trajeto. A magia da trilha.

Quando chegaram ao quarto de hotel, McKenna sentia-se tão satisfeita que teve de desabotoar seus shorts antes de desabar na cama, o uísque latejando atrás de seus olhos. Quase não dormira na noite passada, e hoje no carro estava tão empolgada e nervosa que não pregara os olhos. Agora, a comida, muitas horas sem descansar e o álcool começavam a pesar. Forçou-se a ficar acordada, mas o som da água vindo do banheiro enquanto Brendan se aprontava para dormir fechou suas pálpebras com a mesma eficácia de um sonífero.

— Ei.

McKenna abriu os olhos. Brendan estava inclinado sobre ela, chacoalhando seus ombros gentilmente.

— Não quer escovar os dentes? — ele perguntou, seus olhos levemente implorando, sua voz um pouco arrastada.

Aquele olhar, cheio de perguntas, fez com que ela tivesse certeza de que esse era o plano da despedida. Bom, que se dane. Desde que ele tivesse camisinha, algo que McKenna não pensou em colocar na mochila junto com sua bússola, pá e corda de acampamento. Ela escorregou da cama e pegou sua *nécessaire*.

Depois de escovar os dentes, jogou água no rosto e estudou seu reflexo no espelho: o punhado de sardas no nariz e os olhos azuis. Procurou qualquer traço de inocência que desapareceria na próxima vez que se olhasse, mas não encontrou nada.

Quando saiu do banheiro, ele já estava na cama. Não vestia nada da cintura para cima, mas, conhecendo-o, tinha certeza de que ele usava algo por baixo das cobertas. McKenna tinha levado moletom para dormir, nada adequado para a atividade. Com uma nova onda de exaustão chegando, decidiu deixá-lo na mochila.

Jogou-se na cama ao lado de Brendan, por cima das cobertas, sua cabeça no travesseiro esponjoso do hotel. Ele se levantou e, apoiando-se em um cotovelo, olhou para baixo em sua direção.

— McKenna — disse —, eu estava pensando. Vamos ficar longe um tempão. E você sabe que te amo. E já estamos aqui. Estava pensando...

— Eu sei — falou McKenna. — Percebi.

— Tá tudo bem pra você? Porque se não estiver...

– Tá tudo bem – respondeu. – Tá tudo ótimo. Mas não vamos falar sobre isso.

Ela esperou por um minuto e, como Brendan não se moveu, puxou seu rosto e o beijou. Beijava bem, era gentil e doce. Seguiram assim por um tempo. Finalmente ele arrastou suas mãos do pescoço até sua cintura, próximo da bainha de sua camiseta.

– Posso continuar? – ele indagou, com mais ênfase na pergunta do que na intenção. Não era como se nunca tivesse tirado sua camiseta antes. Talvez o nervosismo do que viria a seguir o fizesse continuar perguntando.

– Sim – respondeu McKenna. Ela se levantou um pouco para ajudá-lo a tirar a camiseta pela cabeça. Ambos estavam sem nada da cintura para cima, se beijaram por mais um tempo, até que Brendan moveu as mãos até o botão do seu shorts.

– Posso continuar?

– Sim, pode, tá tudo bem, só para de perguntar.

McKenna apreciava o sentimento por trás das perguntas. Também gostava do sabor do uísque na sua boca enquanto o beijava. Por um momento, sua respiração estava pesada na medida certa e os suspiros trêmulos e envolventes. Ao mesmo tempo, estava tão satisfeita pelo jantar que se sentiu um pouco desconfortável quando ele se inclinou sobre seu corpo, sua cabeça também levemente pesada pela falta de sono. A ladainha do "Posso continuar? Posso continuar?" se tornou mais entediante do que sedutora.

Como se a voz dele estivesse distante, McKenna mal conseguiu ouvir o último "Posso continuar?". Não conseguia mais segurar e respondeu com um ronco baixinho. Vagamente pôde escutá-lo se mover e encostar a cabeça no travesseiro com frustração. Quis pedir desculpas, mas não pôde fazer nada antes de cair em um sono profundo.

A PRIMEIRA COISA QUE MCKENNA viu quando seus olhos abriram foi o teto branco do quarto do hotel. Sentiu um leve constrangimento pela noite anterior e um pouco do gosto de uísque na boca, mas tudo desapareceu quando se lembrou: hoje era o dia que começaria a trilha. Pulou da cama. Lao-Tzu dizia: "Uma jornada de dois mil quilômetros começa com um passo". Bom, uma jornada de três mil quilômetros também, e mal podia esperar para começá-la.

Então, percebeu que estava quase completamente nua. Alcançou sua camiseta no chão e a vestiu.

A luz ainda não tinha entrado por entre as cortinas. Olhou para a cama. Coitado do Brendan. Ele ainda estava dormindo, e ela percebeu que perdera a oportunidade de acordar em seus braços para compensar pela noite passada.

Considerou tudo isso por um minuto. Brendan não notou que ela saiu da cama logo ao acordar. Ela poderia tirar camiseta e rastejar para debaixo das cobertas, acordá-lo com um beijo e ver o que aconteceria.

Lá fora, os pássaros já tinham começado os barulhos de antes do amanhecer, diferentes canções se misturando. Qualquer desejo que sentia por Brendan foi vencido pela vontade de começar a aventura.

Talvez fosse ridículo tomar um banho antes de começar a jornada cansativa do primeiro dia de trilha, o mais difícil da travessia. Mas quem sabia quando teria a chance de ficar um tempão debaixo de um chuveiro quente e sair do banheiro cheio de vapor com cheiro de xampu e sabonete de lavanda?

Quando saiu do banho, o clima estava *estranho*. Brendan estava sentado na beirada da cama vestindo sua calça jeans. McKenna evitou seus olhos, mas logo pensou que isso só chamaria mais atenção para tudo o que não tinha rolado na noite anterior.

Ela apontou para a mochila.

– Vou só pegar as minhas coisas – disse.

– Claro. Sim. Com certeza.

Arrastou a mochila até o banheiro antes de decidir colocar os mesmos shorts e camiseta que usara no dia anterior. O que era considerado roupa suja no mundo real provavelmente seria a roupa mais limpa que veria na trilha. Suas peças favoritas – uma camiseta rosa do Johnny Cash e um shorts-saia – poderiam ser deixadas para depois. Fez uma trança nos cabelos molhados, fechou a mochila e encheu as duas garrafas de água na torneira do banheiro.

McKenna olhou para baixo quando passou na frente de Brendan, que esperava do lado de fora do banheiro. Ele entrou em seguida e fechou a trava da porta com um click, o que a deixou enfurecida. Por mais que gostasse muito dele e estivesse agradecida pela carona até o começo da trilha – e agora, pensando bem, ele também havia pagado pelo jantar e ela não tinha agradecido –, hoje não era um dia para se preocupar com os sentimentos de outras pessoas. Hoje era o começo da sua total independência, focado egoisticamente em seu próprio bem-estar. Precisaria de toda a sua força para a primeira subida do caminho e para a primeira noite sozinha.

Mas assim que Brendan saiu do banheiro, com seu cabelo penteado e uma expressão de total desconforto, McKenna se sentiu triste e culpada.

– Escuta – disse. – Sobre ontem à noite.

Brendan a interrompeu, colocando as mãos em seus ombros. Pressionou sua testa na dela, aliviado pelo assunto ter surgido.

– Não – ele respondeu. – Você não tem que dizer nada. Entendo. Você não estava pronta. Não deveria ter te pressionado.

– Você não me pressionou – ela completou. Também poderia ter adicionado o fato de que ela *estava* pronta, ou pelo menos achava que

sim. Mas desde que a versão dele livrava sua culpa e ainda protegia o orgulho dele, apenas completou. – Obrigada por entender.
– Vamos tomar café da manhã? – Ele a beijou.
Honestamente, ela ainda estava satisfeita por causa do jantar e ansiosa para começar a trilha. Mas Brendan estava com olhos de cachorro abandonado, tentando fazer algo por ela e encerrar o assunto. Além do mais, ela sabia que poderia carimbar seu primeiro selo da travessia, Katahdin, na cafeteria da Trilha dos Apalaches, que era conhecida pelos seus cafés da manhã gigantes, baratos e maravilhosos.
– Claro – respondeu. – Algo leve.

Depois do café da manhã, Brendan a levou até o acampamento Abol no Parque Estadual Baxter. O ar fresco da região da Nova Inglaterra já dava espaço para o mormaço. Teria de começar a maior parte dos dias na trilha bem cedo. Já podia perceber o sentimento crescente de propósito, a necessidade de começar a caminhar os quilômetros.
Brendan abriu o porta-malas da van e puxou a mochila de McKenna, cambaleando um pouco com o peso. Depois olhou para o céu.
– Devíamos ter visto a previsão do tempo – disse, procurando o celular no bolso.
– Não, não olha – interrompeu McKenna, tocando seu punho. – Não importa. Vou caminhar todo dia, faça chuva ou faça sol.
– Você não quer saber? Se vai precisar colocar sua capa de chuva ou outra coisa?
Ela olhou para o céu e depois para a estrada, na qual passava uma SUV com uma família dentro, e uma garotinha pressionava o rosto na janela para encarar os dois. McKenna sorriu e acenou para a menina. O parque estava cheio de pessoas de férias. Perguntou-se quantas delas teriam levado seus aparelhos eletrônicos – assistindo à Netflix à noite em vez de as estrelas, checando a previsão do tempo na internet em vez de olhar para o céu.
– Em alguns trechos da trilha eu não vou ter nem sinal de celular – respondeu a Brendan. – A última coisa que quero é ficar dependente do celular. Além disso, tenho que economizar bateria em caso de emergência.

Ele concordou com a cabeça e colocou as mãos no bolso. Em oito semanas estaria a caminho de Harvard. McKenna podia ver como seria: novos amigos, novas ideias, tudo novo, incluindo várias garotas. Foi aí que se deu conta, em um momento de clareza total: na próxima vez que se vissem, estariam completamente diferentes.

— Boa sorte na faculdade — disse McKenna. — Sei que você vai se dar muito bem.

— Obrigado — respondeu Brendan. — Se cuida na trilha, beleza?

— Você sabe que vou me cuidar.

E se beijaram. Ela tentou aproveitar aquele abraço como aproveitou sua última refeição e seu último banho quente. Mas, na realidade, só estava empolgada em começar a trilha logo.

— Quer que eu fique até que você vá? — perguntou Brendan.

Ela lutou para segurar a vontade de revirar os olhos. Não era como esperar no carro até que ela entrasse pela porta da frente de casa. Esta porta a levaria ao mundo selvagem, ao caminho para a montanha. Não tinha como entrar e ficar segura. A cada segundo, a vontade de deixar essa vida para trás e embarcar em uma nova aumentava.

Seu primeiro passo na trilha parecia importante e estranhamente privado. Thoreau tinha subido a Montanha Katahdin em 1846 e com certeza não começou sua travessia com alguém acenando em uma minivan.

— Vou ficar bem — ela respondeu.

Brendan a beijou novamente. Então, entrou no carro de sua mãe e foi embora.

Ela observou a nuvem de poeira subindo dos pneus até que estivesse sozinha na curva, apenas com a vista para o começo da trilha.

Três mil quilômetros. Tudo o que ela tinha de fazer era colocar sua mochila e dar o primeiro passo. Alcançou uma das alças, fechou os punhos e levantou aquela coisa enorme em suas costas. Tinha caminhado muitas trilhas com esse peso. Não importava que estivesse abarrotada até sua capacidade máxima, com comida suficiente para durar até a primeira parada, sua barraca, saco de dormir, bússola... tudo o que estava em sua lista, e alguns livros.

Tinha esbanjado na escolha da mochila, que era ergonomicamente desenhada para acomodar-se em suas costas confortavelmente, não importava quantos quilos a mais enfiasse nela.

Assim que colocou um pé na trilha, a empolgação a deixou leve, mesmo com as alças da mochila cortando seus ombros. Tinha planejado, treinado e se preparado ao máximo mental e fisicamente.

Ela estava pronta.

5

ARROGÂNCIA. A primeira palavra que veio à mente algumas horas depois de seu primeiro dia na trilha. Por que raios tinha escolhido a subida mais extenuante do Katahdin? Na primeira hora, a trilha Abol não era exatamente formidável, só uma inclinação razoável, um percurso fácil e arborizado, um dossel abaixo e um riacho borbulhante ao lado. Uma parte desse riacho era chamada de Riacho de Thoreau, então claro que parou um pouco para uma pequena comunhão. Não conseguia se ajoelhar e jogar água em seu rosto porque a mochila estava muito pesada, mas a caminhada até ali: moleza.

Então a primeira hora passou e McKenna se lembrou de que, mesmo com toda a descrição poética de Thoreau sobre o período que passou na natureza selvagem, pelo menos um de seus biógrafos dizia que a subida da Katahdin o levou à beira da histeria. Não estava *tão* histérica, ainda não, mas estava muito mais cansada do que previra. Mesmo que ela e Courtney tivessem feito algumas caminhadas e dormido em trilhas, a maioria das vezes eram perto de casa, à tarde, depois do trabalho e com apenas algumas horas de duração. Aqui, algumas horas eram apenas o início do dia.

Depois de um quilômetro e meio, a trilha passou do nível de passeio moderado para íngreme. Íngreme mesmo. McKenna parou para recuperar o fôlego e tomar goles de água muito mais vezes do que tinha antecipado. O plano era caminhar mais ou menos oito quilômetros – de acordo com seu guia, os acampamentos poderiam estar cheios no verão, então resolveu fazer uma reserva no acampamento Katahdin Stream. Na sua cabeça parecia um plano modesto, mesmo sabendo que seria uma subida dramática. Era jovem! Estava em forma! Não era a estrela do time de corrida, mas era uma corredora consistente que ganhara insígnias por ter conquistado o maior número de picos de Connecticut, mais que qualquer outro aluno do seu grupo de trilheiros do colégio. Começando a travessia pela rota mais difícil, provaria sua capacidade em realizar essa tarefa hercúlea.

Não havia muitos outros trilheiros no caminho, mas os poucos que viu a ultrapassaram. Na loja Great Outdoor Provision Co., o cara que a tinha ajudado na escolha dos equipamentos passara um bom tempo explicando o que ela deveria levar e o que deveria deixar para trás. Sabia que peso era algo importante, mas qual diferença faria levar quatro camisetas em vez de duas, e seus dois moletons favoritos, três shorts e aquele shorts-saia fofo da Patagônia?

— Você deveria levar um Kindle em vez de livros físicos — disse o atendente da loja enquanto olhava sua lista de itens. — Você consegue carregar a bateria fora da trilha.

McKenna acenara com a cabeça para não contradizê-lo, mas por dentro sabia que levar um Kindle seria um sacrilégio. Agora, à medida que a trilha Abol ficava cada vez mais íngreme, pensava na sua cópia de *Walden*, nos dois romances, no guia de pássaros que gostaria de ter consultado algumas vezes, mas não havia feito, porque isso significaria tirar a mochila e colocá-la novamente. E ainda achou que havia arrasado levando somente livros brochura. Quando era criança e fazia trilhas com o pai, ele falava sobre um ritmo de trilha, aquele momento perfeito em que seus pés se movimentam no ritmo dos seus braços e cada passo percorre a mesma distância. Como ela conseguiria ter ritmo de trilha se depois de três horas mal conseguia se manter ereta?

Finalmente era meio-dia — ou próximo desse horário, McKenna acreditava, já que o sol estava exatamente em cima de sua cabeça e brilhava intensamente — e sabia que tinha que parar para descansar. Escolheu um local de afloramento, em cima de uma rocha plana bem convidativa, e arremessou a mochila ao chão. Aterrissou com um *baque* alto, o próprio som repreendendo McKenna por superestimar a si mesma. Tomou um gole de água e pensou que, se chegasse em qualquer lugar próximo do que planejou, estaria agora admirando uma vista impressionante, e não uma floresta densa.

Ouviu um zumbido de borrachudo nos ouvidos e deu um tapa nele, e em seguida mais um pousou em seu pescoço. Quando abriu a mochila em busca de repelente, uma erupção de roupas escapou, evidenciando seu trabalho amador pela manhã no hotel. Fez uma nota mental que dali em diante colocaria tudo o que usaria durante o dia no topo da mochila ou nos bolsos do lado de fora.

Comeu duas barras de cereais, uma maçã e tomou mais um pouco de água. Quando estava pronta para sair, jogou a mochila nas costas e imediatamente tropeçou, arranhando a canela. O choque daquele arranhão afiado fez com que se levantasse rápido. Podia ver o sangue escorrendo até seu pé, mas com a mochila pesada nas costas não conseguia abaixar para inspecionar o machucado, então decidiu engolir o choro e continuar.

Foi o que fez, e seguiu o caminho, a trilha cada vez mais íngreme e rochosa. Suor escorria de sua testa para dentro dos olhos. Suas costas estavam encharcadas. Lá em cima, o céu começou a escurecer, nuvens de chuva tapando o sol forte, o que seria um alívio bem-vindo para o calor, caso tivesse se lembrado de colocar a capa à prova d'água em volta da mochila. Conforme ouvia trovões distantes, não teve outra opção senão parar e encontrar a capa – que, claro, estava lá no fundo –, socar tudo dentro da mochila novamente e colocá-la nos ombros.

Arrastava-se pela chuva leve, não ligando muito de ficar molhada desde que os pertences dentro da mochila continuassem secos. Quase todas as roupas que levou eram de tecido de secagem rápida, até suas roupas íntimas, menos suas duas camisetas favoritas, sendo uma delas a que estava usando. Ficou encharcada em minutos, deixando tudo gelado, até sua pele.

Por causa da chuva, era impossível saber o horário, e ficou preocupada de não alcançar o acampamento antes do anoitecer. Logo chegou a uma parede íngreme de rochas que teria de *escalar* – encontrando os pontos de apoio para os pés e as mãos. Quebrou a cabeça tentando se lembrar da descrição da trilha no seu guia. Talvez estivesse próxima do fim.

McKenna se agarrou nas rochas. Para um dia de trilha tranquilo com algo leve nas costas seria possível subir. Difícil, mas possível. Agora, o peso da mochila a puxava perigosamente para trás, enquanto tentava manter o equilíbrio. Deu um passo com cuidado, depois outro. A chuva caía com uma névoa, deixando tudo mais escorregadio; ela perdeu seu apoio e uma rocha com musgo se soltou e raspou suas pernas enquanto escorregava, antes de ela conseguir se endireitar novamente.

Uma onda de adrenalina tomou conta de seu corpo. Sentiu-se forte, determinada e disposta a atingir seu objetivo. Por outro lado, não se sentia estável, e a descida pelo lado leste era íngreme e perigosa. Lembrou-se das palavras de Brendan em Abelard: *Isso não é piada. Tem mais ou menos umas mil maneiras de uma pessoa morrer.*

– Eu posso morrer – disse McKenna em voz alta.

As palavras a assustaram. Apesar de todos os avisos nos últimos meses de preparação, esse pensamento realmente não tinha passado por sua cabeça: o que ela estava fazendo era realmente perigoso. Poderia morrer. Por mais que não quisesse morrer antes de completar 18 anos, queria menos ainda morrer no primeiro dia de trilha. Certamente entraria para a história como a trilheira raiz mais patética.

Talvez se a mochila não estivesse *tão* pesada. Talvez se fosse o último dia de trilha, em vez do primeiro. Talvez se não estivesse chovendo.

Ela tinha que admitir. Já estava exausta.

O sentimento tomou conta dela. Uma fonte de determinação. Tudo o que queria fazer no mundo era surfar nessa onda, continuar escalando, terminar o que tinha começado.

Mas, se fizesse isso, correria o risco de cair da montanha. Então, com muito cuidado, McKenna se arrastou pelas rochas que tinha conseguido subir e decidiu voltar.

Conforme caminhava na Trilha Abol de volta ao Parque Estadual Baxter, o céu despejou chuva. McKenna não sabia se isso era um sinal de que tinha tomado a decisão certa ou a prova de que era uma covarde. Pelo menos a água da chuva limparia os arranhões.

Depois de alguns minutos de caminhada se lembrou: descer uma trilha muito extenuante, carregando uma mochila extremamente pesada, é muito pior que subir. Quando chegou na primeira parte da trilha, a chuva cedeu, mas seus ombros e costas doíam de uma forma que não esperava sentir até chegar aos 40 anos – ou, pelo menos, quando estivesse bem avançada na travessia. Os arranhões da perna ardiam e ela tinha bebido até a última gota de água. Só de pensar em andar mais uma hora já ficava com a voz embargada de choro. Tudo o que queria fazer era jogar a mochila no chão, deitar e desistir. Saiu dois passos da trilha e encostou em uma árvore, olhou para cima e viu os raios de luz pós-chuva por meio da densa copa das árvores da floresta.

Ouviu um barulho ao seu lado. Não poderia ser uma pessoa, estava vindo da direção oposta, fora da trilha. Passos pesados, quebrando galhos. Algo grande.

McKenna catalogou mentalmente todos os animais que poderiam ser, e na situação deprimente em que estava só pensava na possibilidade mais assustadora: *um urso*.

Sério? No primeiro dia?

Aquela frase, *primeiro dia*, a animou um pouco. Era só o primeiro dia. Não tinha desistido. Encontraria um jeito de terminar a travessia, de uma forma ou de outra.

O animal saltou à vista. Um alce. Maior do que ela poderia sequer imaginar e duas vezes mais bonito. Provavelmente era uma fêmea, pois não tinha chifres. Os olhos eram gigantes e escuros e totalmente indiferentes à sua presença. Abaixou a cabeça, pegou algumas folhas, mastigou pensativa enquanto McKenna a olhava.

– Oi – disse McKenna, depois de ter se recuperado. Queria esticar os braços e tocá-la, mas sabia que não deveria. Mas falou novamente: – Oi, alce.

O alce não respondeu, mas ela se animou mesmo assim.

De volta ao Parque Estadual Baxter, ela caminhou pelo acampamento, procurando algum lugar vazio. Como o guia previa, mesmo em dias de semana, o parque estava sempre cheio – e claro que não tinha feito uma reserva para acampar ali. Só podia torcer para que a chuva e as nuvens pesadas tivessem espantado algumas pessoas.

Não teve sorte na primeira volta de reconhecimento do ambiente, mas encontrou uma mesa de piquenique vazia debaixo de um abrigo e tirou a mochila com o que parecia alegria, se não estivesse tão exausta. Antes de fazer qualquer coisa, deitou no banco e fechou os olhos, cansada demais até para tirar as roupas molhadas. Depois de mais ou menos meia hora, sentou-se, abriu a mochila e puxou o kit de primeiros socorros para limpar a perna com antisséptico. Os arranhões não pareciam tão ruins quanto doíam – menos o primeiro deles, todos os outros poderiam ser considerados leves. Apenas usou um curativo.

O sol já estava baixo o suficiente para que o ar do norte da Nova Inglaterra ficasse mais fresco e McKenna tremeu de frio, deixando sua mochila na mesa de piquenique enquanto atravessava o estacionamento até o banheiro público para colocar roupas secas. Sua mochila estava com duzentos dólares em dinheiro, seu iPhone e mais ou menos dez mil dólares em equipamentos, que tinha levado anos para comprar. Mas não podia nem contemplar a ideia de arrastar a mochila toda até o banheiro com ela. Mesmo com o dia difícil, ainda não se sentia tão corajosa para tirar a roupa no meio do acampamento cheio de gente.

Com sorte, quando voltou, sua mochila ainda estava lá, intacta. Do lado de fora do abrigo, a chuva continuava a cair. McKenna tirou os itens de dentro e espalhou tudo sobre a mesa. Toda sua comida precisava durar até o fim da primeira seção da parte sul da Trilha dos Apalaches, a chamada "100 Mile Wilderness". Pegou uma camiseta e colocou numa pilha com a que estava vestindo hoje, mais dois shorts e dois moletons. O shorts-saia fofo do qual não conseguiu se desfazer seria usado no dia seguinte. Colocou seu casaco de flanela, um pouco pesado para aquela noite, mas se sentiu confortável sabendo que tinha algo quente para vestir. Havia gastado um dinheiro considerável em duas calças Gramicci – mas tirou uma delas e jogou na pilha de descarte, junto com dois dos sete livros. Ficou com *Walden*, o guia de pássaros, um romance que não tinha começado e seu diário para escrever sobre a viagem.

Colocou os itens de volta na mochila e a pôs nas costas. Ainda estava pesada, mas os itens que descartou fizeram muita diferença.

Um carro passou fazendo barulho. Era um grupo escapando do mau tempo, mas estava exausta demais para ir atrás do lugar que eles abandonaram. Então, comeu um pacote inteiro de carne seca de peru e se deitou com seu saco de dormir embaixo da mesa. No dia seguinte colocaria a sacola com os itens que deixaria para trás com uma placa: DOAÇÃO.

Seu corpo todo doía. A trilha a tinha humilhado, mas a chuva batendo no telhado do abrigo era bonita, e pelo menos estava protegida. Sabia que Maine e New Hampshire seriam as piores partes da trilha, e Katahdin a pior subida. Podia ter falhado hoje, mas falhou na pior subida da parte mais difícil de toda a travessia de três mil quilômetros. O que significava que dali para a frente tudo seria mais fácil comparado ao que tinha sobrevivido hoje. Amanhã caminharia em direção à Trilha Chimney Pond, que seu guia prometia ser a rota mais fácil.

De agora em diante, ela seria esperta o suficiente para respeitar a trilha.

SAM TILGHMAN ESTAVA EM PÉ no jardim da casa de seu irmão na cidade de Farmington, no estado do Maine. Pelo menos, achava que era a casa dele. Enfiou a mão no bolso da calça jeans e verificou o pedaço de papel contra os números de metal tortos pregados na grade da varanda. Anotara o endereço que achara em uma busca no computador da biblioteca pública, junto com o número do telefone, mas ainda não tinha feito uma ligação. Para começar, quando foi a última vez que tinha visto um telefone público por aí? Segundo, ligar depois de dois anos parecia pior, mais estranho do que simplesmente aparecer na porta da casa dele. Dessa forma, se Mike não quisesse vê-lo, diria isso na sua cara.

Era uma casa bonita, o que surpreendeu Sam e, por alguma razão, o deixou triste. Não sabia por quê. Talvez só estivesse cansado. Não cansado por ontem; cansado dos últimos três meses desde que saíra da casa de seu pai e começara a caminhar. Engraçado, seu irmão provavelmente achou que ele se mudaria para o mais longe possível de Seedling, West Virginia. Mas, no fim das contas, era uma distância que poderia ser percorrida a pé, com a condição de que não saísse da Trilha dos Apalaches e tivesse um tempo livre razoável. Nada melhor para continuar andando que muitos demônios te atormentando.

Nenhum carro na garagem e nenhum movimento que Sam pudesse perceber dentro da casa, apenas cortinas se movimentando no andar de cima por uma janela aberta. Algo dizia a Sam que, se subisse os degraus da varanda e virasse a maçaneta, a porta da frente estaria aberta. Poderia entrar, tomar um pouco de água da torneira (o que era um luxo) e comer alguns restos de comida da geladeira. Quando Mike chegasse em casa, Sam estaria no sofá tirando uma soneca ou assistindo à TV. Esse era o tipo de coisa que um familiar poderia fazer? Entrar e sentir-se em casa?

Deu alguns passos para trás, analisando a casa e tentando imaginar seu irmão morando ali. Viu um triciclo tombado perto do início dos degraus, e também uma casinha de brinquedo no quintal dos fundos, sujo pra caramba, mas ainda assim alegre. Não sabia que o irmão tinha casado, muito menos que tinha filhos. Como conseguiu ter filhos grandes o suficiente para pilotarem triciclos em apenas dois anos? Talvez fossem de sua esposa ou namorada. O que Sam faria se ela chegasse primeiro na casa? Pelo que imaginava, Mike não devia ter contado para ela que tinha um irmão.

Caminhou até o fundo da casa e tirou sua mochila das costas. Foi bom se livrar do peso, apesar de já estar acostumado. Alguém tinha plantado uma horta, com fileiras de cabeças de alface bem grandes, ao lado de pés de milho em crescimento. Também viu um deque, uma mesa com um ombrelone e um gato malhado aproveitando a sombra. Ele e o irmão tiveram um gato quando eram crianças, até que o pai deles chutou o bichano tão agressivamente que ele fugiu e nunca mais voltou. Alguma versão disso aconteceu com todos os bichos de estimação que tiveram. Dava para notar que aquele gato nunca tinha sido chutado. Olhava para Sam com desinteresse passivo e totalmente sem medo.

Além da bagunça do quintal e jardim, viu um matagal com um caminho desgastado que o convidava a dar uma espiada. West Virginia nessa época do ano estaria com um clima quente, pesado e abafado. "Como viver dentro da boca de alguém", Mike dizia. Mas aqui no Maine, o fim de tarde tinha um ar habitável, uma brisa fresca soprando a cada intervalo de alguns minutos.

Sam pegou uma espiga de milho de um dos pés e começou a andar no caminho, que estava ainda mais fresco sob a sombra de pinheiros, carvalhos e bordos. Tirou as cascas da espiga e mordeu os grãos, que eram salgados e doces ao mesmo tempo, mas ainda demorariam semanas para estarem maduros. Depois de alguns minutos, ele escutou o barulho de borbulhas de um riacho. Engraçado que o primeiro sentimento tinha sido de alívio quando viu o quão civilizada era a casa do irmão, e agora sentia outro tipo de alívio: a familiaridade de um caminho sujo, com menos de um metro de largura, vegetação rasteira e florestas de todos os lados, feixes de luz passando entre as árvores cada vez mais altas. Sam estava na trilha há tanto tempo que sentia que os anos em que crescera no mundo normal nunca aconteceram. As florestas pareciam mais com um lar do que sua própria casa. Talvez até mais seguras – não que estar seguro era o que Sam estava buscando.

Quando alcançou o riacho, viu que era maior do que esperava, largo e rápido. Tirou sua camiseta e ajoelhou, jogou água no rosto e debaixo dos braços, também molhou os cabelos. Não foi uma grande mudança, mas já melhorou bastante. Com sorte, Mike o deixaria entrar, tomar um banho e comer uma refeição quentinha. Talvez até teriam uma lava e seca que ele poderia usar para suas roupas. Quando Mike saiu de casa, aos 18 anos, Sam tinha 15, mas já era maior e mais alto. Agora que tinha perdido bastante peso na trilha, talvez pudesse caber nas roupas do irmão.

Tirou a camiseta encardida e notou uma garrafa verde de vinho presa em um emaranhado de musgo na margem. Pescou a garrafa com um galho, tirou a rolha e encontrou uma mensagem, que dizia:

Para quem encontrar esta mensagem: saudações. Você agora faz parte de um experimento em dinâmica das cheias e também da poesia dos riachos.

A mensagem dizia que a garrafa havia sido arremessada em um riacho de Avon, Maine. Pedia à pessoa que a encontrasse para enviar de volta uma mensagem respondendo a um monte de perguntas, como onde e quando a encontrou, em que circunstância, qual o nome, endereço e outras informações que achasse necessário acrescentar.

Por alguma razão, essa mensagem deixou Sam muito feliz. Parecia um bom presságio. Avon estava localizada a mais ou menos trinta quilômetros ao norte de onde estava, mas a mensagem dizia que buscavam respostas mesmo que a garrafa fosse encontrada a poucos metros abaixo do riacho onde fora lançada. Era uma boa missão, uma reentrada amigável de volta à civilização. Talvez um dos filhos de Mike pudesse ajudá-lo. As crianças gostam desse tipo de coisa, certo? Sam poderia provar que era um bom tio, e Mike e sua esposa-namorada poderiam convidá-lo a ficar por um tempo. Assim poderia organizar seus pensamentos, arrumar um trabalho, ganhar um pouco de dinheiro. Talvez até pudesse se inscrever para o vestibular.

Guardou a mensagem no bolso de trás e carregou a garrafa até a casa, onde poderia jogá-la no lixo de recicláveis. Então, sentou-se no degrau da varanda para esperar alguém chegar. Era hora de focar no futuro e não no passado.

O passado de Sam terminou em uma manhã de março, dois meses antes do fim das aulas do colégio.

Começou com uma dor abrasadora e chocante, junto com um chiado. Seu pai tinha um hábito antigo de usá-lo como cinzeiro quando bebia além da conta, mas o fazia quando Sam estava dormindo – quando seu pai nem poderia dizer que o filho o tinha provocado –, e Sam teve um estalo. Levantou e empurrou o pai contra a parede.

O pai o encarou com os olhos vidrados. A raiva de Sam o dominou, juntamente com uma nova percepção de sua própria força. Puxou o pai e o empurrou mais uma vez. Uísque podre e mau hálito sopravam seu queixo. Como não tinha percebido isso antes? Em algum momento, tinha se tornado mais alto que o pai. Sob seu punho, o homem parecia pequeno e molenga. Sam sentia a cabeça leve. Sentia-se forte.

Poderia matá-lo, pensou. *Poderia matá-lo aqui e agora com minhas próprias mãos e ninguém iria me culpar.*

Mesmo não tendo dito as palavras em voz alta, sabia que o pai tinha ouvido e que eram verdadeiras. Ninguém culparia Sam, nem ele mesmo, pensando em todos os anos que o pai batia nele e no irmão.

Na mãe deles. Ainda assim o soltou, e o pai, tropeçando, avançou com um arroto rançoso e saiu do quarto. Sam ouviu um baque leve, provavelmente o pai aterrissando com o rosto no sofá.

Não se lembrava do momento que tomou a decisão. Pegou uma mochila velha com estrutura de madeira no fundo do armário, algumas garrafas de água, um saco de dormir – um muito bom que a avó havia comprado de presente para ele no ano em que morreu – e uma barraca verde antiga de Mike. Ao sair pela porta, parou e olhou para o pai, desmaiado no sofá.

– Não estou indo embora porque não quero te matar – disse ao pai. – Estou indo embora porque não quero ser um assassino.

Nenhuma resposta, apenas um ronco abafado. *Livramento*, pensou Sam. Saiu pela porta da frente e continuou caminhando até chegar na Trilha dos Apalaches. Então, continuou seguindo na direção norte.

Quando alguém chegou em casa, Sam já tinha se acomodado em uma cadeira de balanço na varanda. Uma mulher ao volante de uma caminhonete aos pedaços estacionou na garagem. Sam podia ver duas cabeças vermelhas brilhantes no banco de trás. O olhar da mãe quando saiu do carro o surpreendeu. Ela era bem magra, não estava usando maquiagem, o cabelo preso em uma trança. Bonita, mas com aparência de cansada. Parecia uma adulta, o que não era como Sam imaginava Mike. A última vez que se viram, ele não era muito mais velho do que Sam era agora.

A mulher disse algo às crianças antes de caminhar com esforço até a casa. Por um momento, acreditou que ela sabia quem ele era. Talvez o pai tivesse acordado naquela manhã de março, cheio de arrependimentos, e ficado histérico ao descobrir que Sam havia desaparecido. Talvez tivesse feito o que qualquer pai comum faria: pegado o telefone e ligado para todo mundo com quem o filho tinha contato. Ele apenas mostrara seu rosto nas pequenas cidades ao longo da trilha. Talvez sua foto estivesse sendo compartilhada no Facebook e no Twitter. Quem sabe em um daqueles *outdoors*. Ainda tinha 17 anos, tecnicamente era uma criança desaparecida.

– Oi – disse a mulher, acanhada, parando ao pé da escada de sua própria casa, como se precisasse de permissão para se aproximar.

– Oi – respondeu Sam, novamente com medo de estar no endereço errado. – Sou o Sam. Irmão do Mike.

Ela hesitou por um momento, como se estivesse repassando mentalmente se já tinha ouvido falar dele antes.

– Ah! – falou finalmente. – Ah, claro, Sam. Oi, sou a Marianne.

– Oi – respondeu, levantando da cadeira. Ela caminhou até seu encontro e estendeu a mão. Sam percebeu que ela queria abraçá-lo, mas mudou de ideia, e não podia culpá-la. O banho de gato no riacho fora o mais próximo de uma chuveirada ou de lavar as roupas que conseguiu em mais de uma semana.

Ele apertou sua mão, depois esperou que ela dissesse algo como *Meu Deus, que bom que você está bem* ou *Está todo mundo superpreocupado com você!*

Mas apenas ouviu um "Bom, que surpresa".

Sentia-se bem confortável perto de mulheres. No geral, elas gostavam dele. Mas, em vez de sorrir ou jogar um charme, acabou falando sem pensar.

– O meu pai ligou? Vocês estavam me procurando?

Ela parecia confusa. Depois deu de ombros, seu rosto ganhando uma expressão bondosa que Sam apreciou. Ela era esperta. Em um segundo, entendeu que ele queria saber se as pessoas estavam preocupadas.

– Não – respondeu Marianne. – Não, ele não ligou. Mas, de qualquer forma, estou feliz em te ver.

As crianças ruivas não eram filhas de Mike, e a casa também não era dele. Marianne costumava morar ali com seu ex-marido. Não deu muitos detalhes do que aconteceu com ele, mas, no geral, foi amigável e falante. Deu a Sam um moletom e algumas camisetas limpas de Mike e o levou até o banheiro e à máquina de lavar.

Marianne recusou a oferta de ajuda para o jantar, então Sam se sentou à mesa da cozinha com a garota mais velha, Susannah, preenchendo as perguntas da mensagem da garrafa. A mulher contou que trabalhava em uma creche e podia levar Susannah e Millie com ela todos os dias. Mike trabalhava em um supermercado, empacotando compras.

— Ele vai trabalhar no caixa em breve — contou.

Quando Mike chegou, as roupas de Sam já estavam na secadora. Ele percebeu que Marianne já o havia avisado sobre sua presença. O irmão estava nervoso, como se reencontrar o caçula perdido não fosse a melhor visão do universo. Também parecia estar mais inchado e sem fôlego, e mais velho que... quantos anos tinha Mike mesmo? Vinte? Vinte e um?

— Oi — Mike falou. — Olha só quem deu o ar da graça.

Sam levantou-se para cumprimentar o irmão com um aperto de mãos, encolhendo os ombros para não parecer mais alto do que ele. Não era em tom de reverência. Era estratégico. Mike era muito competitivo e, agora, Sam precisava fazer com que ele não se sentisse ameaçado. Precisava que fosse um irmão mais velho.

Mike bateu a mão no ombro de Sam, apertando um pouco.

— O que eles estão colocando na água de Seedling? — perguntou. — Hormônios de crescimento?

Marianne riu enquanto acrescentava cebola em rodelas em uma frigideira grande. Elas chiaram no contato com o óleo e Sam aspirou o aroma. Recentemente, por vezes, seu corpo se esquecia de sentir fome. Mas fazia muito tempo que não sentia o cheiro de comida feita em casa.

Mike pegou duas cervejas do freezer.

— Vamos lá pro fundo — disse a Sam. — Você pode me atualizar sobre os acontecimentos.

As coisas começaram bem, o irmão mostrou o quintal e perguntou sobre os últimos anos.

— Típico — respondeu quando Sam contou sobre o cigarro.

Mike levantou a camiseta e mostrou para o irmão algumas de suas cicatrizes, e o lembrou da vez que o pai quebrou seu pulso arrastando-o até a cozinha para arrumar as coisas depois do jantar. Quando começou a inchar, o pai fez um acordo com eles: só levaria Mike para o pronto-socorro se prometessem dizer que ele tinha caído de patins.

— Aquele cara não vai mudar nunca — disse Mike, dando o último gole na cerveja.

Ele estava interessado em como Sam tinha chegado até ali.

— Você *caminhou*? — perguntou sem acreditar.

O irmão contou como sobreviveu parcialmente por conta da comida que encontrava crescendo ao redor da trilha, como pequenos frutos, cogumelos e flores selvagens diversas. A pesca era decente, e algumas vezes parava em uma cidade e trabalhava por um ou dois dias se oferecendo para cortar grama ou pintar cercas para conseguir comprar alguns suprimentos. E também muitos trilheiros dividiam comida no acampamento ao redor da fogueira.

— Garotas — Mike disse com um sorriso torto. — Nada mudou nessa área.

— Marianne parece legal — rebateu Sam, mudando de assunto e vendo de imediato o erro que tinha cometido.

Um toque de raiva passou pelo rosto do irmão, como se não quisesse que ninguém a elogiasse.

— Ela é de boa. As crianças são um pé no saco, mas é um lugar de graça pra viver.

Sam não respondeu. Aceitou a segunda cerveja mesmo mal tendo tomado a primeira. Lembrou-se de que Mike era a única pessoa do mundo que podia lhe oferecer um lugar para ficar. Pensou na garota com quem estava ficando antes de ir embora, Starla, e em como não falou com ela por medo de que contasse ao pai sobre seu paradeiro. No fim das contas, não teria feito diferença. Seu pai não estava procurando por ele.

Nos últimos meses em que esteve na trilha, Sam não se permitiu pensar em Starla ou em algum outro colega de classe. Não pensou neles se formando sem sua presença, indo trabalhar nas minas ou mudando o trabalho de meio período para integral em qualquer emprego que já tivessem. Alguns se casariam. Outros mais inteligentes, como Starla, iriam para a Universidade de West Virginia. Conhecendo a garota, já deveria estar com as malas prontas.

Marianne apontou a cabeça para fora da casa e disse:

— O jantar está na mesa, rapazes.

— Beleza — respondeu Mike, fazendo barulho ao arrastar sua cadeira no deque. — Vamos ver que comida ela salgou demais desta vez.

Marianne já estava de volta à cozinha, entregando às filhas os pratos de frango com couve-de-bruxelas. Sam torceu para que ela não tivesse ouvido o irmão.

Mike pegou mais duas cervejas e entregou uma a ele.

— Não, obrigado — recusou Sam. — Tô de boa.

Mike deu de ombros e entregou a cerveja para Marianne.

— Essas coisas de novo? — disse Mike, espetando uma couve-de-bruxelas.

Marianne escorregou na cadeira, parecendo sem graça.

— Desculpa — ela reagiu. — É uma coisa verde que as meninas comem.

Sam deu uma garfada só para dizer:

— Uau, tá incrível. Obrigado.

Só queria ser gentil, mas a comida *estava* realmente incrível. Não era um fã de couve-de-bruxelas, mas elas estavam macias e crocantes ao mesmo tempo. Salgadas demais, mas de um jeito bom.

Mike revirou os olhos.

— Sam é bom com as mulheres — continuou. Era para soar como um elogio, mas não soou. Empurrou levemente a cabeça do irmão de uma maneira estranha. Sam podia ver as meninas se movimentando para mais perto uma da outra.

— O que você acha, Marianne? Acha que ele é bonito?

Ela riu desconfortavelmente e deu a primeira garfada no prato. Estava claro que não havia resposta correta para essa pergunta.

Mike inclinou a cabeça e puxou o lóbulo da orelha dela.

— Tá com problema de audição? — disse. — Você acha que meu irmão é bonito? O loirão musculoso ali?

Podia ver no rosto de Marianne: o mesmo olhar que a mãe deles tinha, medindo e calculando. Pensando na melhor estratégia para acalmar uma pessoa que não estava calma.

Então Millie interrompeu:

— Ele parece o príncipe Eric.

— O príncipe Eric tem cabelo preto — completou Susannah.

— Tirando isso.

Mike encarou o nada, tentando se lembrar de qual filme tinha um príncipe Eric. Sam também não fazia ideia.

— Obrigado — agradeceu Sam, abrindo o primeiro sorriso que dava em muito tempo. — É o elogio mais legal que já recebi.

As meninas sorriram de volta, mas Sam logo entendeu que tinham cometido um erro. Na realidade, elas já tinham chegado ao ponto de que qualquer coisa *seria* um erro. Mike se levantou furioso e pegou outra cerveja, alcançando o freezer com tanta intensidade que parecia segurar uma arma.

Depois do jantar, Mike saiu da cozinha e Sam tentou ajudar com as louças.

— Sabe — disse Marianne —, você me ajudaria mais se as deixasse ocupadas. — Movimentou o queixo em direção às meninas e Sam entendeu o que isso significava: mantê-las longe de Mike. Pegou Millie no colo e a levou de volta à mesa para se sentar com a irmã. Voltaram a responder à mensagem.

— Então vamos lá — recomeçou Sam. — Já escrevemos que a encontramos no Riacho Temple, certo? É esse o nome?

— É o que diz aqui — respondeu Susannah, apontando para o que Sam tinha escrito antes. — Consigo ver um T.

— T — disse Sam. — Como o do meu sobrenome, "Tilghman".

— Mas não o nosso — completou Susannah. — Mike não é nosso pai.

Marianne parou por um segundo na pia atrás delas, depois abriu mais a torneira. Sam percebeu que era para que Mike não escutasse a conversa. Com sorte, ele já teria subido e apagado. A única coisa boa de bêbados malvados era que eventualmente desmaiavam e nada os acordava. Era uma sensação familiar: esperar, andar na ponta dos pés, até o respiro de alívio.

— Tenho que escrever um endereço — falou Sam. — Você acha que a pessoa vai escrever de volta?

– Talvez ela venha fazer uma visita – Susannah respondeu. – Como você.

Ela recitou o endereço a ele, que preencheu a mensagem. Mike apareceu na porta, apoiado na maçaneta.

– O que é isso? – perguntou Mike. – Você mora aqui agora?

Millie repetiu as palavras em um tom diferente.

– Você mora aqui agora? – questionou, empolgada. – Achei que você só estava visitando.

– Ele *está* só visitando – Mike respondeu. Pegou o papel em cima da mesa, amassou e jogou na direção do lixo. Millie começou a chorar no momento em que o papel alcançou o chão. Sam ficou triste ao perceber a rapidez profissional com que Susannah levou a irmã para fora da cozinha pela outra porta. Sam esperou até ouvi-las chegar ao topo da escada para começar a falar.

– Desculpa – finalmente disse. – Parecia tanto com a nossa casa, acabei esquecendo.

– O que raios isso significa?

– O que você acha que significa? Quer outra cerveja, Mike? Ou prefere que eu coloque uma dose? Você consegue assustar criancinhas mais rápido se já for direto para as bebidas mais fortes.

Mike se apoiou na mesa e apontou um dedo grosso na cara de Sam.

– Você cala a boca – disse. – Cala a boca.

O fluxo de água da torneira foi desligado.

– Mike. – A voz de Marianne era silenciosa.

– VOCÊ... – Soou tão alto que parecia que ele estava cochichando antes. – NÃO SE META.

– A casa é dela – Sam falou baixo. Lembrou-se da maneira que se sentiu quando segurou o pai nas mãos, aquela carne mole que seria tão fácil de socar. Nos últimos meses, havia caminhado trinta quilômetros por dia, algumas vezes mais. Atravessou montanhas, mais de 1.500 quilômetros. Enquanto isso, o irmão colocava compras em sacolas, bebia cerveja e perdia os músculos. Sam era mais alto e mais jovem. Seria fácil se levantar, pegá-lo pelo colarinho e dar a ele o que merecia.

No andar de cima, tinha certeza de que as meninas estavam encolhidas. Sam podia vê-las, as pequenas orelhas pressionadas contra o chão de taco.

— Acho que, no fim, é bom você não fumar — disse Sam, apontando para a fila de cicatrizes redondas no braço do irmão. Mike olhou para baixo e cambaleou. Tinha perdido o apoio da maçaneta quando se aproximou de Marianne.

— Esquece — Mike rebateu e começou a recuar. Então se virou e apontou para Sam. — Você vai embora amanhã de manhã.

— Foi o que pensei — respondeu Sam.

O irmão concordou com a cabeça, como se tivesse conquistado algo, e saiu da cozinha.

Marianne sentou-se à mesa, de frente para Sam. Os dois estavam calados, ouvindo Mike subir as escadas, segurando a respiração para escutar se ele iria ao encontro das meninas. Mas só ouviram uma porta batendo. A casa toda respirou aliviada. O bêbado tinha ido embora. Pelo menos aquela noite.

— Por que você deixa ele ficar aqui? — perguntou Sam.

Ela parecia estar tão cansada, mas tinha olhos gentis. Seus cabelos pareciam já ter sido vermelhos como os das filhas, agora eram castanhos. Sam pensou se ela tinha um pai como Mike. Quando era pequeno, pensava no pai como duas pessoas, o pai de dia e o pai de noite. Tentava se lembrar de quantos anos tinha antes de não conseguir mais olhar para um sem recordar do outro.

— A casa é sua — completou Sam. — Por que você não manda ele embora?

— Ele não é sempre assim — disse Marianne. — Acho que ver você depois de tanto tempo, são muitas lembranças...

Sam levantou a mão. Não podia suportar ouvir todas essas desculpas.

— Talvez — ele falou. — Talvez não seja *sempre* assim. Mas, ao mesmo tempo, ele sempre *vai ser* assim.

Marianne concordou, seus olhos se encheram de lágrimas. Uma parte dele queria estender o braço e pegar sua mão. Confortá-la. Mas outra parte sabia que, embora ela entendesse que Sam estava certo, e mesmo que duas meninas estivessem no andar de cima ouvindo, nada que ele dissesse faria qualquer diferença.

Horas depois, Sam estava no sofá debaixo da colcha de Marianne. Era o primeiro lugar macio em que dormia em meses, o que deveria significar que apagaria em segundos. Mas seus olhos estavam abertos havia tempo suficiente para se acostumar com a escuridão, encarando o teto. Mesmo que tivesse dado apenas um gole na cerveja, o gosto permanecia no fundo de sua garganta. O gosto não era nada bom e de alguma maneira o fazia acreditar que tinha culpa pela maneira como Mike agiu.

Ele não tinha sido tão ruim quanto o pai deles. Mas também o pai não foi sempre tão ruim. Quando eram pequenos – com mais ou menos a mesma idade de Susannah e Millie –, era a mesma coisa. Um fluxo constante de cervejas levou o pai a ficar cada vez mais malvado; as coisas que dizia, especialmente para a mãe deles, tinham o objetivo de provocar uma reação que permitisse que ficasse bravo, para assim poder culpar todo mundo por qualquer coisa que fizesse.

Sam acreditava que havia uma boa chance de o irmão nem se lembrar de que o havia mandado ir embora. Se quisesse, poderia ficar. De qualquer maneira, o irmão acordaria se odiando, cheio de desculpas.

Ele puxou a colcha para o lado e se levantou. Terminaria de lavar a louça na pia, mas não queria acordar ninguém. Em vez disso, resgatou o papel do lixo e alisou a superfície. Procurou um papel e uma caneta, um envelope e um selo, e copiou tudo com atenção:

Quem é você? Nome, endereço e telefone são opcionais.
Sam Tilghman. Não tenho endereço ou telefone.

Com a maior precisão possível, conte onde você encontrou esta garrafa.
No Riacho Temple, perto da casa da namorada do meu irmão em Farmington, Maine, enroscada em musgos, em uma curva, na margem.

Quando a encontrou?
Em algum dia de junho. Perdi a conta.

Em quais circunstâncias? Ou seja, o que você estava fazendo quando encontrou a garrafa?
Estava dando um tempo enquanto deixava o mundo para trás. Mas foi um erro.

Alguma nota ou informação extra?
Só quero agradecer. Agora vocês me deixaram pensando na poesia dos riachos. É algo bom para se pensar. Melhor que qualquer coisa que eu pudesse imaginar.

Sam colocou a mensagem no envelope. Lá fora, podia ver as primeiras luzes do dia e ouvir a cacofonia de pássaros com suas diferentes canções conflitantes. Pela milésima vez, gostaria de poder diferenciar uma canção da outra. Que estranho poder estar dentro de uma casa, em uma cozinha com água corrente e uma geladeira cheia de comida, e ouvir os mesmos barulhos que escutava dentro de uma floresta densa, com nada mais do que uma barraca caindo aos pedaços entre ele e o mundo.

Droga, pensou Sam. A vida era tão mais fácil na trilha. Lá, nunca passaria pelos eventos infelizes da noite anterior, que pulsavam dentro da sua cabeça e de seu âmago.

Pensou em escrever um recado para Marianne e as meninas, mas isso deixaria Mike furioso. Então, pegou sua mochila, agora cheia de roupas limpas, e foi embora. Colocou o envelope na caixa de correio de um vizinho, puxando a bandeirinha amarela para cima. Quando um veículo passou roncando pela estrada, levantou o dedão, mas não ficou surpreso quando o carro passou direto. Se conseguisse uma carona para perto da trilha, ótimo. Se não, caminharia até lá. Caminharia o mais longe possível até chegar à Trilha dos Apalaches, e então caminharia sentido sul, até a Geórgia.

O que faria quando chegasse à Geórgia, não tinha certeza. Talvez desse meia-volta e caminhasse até o norte de novo, passaria a vida toda caminhando pela Costa Leste, fugindo do mundo. Deixaria o cabelo crescer e a barba emaranhada. Seria como aquele cara maluco, o Walden, um vagabundo que os trilheiros raiz estavam sempre procurando.

Outro carro passou direto e Sam continuou caminhando. Os raios de sol se transformaram em manhã. As canções dos pássaros terminaram. Um pé na frente do outro. Existiam maneiras piores de levar a vida.

7

MAIS OU MENOS NA MILHA 65, das 100 que precisava percorrer para terminar o trecho "100 Mile Wilderness", McKenna parou em uma estrada madeireira, considerando seriamente sair da trilha.

Dizer que as coisas ficaram mais fáceis depois do primeiro dia na Montanha Katahdin não seria mentira, mas também não era verdade. As coisas de maneira alguma estavam próximas de algo que poderia ser descrito como *fácil*.

Por exemplo, naquele momento, podia ver nuvens de tempestade de fim de tarde se formando. Não tinha conseguido escrever para os pais como prometido, nem ontem à noite nem hoje de manhã, porque não tinha sinal no celular. Suas pernas estavam cobertas de picadas de mosquitos e borrachudos, mesmo com o banho diário que tomava de repelente de insetos – banho mesmo, tanto que não acreditava que o frasco duraria até chegar à estrada pavimentada que levaria até a cidade de Monson para comprar mais. De volta ao Parque Estadual Baxter, na manhã de sua segunda tentativa (e primeira de sucesso) para subir a Katahdin, McKenna tirou uma foto da placa com seu celular:

SÃO 160 KM AO SUL ATÉ A CIDADE MAIS PRÓ-XIMA, MONSON. NÃO HÁ LUGARES PARA OBTER SUPRIMENTOS OU AJUDA ATÉ LÁ. NÃO ENTRE NES-TA PARTE DA TRILHA SE NÃO TIVER O MÍNIMO

DE SUPRIMENTOS PARA DURAR 10 DIAS E EQUI-
PAMENTOS COMPLETOS. ESTE É O TRECHO MAIS
LONGO DE NATUREZA SELVAGEM DA TRILHA DOS
APALACHES, E SUA DIFICULDADE NÃO DEVE SER
SUBESTIMADA.

BOA TRILHA!
ETA (EQUIPE DA TRILHA DOS APALACHES)

De fato, era verdade que Monson era a melhor aposta. Mas sabia que, depois de uns oitenta quilômetros na trilha, algumas dessas estradas madeireiras não oficiais poderiam levar a uma cidade. No entanto, seu guia recomendava não sair da trilha. Algumas daquelas estradas davam no meio do nada, ou pior, acabavam antes de dar em lugar algum, e então não conseguiria mais encontrar o caminho de volta quando notasse a estrada sem saída.

Mesmo assim, tirou a mochila, seu celular, capa de chuva e o guia antes de sentar para pensar. Ligou o celular, que tinha mais ou menos metade da bateria – somente ligava o aparelho a cada dois dias por alguns minutos. Pelo mapa no guia, *parecia* que a estrada levaria a uma cidade, mas não dava para ter certeza. Não existiam placas, só alguns aglomerados de planta-fantasma, com suas flores brancas curvadas como se estivessem se preparando para a chuva.

Abriu o aplicativo de bússola para checar se era mais fácil de usar do que sua bússola de verdade, que até o momento só a tinha levado a surtos de confusão. No aplicativo do iPhone era só girar o aparelho para calibrar. A estrada madeireira estava na direção leste, o que ela acreditava ser o caminho contrário à montanha e às árvores, levando a algo semelhante à civilização, talvez alguma cidade pequena com alguma loja que vendesse sanduíches e possivelmente um creme para aliviar as picadas e queimaduras. Talvez encontrasse pizza?

Uma gota de chuva grossa caiu na tela do seu celular com um *ploc*. McKenna apertou o celular no peito para protegê-lo, limpando a tela com sua camiseta. Enfiou o celular na área seca de sua mochila, colocou a capa de chuva, cobriu a mochila com a capa impermeável, que no fim das contas era meio útil, e a colocou nas costas. A ideia de pizza e um refri gelado era tentadora, mas não queria se arriscar e acabar se perdendo. Tinha mais três dias de suprimentos, o que duraria até Monson. A única coisa que estragaria tudo seria sair da trilha e encontrar um possível perigo.

Oito dias na trilha. Dez tempestades – uma delas de granizo. A temporada de borrachudos já era para ter passado, mas se esqueceram de avisar os insetos. Eles gostavam de picar exatamente na junção do ombro com o pescoço, e muitas vezes por dia McKenna dava uns tapas em um que já estava no meio de sua picada.

Apesar de fazer frio à noite, os dias eram sufocantes e todas as suas roupas já tinham manchas de suor. Além de um banho de gato que incluía lavar o rosto e jogar água nas axilas, McKenna não tinha tomado um banho de verdade desde que saíra do hotel Katahdin Inn and Suites. E sentia uma dor persistente em literalmente todas as partes do seu corpo, especialmente nos ombros, onde as alças da dita mochila ergonômica apertavam o dia todo, todos os dias.

Já estou me divertindo? Ela se perguntava.

Mas sua resposta sempre era, inequivocamente, "Sim". *Mesmo sofrendo e muitas vezes exatamente por conta do desconforto rústico e extenuante.* Estava vivendo a melhor fase de sua vida.

Depois de alguns quilômetros da "estrada madeireira que ficou para trás", McKenna se ajoelhou no que imaginava ser a parte leste do Rio Pleasant. Em casa, tinha lido em um blog de um trilheiro raiz que ele nunca precisava filtrar a água de nenhum riacho no estado do Maine. Uma infecção bacteriana como a giardíase, no entanto, poderia destruir toda a viagem, e esse era um risco que não queria correr, não importava o quão pura e fresca a água parecia ser.

Com cuidado, usou o filtro para encher as duas garrafas. Depois, passou um tempo buscando algum galho forte para usar de bastão. Tinha esperança de encontrar um que gostasse o bastante para manter, mas ainda não tinha conseguido – o último galho que tinha gostado quebrara no meio de uma travessia na água, quase fazendo com que ela e sua mochila fossem arrastadas pela correnteza. Até o momento, cruzar rios era a parte mais assustadora da viagem. Quando o galho quebrou, ela perdeu o apoio do pé na rocha no fundo do rio e ficou em pânico. Como sabia que esse sentimento era o pior inimigo de um trilheiro, acabou ficando mais desesperada. Na verdade, não fazia ideia de como conseguira recuperar o equilíbrio e continuar até a outra margem.

Agora tinha encontrado um galho decente – uma vara torcida que estava parcialmente molhada. Possivelmente alguém vindo da direção oposta tinha descartado ele ali mais cedo. Fez um inventário mental das pessoas com que tinha cruzado e que estavam indo pelo caminho norte. Tinha encontrado algumas pessoas todos os dias, mas ainda não havia visto um acampamento vazio. Todo mundo era amigável e abertamente preocupado com o fato de ela estar sozinha na trilha. Mas como era o ápice do verão, havia pessoas suficientes para que ela não se *sentisse* sozinha, não de verdade. Mesmo agora, no meio da floresta, sem nenhum humano à vista, tinha certeza de que, se estivesse em perigo e chamasse por alguém, pessoas apareceriam correndo em ambas as direções.

Quando se apoiou no galho para testar, ele se manteve firme, com elasticidade suficiente para que ela duvidasse de que se romperia. Trocou as botas de trilha por sandálias, que eram mais amigáveis para a água, afrouxou as alças da mochila, colocou-a novamente e deixou a fivela da cintura aberta. Apoiou o galho na água e começou a travessia. A água chegava até a altura de sua cintura, mas ela enfiava o galho com firmeza, lembrando-se de que já tinha atravessado um rio com uma correnteza muito mais forte que aquela.

Um pé na frente do outro, disse a si mesma, *como na trilha*. Só tinha que ter um pouco mais de cuidado.

Estava quase chegando na outra margem quando a sola de borracha da sua sandália esquerda perdeu o apoio em uma rocha plana e com musgo, lançando-a para a frente, e seu joelho direito bateu em uma rocha tão pontiaguda que McKenna pensou ter caído em cima da ponta de uma flecha.

– *Ai!* – gritou, e lágrimas caíram dos seus olhos. Estava perto o suficiente para esticar os braços e alcançar a margem seca, puxando suas pernas com cuidado. Milagres acontecem, porque a mochila não ficou molhada – pelo menos não pela água do riacho. Ainda não sabia se a chuva fina tinha conseguido molhar o lado de dentro.

Segura na outra margem, McKenna arremessou a mochila para inspecionar o estrago. A rocha tinha feito um corte triangular na pele do seu joelho, com sangue borbulhando para baixo. Ela tocou a ferida cautelosamente e recuou. Se estivesse em casa, sua mãe com certeza a convenceria a dar pontos na região. Agora tinha que se contentar com um curativo e uma provável cicatriz para sempre.

– Ai! – repetiu depois de puxar o kit de primeiros socorros. Engoliu alguns anti-inflamatórios antes de começar a consertar o machucado. De onde estava sentada, podia ver o abrigo East Branch, mas, com o machucado ou sem, sentia-se determinada a andar alguns quilômetros a mais antes de terminar o dia de caminhada.

Todas as vezes que algo interferia nos quilômetros que McKenna tinha planejado caminhar, era dominada por uma onda de adrenalina, ficando ainda mais determinada a continuar. Na sua vida anterior, um corte como aquele a tiraria do jogo por um ou dois dias. Na trilha, não podia perder tempo com uma ferida aberta. Assim que levantou, assegurou-se de que, sim, ainda estava se divertindo, e uma parte da diversão era machucar-se, cuidar de si mesma e continuar, não importando o que acontecesse.

Era quase noite quando chegou mancando ao abrigo Logan Brook. Uma tropa de escoteiros estava reunida, admirando o tempo ruim se aproximando. Assim que McKenna jogou a mochila no chão empoeirado, uma chuva de granizo atingiu o frágil telhado acima de suas cabeças.

– Chegou no momento perfeito – disse um homem com idade para ser seu pai, que parecia ser o líder dos escoteiros.

Ela concordou, agradecida pelo fato de o granizo não estar caindo diretamente na sua cabeça. Estava longe do grupo – o máximo que podia no pequeno abrigo – e olhava desesperadamente para a chuva. Havia vários espaços para acampar, mas de forma alguma conseguiria montar sua barraca debaixo da chuva forte. Suas roupas estavam encharcadas, mas não sabia como iria se trocar na frente de garotos de 14 anos e de um homem adulto.

– Alguém ficou para trás? – perguntou o líder dos escoteiros.

McKenna já estava acostumada com essa pergunta. De uma forma ou outra, teve essa conversa todos os dias por mais de uma semana.

– Não – disse. – Estou sozinha.

– Fazendo a trilha sozinha?

– Aham.

A resposta sempre era acompanhada de mais perguntas, se os pais sabiam, se precisava de ajuda. Até onde estava indo? Tinha certeza de que conseguiria fazer a travessia toda? Sempre pareceu mais jovem do que era de fato, algo que nunca a incomodara muito como agora na trilha, quando encontrava adultos preocupados – na maioria homens –, que imediatamente a consideravam uma donzela em apuros.

– Sou o Dan – falou o líder dos escoteiros. Ele disse o nome de todos os garotos, o que McKenna jamais se lembraria outra vez na vida.

Ela acenou.

– McKenna – apresentou-se.

– Esse corte tá bem feio.

Ela olhou para o joelho. Sangue escorria pela gaze por cima do curativo. O machucado doía com um ritmo pulsante e forte. Já que não podia trocar de roupa, decidiu refazer o curativo. Com sorte, agora que havia parado de caminhar, duraria mais tempo, e a ferida poderia cicatrizar um pouco.

– Caí atravessando o rio – ela explicou.

– Caminho longo pra andar com um joelho machucado – comentou Dan.

McKenna gostaria que a voz dele soasse um pouco menos complacente. A dificuldade era pequena. Estava tudo sob controle.

— Eu tô bem — ela respondeu e sorriu, sem querer ser grossa, mas também não deixando o caminho livre para ele bancar o pai por aquela noite. Tinha deixado o seu em casa por uma razão.

Procurou por um quarto com algum beliche sem um saco de dormir em cima, e como não achou nenhum, arrastou a mochila até um banco e sentou-se de lado, com as pernas esticadas. Rasgou a gaze e levantou o joelho em direção ao tronco, inspecionando o estrago. O granizo continuava como pedradas no telhado, fazendo parecer com que estivessem dentro de um instrumento de percussão infantil. Era estranhamente confortável.

— Quer uma ajuda com isso? — perguntou Dan. Aparentemente dez garotos não eram o suficiente para ele cuidar.

— Não, obrigada — McKenna respondeu, puxando o curativo. — Tô bem.

Engoliu mais alguns anti-inflamatórios, espalhou pomada antibiótica, e por cima fez o curativo, finalizando a bandagem com gaze. Parecia tão perfeito e profissional que quase tirou uma foto com seu celular. Claro que, se postasse nas suas redes sociais, as pessoas teriam a ideia errada — ficariam preocupadas demais com o machucado em vez de admirar quão bem ela estava cuidando dele.

Em alguns minutos a chuva de granizo parou, tão abruptamente como começou. McKenna arrumou suas coisas para erguer sua barraca.

— Ei — disse Dan, enquanto ela marchava para fora do abrigo —, depois volta e vem jantar com a gente. Vamos fazer bife e pão de milho.

Esse é o tipo de ajuda de que não se ressentia. Nem recusaria.

— Obrigada — respondeu McKenna. — Com certeza voltarei.

Na tarde seguinte, com o joelho latejando, McKenna decidiu parar um pouco mais cedo do que tinha planejado em um acampamento perto do Lago Chairback, em vez de caminhar os quase cinco quilômetros extras até o próximo abrigo. Graças à chuva leve — não tão persistente, mas ainda assim deixando tudo úmido —, conseguiu ter o acampamento todo só para ela. Conforme armava a barraca, lembrou-se de que ainda era cedo e que outras pessoas poderiam chegar. Mas, até o momento, continuava vazio. Conseguiu armar sua barraca, colocar roupas quentes e buscar água. Alguns trilheiros passaram por ali, acenando enquanto continuavam, provavelmente, pensando na noite seca no abrigo. Quando o tempo abriu e a noite chegou, cozinhou macarrão instantâneo em seu pequeno fogão e teve certeza: depois de nove dias na Trilha dos Apalaches, essa seria sua primeira noite completamente sozinha.

Assim que o pensamento surgiu em sua cabeça, ouviu o som de uma coruja em uma árvore a uns dois metros de distância. Ficou arrepiada. Era um som lindo, misterioso e baixo, e um lembrete de que nunca estaria sozinha na floresta. Muitas camadas de florestas escondiam todos os tipos de criaturas: veados, alces, ursos e linces. Por diversas noites, escutou coiotes uivando e latindo. Trilheiros e naturalistas sempre debatiam se os pumas tinham retornado para aquelas montanhas, e McKenna odiava admitir que torcia para o time dos que não acreditavam nisso. Por mais que amasse os animais, ela não tinha certeza se o spray de pimenta a protegeria de um felino.

Ouviu novamente a coruja e por um segundo considerou arrumar todas as suas coisas e comer dentro da barraca. Em vez disso, olhou para o céu. As nuvens tinham desaparecido o suficiente para revelar uma faixa de estrelas se estendendo lá no alto. Os dias de chuva deixaram a floresta com cheiro de mofo, mas isso era apenas uma nota no fundo dessa fragrância. As notas mais marcantes, sempre, eram de pinheiros. Respirou fundo. Tinha deixado seu gorro de lã na mochila, que estava segura e seca na barraca. Sentia as orelhas vermelhas do frio. Como podia ser tão quente durante o dia e tão frio à noite? No Maine, nas montanhas, ela às vezes sentia que tinha passado por todas as quatro estações em um só dia.

Tomou a última colherada de lámen fazendo barulho com a boca, depois colocou sua lanterna de cabeça e organizou sua comida para pendurar em uma árvore a alguns bons metros do acampamento. Assim, no caso de um urso aparecer buscando um lanchinho, ele iria até lá primeiro em vez de tentar saquear a barraca. Ataques de urso não ocorriam com frequência, mas aconteciam. Conforme guardava seu fogão, sentiu que o barril de gás propeno estava leve – teria sorte se durasse mais um jantar antes de conseguir um refil em Monson.

Na barraca, puxou a gaze do joelho. Ainda doía, mas menos do que na noite anterior. Os curativos estavam segurando bem, nenhum sangue escorria e a pele ao redor parecia estar de uma coloração rosa apagada, e não vermelha. Sem sinal de infecção. Com cuidado, pegou um pedaço de gaze novo, colocou seu casaco de flanela e se arrastou para dentro do saco de dormir. Já tinha enchido uma sacola com roupas para usar de travesseiro. Geralmente a essa hora da noite, em um acampamento cheio de gente, ela leria um livro até que o barulho diminuísse. Mas, hoje, estava exausta da caminhada com o joelho machucado. Além do mais, a falta de barulho humano era algo exótico e um pouco assustador. Um pouco não, muito, se fosse honesta consigo mesma.

Mas o medo não importava. Nem a dor ou a exaustão. Ela estava provando que conseguia ser melhor do que aquilo. Amanhã, nas primeiras luzes do dia, arrumaria a mochila e caminharia os últimos dezesseis quilômetros, ou mais, dependendo de como estaria o joelho. No outro dia, tinha certeza, poderia tirar mais uma foto da placa – que avisa os trilheiros vindos do sul da "100 Mile Wilderness". Outros trilheiros terminariam sua jornada com o pior trecho. McKenna tinha começado por ele, e agora estava quase no fim. Tinha conseguido.

Adormeceu sorrindo, sua lanterna ainda ligada, iluminando um pequeno círculo de luz, a noite toda, na lateral da barraca. Com sorte conseguiria baterias novas em Monson.

8

CERCA DE DEZ DIAS DEPOIS, McKenna estava sentada no banco de um armazém geral em Andover, Maine, com Linda, uma ex-fuzileira naval que começou a trilha na Geórgia em março. Linda tinha 30 e poucos anos, serviu no Afeganistão quatro anos atrás e agora estudava na Universidade do Texas. A trilha era o presente de formatura para si mesma, e estava muito empolgada por faltar apenas um trecho para finalizar a travessia e receber seu certificado no Parque Estadual Baxter. McKenna estava mais do que feliz de encontrar outra mulher fazendo a trilha sozinha. Linda mostrou todos os carimbos no seu passaporte enquanto McKenna admirava os bíceps fortes da nova amiga, cobertos de tatuagens. Também usava uma bandana no cabelo curto e castanho, que começava a ficar grisalho. McKenna quis saber se muitas pessoas perguntavam se ela se sentia segura sozinha.

— Provavelmente não tantas quanto perguntam a você — respondeu Linda, dando uma piscadela. — Mas ficaria surpresa. As pessoas não gostam de ver mulheres fazendo algo assim sozinhas, não importa o quão fortes elas pareçam. Elas ficaram menos nervosas quando fui pra guerra do que quando comecei a trilha sozinha. Isso não corresponde com a visão de mundo dessas pessoas. Deixa-as nervosas.

Linda tentou ensinar McKenna como usar sua bússola, uma Cammenga que ela comprara por setenta dólares quando ainda estava em Connecticut, e não conseguia aprender a usar nem se sua vida dependesse disso, literalmente.

— Não importa o lado que eu segure, ela sempre aponta pro norte. E aí meio que começa a tremer. Comecei duas manhãs pelo lado errado. É mais fácil usar a bússola do celular.

— Realmente, as trilhas deveriam ter um esquema de cores diferentes para o caminho sul e o caminho norte — Linda disse.

A cada cem metros mais ou menos, as árvores da Trilha dos Apalaches eram marcadas com tinta branca para que os trilheiros soubessem que ainda estavam na rota, a mesma cor em ambas as direções. Parece a coisa mais simples do mundo — norte ou sul. Mas nas manhãs nubladas nas montanhas, depois de uma noite fria e maldormida na barraca, era fácil ficar sonolenta e pegar a direção errada.

Nessa manhã, no entanto, estava bem descansada. Incrivelmente descansada. Na noite anterior, pela primeira vez desde que começara a trilha, tinha dormido em uma cama de verdade, que tinha reservado no alojamento Pine Ellis. Não só tomara um banho, raspara os pelos que tinham crescido bastante desde Monson, como também lavara suas roupas, comera pizza e tomara rapidamente um refri. Em casa raramente bebia refrigerantes, mas aqui era a coisa com a qual fantasiava quando chegava no fim de cada trecho, naquelas garrafinhas antigas.

E a coisa mais decadente que tinha feito: o guia do caminho sul incluía o nome e telefone de uma massagista. McKenna pensou brevemente o que os pais pensariam ao verem *aquela* cobrança na fatura do cartão de crédito. Mas decidiu que ficariam felizes com os sinais de que a filha estava fazendo algo tão civilizado. Pensando nos pais, se lembrou de que deveria mandar uma mensagem para eles. Procurou o celular.

— Ei — contestou Linda, batendo na bússola —, você não está olhando.

— Acho que é uma causa perdida — disse McKenna, rapidamente escrevendo a mensagem de que estava viva em New Hampshire.

Linda deu de ombros.

— Não trouxe um celular — completou. — Queria ficar totalmente sem conexão com o mundo. Sabe?

— Sei — respondeu McKenna. — Também queria.

Ela não contou que estava tendo certa dificuldade em perder o vício de celular. No dia anterior no quarto, não resistiu e acessou o Facebook. Não postou nada, mas ficou acompanhando algumas páginas. Todos os seus amigos estavam fissurados na escolha da universidade que cursariam. A página de Brendan estava cheia de postagens sobre Harvard. Conforme lia as mensagens, sentiu uma pontada de desejo, que foi forte o suficiente para que mandasse uma mensagem a ele. O fato de ele não ter respondido ainda significava que teria de checar novamente o celular à noite, se conseguisse sinal no acampamento.

— Essa bússola é muito boa — disse Linda. — A gente usava uma igual no Afeganistão.

— Você quer? — respondeu McKenna automaticamente, sentindo-se relaxada e mimada. Assim que as palavras saíram de sua boca, percebeu que queria muito dar a bússola de presente. Na trilha já tinha ganhado refeições e vales para cafeterias nas cidades de descanso. Um homem, da idade do seu pai, tinha trocado a capa de chuva excelente dele pela péssima que ela tinha (era um trilheiro raiz vindo pelo caminho norte, estava quase terminando e queria ajudá-la em sua longa caminhada). Seria sua primeira chance de oferecer um pouco de magia da trilha.

— De jeito nenhum — recusou Linda. — Faltam treze estados pra você cruzar.

Falando desse jeito, uma parte dela que estava descansada saiu voando com a brisa da manhã. Ainda faltavam treze estados! Era quase todo o mapa original dos Estados Unidos. Pensou o que George Washington e Thomas Jefferson diriam sobre uma garota de 17 anos caminhando de uma ponta do país até a outra.

— Sinto que existe um campo magnético no meu corpo que faz ela ficar doidona — disse. — Nunca vou conseguir fazer ela funcionar.

Linda riu e devolveu a bússola.

— Fica com você — completou. — Seu celular pode quebrar ou ficar sem bateria. A bússola é como primeiros socorros. Você acha que não sabe fazer, mas quando precisar vai se lembrar dessa lição.

Ela não prestou nenhuma atenção na lição, mas pegou de volta a bússola e a enfiou dentro do bolso externo da frente da mochila.

O transporte que levava os trilheiros de volta para o caminho estacionou e as duas entraram.

– Você não deveria se sentir mal se não chegar até a Geórgia – disse Linda. – Não é exatamente fácil. Encontrei um cara no caminho norte em Harpers Ferry, e ele estava se sentindo mal por desistir, mas, poxa, ele tinha chegado até a metade. Mais de 1.600 quilômetros. É muito mais do que qualquer pessoa conseguiria caminhar.

McKenna não podia acreditar. Até Linda – sua companheira, mulher guerreira – estava duvidando dela.

– De jeito nenhum – ela retrucou. – Não vou parar em Harpers Ferry. Vou até o final, até a Geórgia.

Linda concordou com a cabeça, mas McKenna sabia que ela não estava convencida. Durante todo o caminho, as pessoas diziam a ela para que não se sentisse mal caso desistisse. Tinha começado atrasada, todos diziam, sem adicionar o que estavam realmente pensando: *Ela é só uma garota.* Mas não ligava e não duvidava de si mesma. Desde aquele primeiro dia terrível, aumentava constantemente os quilômetros diários. O corte no joelho já tinha cicatrizado e não doía mais nada. A mochila ainda estava bem pesada – especialmente hoje, com o estoque de suprimentos que comprara em Andover – mas estava quase no fim do Maine. O pior estado! Subiu a Katahdin, o Pico Avery e a Montanha Old Blue. Além da ferida cicatrizada, suas pernas estavam cobertas de arranhões, mas também começando a ver os novos músculos. Seu saco de dormir a manteria quente em temperaturas abaixo de zero e suas botas perfeitamente laceadas eram à prova d'água. Mesmo se nevasse no outono mais ao sul, estaria preparada.

Além do mais, ontem tinha feito uma massagem e tomado sorvete de casquinha no café da manhã. Pela primeira vez desde o início da trilha, sentia-se só um pouco cansada e não desesperadamente dolorida. Uma montanha para escalar, um rio para atravessar, temperaturas congelantes para dormir. Aguentaria tudo, e com um sorriso no rosto.

Quando saíram do transporte, McKenna colocou a mochila nas costas. Pensou em Courtney e em como estariam as coisas com Jay.

Se a amiga estivesse ali, estariam se ajudando com suas mochilas da mesma forma que uma tirava a bota de montaria da outra depois de uma aula.

Na trilha, McKenna e Linda se despediram com um abraço e desejos de boa sorte. A amizade delas durou uma hora, mas McKenna se sentiu melancólica com a partida. Linda estava caminhando na direção norte para atravessar mais um estado, e ela para o sul, para atravessar *treze*.

As últimas semanas tinham sido um equilíbrio perfeito entre solidão e companhia – raramente andava na trilha com alguém, mas tinha a quantidade suficiente de pessoas para ter conversas amigáveis, discussões e dividir refeições nos acampamentos à noite. Os momentos em que se sentia mais sozinha eram geralmente à noite, arrastando-se para dentro do saco de dormir exausta, sem estar pronta para dormir, mas cansada demais para ler. Não só sentia falta de Courtney, mas também de Brendan, Lucy e Buddy, porém viu em algumas partes da trilha placas de NÃO SÃO PERMITIDOS CACHORROS e, por fim, foi melhor não ter levado o cachorro.

O luxo do dia anterior combinado com um começo bem cedo culminaram no seu melhor dia, quase trinta e seis quilômetros. Já era quase noite quando chegou ao extremo norte do trecho Mahoosuc Notch. O guia prometia que a Notch seria "a parte mais difícil ou mais divertida da Trilha dos Apalaches", o que parecia algo para o qual deveria estar bem preparada, então decidiu parar e montar a barraca em um acampamento menor. Já tinha um grupo de pessoas lá, a maioria garotas, e, assim que McKenna arrumou um lugar para sua barraca, uma das delas se aproximou.

– Sou a Ashley – ela disse. Tinha mais ou menos a mesma idade que ela, era alta e bonita. Percebeu de cara que pareciam estar lá por uma noite ou duas; estava tão brilhante e limpa. Mesmo tendo lavado algumas roupas e seu cabelo ontem, sabia que as roupas tinham aquela aparência desbotada de serem vestidas todo dia, um *look* de todos os trilheiros raiz.

– Quer um pouco de *chili*? – convidou Ashley. – Fizemos uma quantidade absurda.

– Claro – respondeu McKenna. – Adoraria, obrigada.

Qualquer noite em que não tivesse de escolher entre montar o fogão de acampamento ou comer uma barra de cereal e carne seca de peru era o paraíso.

– Arma sua barraca aqui perto da nossa – sugeriu Ashley. – Assim você não tem que tropeçar na volta quando a festa acabar.

Arrumou sua barraca e colocou suas sandálias, muito mais confortáveis do que as botas pesadas. Ashley contou que estava ali por um fim de semana, viera de Concord, New Hampshire, com algumas amigas.

– Não vamos caminhar muito – completou. – Só acampar.

Todas estudavam na Universidade de New Hampshire, mas estavam de férias no verão.

Tinham acendido uma fogueira bem grande, algo que ela evitava. Fogueiras podiam causar incêndios na floresta, produziam muita luz e poluição pela fumaça. Sentia-se como uma ambientalista cozinhando com seu pequeno fogão. Mas admitia que a fogueira era festiva. Outras três garotas – duas de cabelo castanho e uma ruiva – e um cara estavam sentados ao redor do fogo. A ruiva se levantou e colocou uma concha de *chili* em sua cumbuca.

– Obrigada – agradeceu McKenna. Era uma sensação maravilhosa sentir o calor da cumbuca de plástico nas mãos. Sentou-se e uma das meninas de cabelo castanho lhe entregou uma colher e uma lata de cerveja.

– Maddie cozinha superbem – disse. McKenna achou ter ouvido que seu nome era Blair, mas não conseguia lembrar.

Julgando pela maneira como o rapaz sentado no lado oposto do tronco de madeira estava devorando a comida, Blair tinha dito a verdade. Percebeu que ele não fazia parte do grupo das meninas; como as suas, as roupas dele estavam desbotadas, a camiseta, que já tinha sido um dia branca, agora tinha um tom de cinza. O cabelo loiro sem lavar caído nos ombros. Levantou os olhos do *chili* por um segundo e virou a cabeça em direção a ela. Naquele momento, ela fez algo completamente fora do seu personagem. Suspirou profundamente e depois ficou vermelha instantaneamente, torcendo para que as garotas – ou pior, ele – não tivessem escutado.

Era completa e ridiculamente maravilhoso. Os olhos daquela cor maluca de um Husky Siberiano. Tinha um rosto angular e bochechas pontudas. As pernas, esticadas à sua frente, eram bem longas e musculosas, assim como seus braços. Óbvio que as garotas o tinham convidado para se juntar a elas.

McKenna desviou os olhos e voltou a se concentrar no *chili*, lembrando que elas também lhe convidaram. Eram só um grupo amigável. Deu uma colherada no *chili*, que tinha a quantidade perfeita de pimenta e um leve cheirinho de canela. Era um tipo de *chili* com carne e tomate – sem feijões – do jeitinho que gostava.

– Uau! – exclamou. Tomou um gole da cerveja gelada, o complemento perfeito. – Isso aqui tá incrível.

As garotas riram. O rapaz, mais uma vez, mal olhou para ela.

– Eu disse! – respondeu Blair, e Maddie sorriu.

– Sua caminhada é longa? – perguntou Maddie. O rapaz entregou a cumbuca vazia e ela encheu mais uma vez.

– Até a Geórgia – respondeu McKenna.

– Uau! – exclamou Ashley. – Sozinha?

Já estava acostumada com essa conversa: a surpresa, depois a dúvida e mais perguntas.

– O Sam também – Ashley complementou, apontando para o jovem.

Ele olhou para cima quando ouviu que estavam falando dele. Sorriu e acenou com a colher. McKenna acenou de volta e pensou se todas as pessoas que *ele* encontrava também perguntavam se faria a trilha sozinho. Provavelmente nunca deve ter sido interrogado sobre seus planos e depois assegurado que já era uma conquista ter caminhado até ali.

– Ele já fez a trilha uma vez – acrescentou Ashley. Estava sentada ao seu lado e soava estranhamente orgulhosa dele. Levantou a mão como se fosse dar um tapinha no seu joelho, depois pensou melhor. McKenna supôs que todos já estavam bebendo muito antes de ela chegar.

— Sério? – perguntou McKenna. – Você já fez a trilha toda?

— Sim, terminei há algumas semanas – respondeu Sam, e deu mais uma colherada no *chili*. Não podia culpar as garotas por o bajularem. Sua voz combinava perfeitamente com sua aparência: profunda, um pouco rouca e um sotaque sulista o suficiente para deixar tudo musical.

— Há algumas semanas?

— Sim. Caminhei até o Maine. Aí dei meia-volta. E vou fazer o caminho de novo.

— Como o Forrest Gump quando chegou na Califórnia – disse Blair. Seu tom indicava que não estava impressionada com o charme de Sam. Talvez, como McKenna, fosse cautelosa com garotos particularmente maravilhosos.

— Ou Walden – complementou Ashley.

Elas riram. McKenna já sabia que todo mundo tinha uma história diferente sobre Walden, mas a maioria dizia que tinha acontecido alguma tragédia, e por isso ele caminhava para cima e para baixo na trilha, sem mochila, vivendo das frutas da estação e dormindo sob o céu. Algumas pessoas juravam que era um fantasma. Tinha um periquito-monge que viajava em seu ombro ou voava ao seu lado. Geralmente, nos livros de registro da trilha, as pessoas descreviam onde *achavam* tê-lo visto. Um mochileiro raiz experiente disse a McKenna que, quando encontrasse Walden, não teria dúvidas. Saberia no mesmo instante que o havia encontrado.

— Walden não existe de verdade – disse Blair. – É só uma lenda de acampamento.

Sam colocou sua cumbuca de lado, caminhou até o *cooler* das garotas e puxou um refrigerante. *Certamente está se sentindo em casa*, McKenna pensou. Também notou que era o único que não estava bebendo.

Ashley inclinou-se em sua direção quando ele se sentou.

— E *você*, já viu o Walden? – perguntou.

— Sim, já vi – respondeu Sam. – Já o vi duas vezes: uma nas Montanhas Smoky, que é a parte mais assombrada do caminho, e outra em uma cidade perto do Delaware Water Gap. Estava comendo pizza no Doughboy, com aquele pássaro doido sentado em sua cabeça, guinchando e abrindo as asas quando alguém tentava se aproximar.

McKenna não sabia muito sobre Walden, mas, graças ao amigo de seu pai e futuro empregador Al Hill, tinha ouvido falar do periquito-monge. Anos atrás, um carregamento de pássaros destinados a um pet shop fugiu no norte de Nova Jersey. Agora, os seres tropicais viviam na Palisades, enchendo as árvores das cidades perto do Rio Hudson. O pássaro de Walden certamente era um desses, mais ou menos do tamanho de um periquito comum. Poderia, sim, abrir as asas, mas não era tão ameaçador e provavelmente mais piava do que guinchava. Mas não disse nada.

Já era tarde da noite. McKenna ainda estava no meio de sua primeira cerveja, e o grupo estava cada vez mais barulhento, as garotas dando gritinhos quando Sam contou que a filha de Walden tinha sido assassinada aos 12 anos em um acampamento de verão nas Montanhas Smoky.

— Ela tinha longos cabelos castanhos — contou Sam. — Olhos azuis bem grandes. Sardas no nariz. Na verdade... — Ele se levantou, agora encarando a fileira de garotas sentadas no tronco de madeira. McKenna tossiu um pouco com a fumaça da fogueira que veio em sua direção. — Ela parecia com você — completou Sam, apontando a lata de refrigerante na direção de McKenna. — Um pouco mais jovem, claro.

— Claro — ela disse. Ficou vermelha de novo por conta da atenção direcionada a ela, e esperava que isso não fosse visível sob a luz da fogueira.

— Então — ele continuou. Agora que estava em pé na frente delas, parecia que estava fazendo uma performance. — A filha de Walden foi morta. Não só morta, mas estripada. Encontrara ela uma manhã, perto de um dos postos de marcação da trilha, toda aberta. Rolou uma busca pelo assassino, mas não foi encontrado. Algumas pessoas achavam que foi um urso-negro que a puxou de dentro do chalé. Mas o Walden não acredita nessa história.

— Ele te contou isso pessoalmente? — perguntou Blair, irônica.

— Só vou dizer que consegui a informação de alguém muito perto da fonte. *Muito perto.*

Sua voz era baixa e convincente, mas também tinha certo brilho. Quase fez McKenna começar a gargalhar, ou pior, dar uma risadinha.

— De qualquer maneira — ele prosseguiu —, desde aquele dia, Walden deixou o mundo pra trás. Pegou a trilha, dominado pela perda, e nunca voltou pra casa. Só caminha, para cima e para baixo, do sul ao norte, do norte ao sul, sem se preocupar com o clima, sem carregar nada para se manter ou para não se molhar. Difícil saber como ele permanece vivo. Mas sabe o que o mantém caminhando?

— A busca pelo assassino? — perguntou Maddie.

— Não. O que o mantém caminhando é a morte.

— Ele é um justiceiro?

— Parece que sim — continuou Sam. — O tipo de luto dele não tem muita lógica. Quer que outros sintam o que sente. Enquanto está andando para cima e para baixo na trilha, sempre está observando. Acha que vai encontrar sua filha, aquela garota fofa de olhos azuis. E, de vez em quando, encontra alguém que parece exatamente com ela, sozinha, e por um segundo o coração louco do Walden vai pular de alegria, até ele perceber que não é ela, e aí, *pá*!

Sam pulou na direção de McKenna tão rápido que ela se jogou para trás, quase caindo do tronco. As outras garotas riram.

— Eles sempre a encontram da mesma forma — ele disse. — Estripada. As tripas despejadas pra todo mundo ver. Quer dizer, se os linces e ursos não a encontrarem primeiro.

McKenna riu com as outras garotas. Sam se sentou ao lado de Ashley e ela enganchou seu braço no dele, como se estivesse declarando propriedade. Não fazia muito sentido que ela fosse tão possessiva, ou McKenna se sentir lisonjeada pelo fato de ele a ter escolhido para ser a vítima de Walden. Talvez devesse ter ficado assustada, mas não podia deixar de pensar que talvez esse fosse o jeito estranho de Sam flertar com ela.

Para provar sua suspeita, os olhos dele continuaram fixados nela, mesmo Ashley estando logo ao seu lado.

Obrigada, mas não, pensou McKenna. Esse garoto com certeza significava confusão. Parte dela queria informá-lo de que nunca se assustava com histórias de fantasmas. Mas não queria provocar.

– O *chili* estava ótimo, obrigada – disse à Maddie. – Obrigada mesmo, mas tive um dia longo, então acho que...

– Boa noite! – disse Ashley um pouco entusiasmada.

Caminhou até sua barraca. Os sons da festa ao redor da fogueira estavam aumentando; agora estava arrependida de ter armado a barraca tão perto, mas parte dela ficou feliz por se sentir protegida de assassinos com um machado (além do Walden) e ursos (nem tinha se preocupado em pendurar sua comida, sabia que urso nenhum se aproximaria do barulho e da fogueira). Buscou o celular na mochila e entrou no saco de dormir, esperando encontrar uma mensagem de Brendan. Era um mau precedente, sabia disso. Para começar, se isso se tornasse um hábito, sua bateria acabaria e não teria o celular no caso de uma emergência. Mas, de uma maneira estranha, a atenção de Sam a deixou com mais saudades do namorado, uma reação automática de quando alguém flerta com você, até mesmo alguém tão charmoso quanto um maravilhoso desconhecido. Não podia flertar de volta. Era comprometida.

Logo se arrependeria de ter tirado o celular da mochila, ou desejaria não ter sinal ou – o maior desejo de todos – que nunca tivesse conhecido Brendan. A mensagem dizia:

> Oi, McKenna! Fiquei feliz de ver sua mensagem. Que bom que você está segura e que tudo está indo tão bem. Tô com a cabeça na ida pra faculdade. Mandando e-mail pros candidatos pra dividir o quarto, essas coisas.
> Que bom que decidiu quebrar sua própria regra e me escrever, porque queria muito falar com você, mas queria te respeitar. Tô pensando em como a faculdade é um capítulo novo, e você nessa viagem... talvez seja uma hora boa pra gente dar um tempo. Meio que já estamos em caminhos diferentes, né? Por favor, não ache que dar um tempo quer dizer terminar, porque não é. Tô empolgado pra te ver no Natal. O que eu quero dizer é...

McKenna parou de ler. Não queria ver mais nada, não agora. Claro que Brendan nunca escreveria dessa forma, mas a mensagem era clara: *Quero ficar com outras garotas na faculdade*. E por que não ia querer? A última noite deles não foi nada memorável, e ela ainda exigiu que só se falariam uma vez por mês. Parecia a coisa mais estúpida do mundo, mas não tinha pensado que era óbvio que ele terminaria tudo depois disso.

Desligou o celular e jogou o aparelho perto dos pés. O grupo próximo da fogueira parecia tão alegre: a voz baixa e rouca de Sam; depois, uma erupção de gargalhadas. Ficou com vontade de voltar lá, tomar umas cervejas e dar um pouco de concorrência para Ashley.

Lágrimas se juntaram no fundo de sua garganta quando pensou em Brendan a caminho de Harvard. Talvez já estivesse com alguma garota em mente. Talvez já até tenha ficado com uma. As lágrimas percorreram o caminho até seus olhos e ela pressionou o antebraço no rosto para segurá-las.

Mesmo naquele primeiro dia terrível, tentando subir a Katahdin e falhando, ainda não tinha chorado. Ela *não* choraria agora, não por um garoto, mesmo se tivesse sido seu primeiro namorado.

Finalmente cedeu às lágrimas. Mas só um pouco, só por hoje. De manhã, pegaria suas coisas e começaria a caminhar. Brendan tinha sido seu namorado por três meses. Teria muito mais tempo que isso na trilha. Começando amanhã de manhã, caminharia até tirar aquele garoto – e toda a tristeza que sentia – de vez do seu caminho.

Quando saiu de sua barraca antes das primeiras luzes do dia, o que chamava de hora dos pássaros, quando o musical deles a escoltava pela madrugada, ficou surpresa por ver Sam dormindo perto da fogueira, sozinho. Tinha presumido que estaria na barraca com Ashley.

Na noite anterior, tinha pensado que era alguns anos mais velho do que ela, talvez 20 e poucos. Mas, adormecido, com aquela barba por fazer, parecia mais jovem. Mais próximo da sua idade. Lembrou-se da mensagem de Brendan com uma dor que tentou esconder. *Caminhar para eliminar a tristeza*, seu treinador de corrida sempre dizia quando torcia o calcanhar ou distendia um músculo. O machucado de hoje era algo mais completo, uma ferida dos dedos dos pés até a cabeça. Precisava caminhar para se sentir melhor.

Silenciosamente, puxou o equipamento para fora da barraca e começou a desmontá-la. Sam era charmoso de maneira óbvia, mas ela não buscava companhia para a trilha. Estavam indo para a mesma direção, claro que se encontrariam ao longo do caminho mais de uma vez nos próximos meses, mas hoje queria começar mais cedo.

— Você tem coisa pra caramba — disse com um sotaque áspero.

McKenna virou-se para cima e lá estava ele, olhando em sua direção. Passou uma mão nos cabelos longos demais, ajeitando os fios, a única rotina de beleza necessária. De repente, ela ficou consciente demais dos seus dentes não escovados e dos milhões de cabelos que deveriam estar escapando de sua trança.

— Mackenzie? — perguntou Sam. — É esse o seu nome, certo?
— McKenna.
— Claro. McKenna. — Ajoelhou-se e começou a inspecionar as coisas ao redor dela. Ela pegou o celular e enfiou na bolsa impermeável com sua comida. Tinha planejado comer algo antes de sair, mas, agora que ele tinha acordado, decidiu que era melhor começar a trilha o mais rápido possível.

Nas últimas semanas, McKenna tinha inventado um sistema bem específico para arrumar a mochila, colocando tudo na ordem exata em que usaria os itens, o que queria dizer que a barraca e o saco de dormir iam primeiro. O processo demandava que todas as outras coisas ficassem espalhadas e à vista, o que a ajudava a pensar no dia e focar o que estava por vir. Muitas noites, naquele verão, tinha acampado em lugares com outras pessoas, mas Sam era o primeiro a participar desse ritual matinal. Um pouco constrangida, começou a empurrar as coisas para dentro da mochila com pressa.

— Você gosta de Johnny Cash? — perguntou Sam, segurando sua camiseta rosa.

McKenna arrancou a camiseta de sua mão.

— Não. Só gosto da camiseta.

– Uau – disse Sam, segurando o spray de pimenta com o apito. – Você se preparou pra tudo.

Puxou-os da mão dele e os jogou com suas roupas (ficou sem graça demais para colocá-los no lugar que sempre ficavam, de fácil acesso do lado de fora da mochila).

– É, bom – explicou McKenna. – Preciso deles no caso de trombar com o Walden, assim consigo brigar um pouco antes de ser estripada.

– Não vão te ajudar muito se estiverem enfiados na mochila – comentou Sam.

Conforme ele examinava cada item, McKenna os jogava na mochila, prejudicando a ordem usual dos itens, deixando uma saliência nas laterais. Por sorte já tinha guardado os absorventes internos antes de ele chegar! Quando pegou o canivete suíço, decidiu cortar o bracelete de corda que Brendan tinha lhe dado de presente. Sam observou por um momento, depois voltou a examinar os equipamentos.

– Você tem muitos livros – observou Sam. – Peso desnecessário.

– Preciso de algo pra ler – disse McKenna. – E o guia é bem prático. – Não quis se estender e explicar sobre *Walden* e o diário.

– Você deveria queimar tudo quando terminar de ler – ele comentou. – Assim não precisa levar até a Geórgia.

McKenna parou de cortar por um momento e o encarou. Pela expressão em seu rosto, não parecia que ele a estava insultando ou desafiando. Ela não havia crescido em uma família religiosa, mas pensou que seria mais fácil um raio cair na sua cabeça do que considerar por um segundo queimar seus livros.

– Sempre deixo pelo caminho em uma daquelas caixas de coisas grátis quando termino de ler – respondeu, finalmente tirando o bracelete e o jogando na pilha de lixo. – Aí pego um novo, ou compro um, se não achar nada legal. – Em todas as paradas era possível encontrar coisas que os trilheiros deixavam para trás, era só pegar.

Sam folheou o livro dos pássaros. Fora um presente de Lucy no verão passado – um livro bem grosso com alguns botões ao lado de cada pássaro que, quando apertados, mostravam o som de cada espécie. Apertou o botão ao lado do pintassilgo.

— Ei! – exclamou Sam. – Reconheço este aqui. Mas nunca tinha pensado que podia ser esse pássaro. Sempre que vejo um, penso que é um canarinho de estimação de alguém que escapou.

— São pintassilgos – explicou McKenna.

— Tô vendo mesmo – ele disse, segurando o livro. – Você consegue saber o que é antes de ver, só pelo som?

Ela fez que sim com a cabeça.

— Tenho o livro faz um tempinho.

— Muito massa – comentou Sam. – Tem um pássaro que me deixa louco. Uma nota longa. Depois umas notas mais curtas. No começo era bonito, mas ouvi tanto em todos os estados pelos quais passei. Se algo te deixa tão maluco, você deveria pelo menos saber o nome.

— Parece um tipo de pardal.

Pegou o livro de sua mão, folheou e apertou um botão. Um pardal de verdade em alguma árvore por perto respondeu à gravação. Eles riram.

— É esse – ele confirmou.

— Pode pegar o livro emprestado, se quiser.

— Sério?

— Claro. Você pode me devolver quando a gente se cruzar de novo. Se não for deixar sua mochila muito pesada.

Sam hesitou, depois sorriu.

— Claro – disse. – Obrigado. Andei até aqui desde West Virginia ouvindo os pássaros, pensando em como eles se chamavam.

— Achei que você tinha dito que andou desde a Geórgia.

Esperou que ele ficasse com vergonha por ter sido pego em uma mentira, mas não foi o caso. Ao contrário, parecia entretido.

— Sim, bom, só comecei a pensar nos pássaros quando cheguei a West Virginia.

McKenna terminou de colocar todos os itens na mochila.

— Tem certeza de que não quer ficar mais um pouco? – perguntou Sam. – Com certeza elas planejaram um bom café da manhã. E o Notch não é uma parte fácil.

– Não – ela respondeu. – Quero andar bastante hoje.

– Quer ajuda com isso? – indagou Sam, apontando para a mochila.

– Não, obrigada. Tô bem. – Ergueu a mochila gigantesca nas costas, tentando não torcer para que ele ficasse impressionado.

– Tchau – ele disse, seu olhar focado intensamente nela.

– Tchau – ela respondeu.

Tinha andado somente alguns passos quando ele a chamou.

– Ei, Mackenzie.

Algo parecido com uma risada se formou em seu peito e ela reconheceu como felicidade – ser provocada, paquerada, e por um garoto tão lindo. Realmente precisava ir embora.

– Quê? – falou, tentando soar irritada.

– Não precisa se preocupar comigo te atrapalhando na trilha. Vou te passar em mais ou menos uma hora, e aí você vai ter a trilha só pra você.

Sua felicidade desapareceu. Não estava brava com ele. Era mais pelo fato de que todas as pessoas com as quais tinha cruzado, homem ou mulher, mal podiam esperar para duvidar das suas habilidades de fazer a trilha completa, de caminhar rápido, de saber do que precisava ao longo do caminho.

Dane-se, pensou McKenna. Deixe ele duvidar. Mostraria do que era capaz.

Não se despediu nem acenou. Virou-se, ajustou as alças da mochila e continuou em direção ao Mahoosuc Notch.

COMO SAM HAVIA IMAGINADO, as universitárias acordaram e prepararam um excelente desjejum, com ovos fritos na manteiga e café.

— Vocês vão tentar o Notch hoje? — perguntou Sam.

— Tá zoando? — Ashley entregou a ele o resto do seu prato de ovos. Sam já tinha devorado o seu, mas quem sabia quando teria essa sorte de novo? — Tentei uma vez há uns dois anos e quase quebrei meu calcanhar. Por que você não fica com a gente hoje, faz uma trilha mais suave, e fica mais uma noite?

A voz dela tinha uma cadência que garotas usavam quando tentavam soar casuais, mas não teve sucesso. Na última noite, eles se beijaram depois que todas tinham ido dormir nas barracas. Mas Sam notou que Ashley já tinha bebido além da conta, e também estava se sentindo consciente demais da presença das pessoas ao redor. Então, interrompeu a ficada dizendo que não queria tirar vantagem da situação, mas de uma maneira que não o culpasse a ponto de não ganhar um café da manhã no dia seguinte.

— Obrigado — disse Sam. — É tentador, claro, mas tenho que seguir para o sul.

— Entendi — falou a garota alta. Sam se lembrava de que seu nome começava com B. Podia sentir que ela não tinha gostado muito dele. — Melhor correr pro sul.

Ele bebeu um gole do café na caneca de lata, devolvendo seu olhar desafiador. Do que ela estava tentando acusá-lo? De ser um jogador? Tinha sido convidado na noite anterior e não estava jogando

— não muito, de qualquer forma. Talvez ela tivesse pensado que ele queria ir atrás de McKenna, e já que ela não tinha razão nenhuma para pensar isso, começou a imaginar se *ele* não queria ir atrás dela. De todas do grupo, foi a que menos conversou e mesmo assim era a única, além de Ashley, de que tinha certeza do nome.

E ela estava muito fofa pela manhã, com o cabelo bagunçado logo ao acordar, a mochila toda assimétrica. Sam pensou como se sairia escalando o poço de rochas que formavam o Notch.

— Toma — disse B, empurrando seu prato para Sam. — Pode terminar o meu também.

— Obrigado — ele respondeu.

— Olha — apontou Ashley. — A garota. A barraca já não está mais ali. Será que ela foi embora?

— Acho que sim — retornou Sam.

— Ela era legal — comentou B.

— Era mesmo — outra garota concordou. — Mas não acho que vai conseguir caminhar até a Geórgia.

Quando Sam fez a trilha na direção oposta, cruzou o Mahoosuc Notch em um dia de chuva sem ter a mínima ideia do que vinha depois. Durante três dias não teve nada para comer, só alguns cogumelos selvagens e cebolinha crua. O Notch era um vão de quase dois metros na montanha, cheio de pedras gigantes pelo qual você tinha que se arrastar por baixo, por cima e algumas vezes pelo meio. De longe os quilômetros mais demorados de toda sua travessia até o norte. Pelo menos hoje não estava chovendo, tinha duas refeições no estômago, e mesmo que não estivesse empolgado com as valas profundas cheias de pedras — muitas que teria de escalar com suas mãos e joelhos —, pelo menos já conhecia o caminho. Mas o sol estava muito forte. O preço a pagar por ter demorado a sair por conta do café da manhã. O último borrachudo da temporada zumbia em seu ouvido, e sabia que era melhor não gastar energia tentando afastá-lo. Em vez disso, tomou coragem e começou a caminhar.

Sua mochila era muito antiga – de lona verde como a barraca medíocre do Mike, com uma estrutura exterior. Só tinha espaço para seu saco de dormir e barraca, uma troca de roupas, um casaco de lã que encontrara na caixa de itens grátis em Harpers Ferry, um saco de lixo de plástico que usaria em caso de chuva, algumas bandanas, pasta e escova de dente. Mesmo sem carregar muito peso, era difícil se equilibrar nas pedras, podia sentir sua respiração ofegante.

Pensou em McKenna, como parecia pequena caminhando com aquela mochila gigante, lotada até a tampa. Quanto aquilo pesava? Tinha ficado impressionado vendo todas as coisas que ela tinha, a expressão em seu rosto enquanto organizava tudo – como se estivesse checando uma lista mental. Como se todas aquelas coisas fossem ajudá-la a enfrentar qualquer desafio à frente. Claro que Sam sabia que não era bem por aí.

Teve dificuldade em uma pedra específica. Tentou encontrar apoio para as mãos, escorregou para trás, o calcanhar raspou sem dó em uma rocha, jogando-o para dentro do vão. Droga. Sabia que deveria ter colocado meias, mas os dois pares que tinha estavam fedidos e duros. O par de tênis que usava quando saiu da casa do pai já estava detonado também. Tentaria achar fita isolante na próxima cidade.

Parou para inspecionar o machucado e demorou um minuto para achar uma bandana e limpar o sangue, depois a amarrou bem forte ao redor do calcanhar. Podia jurar que tinha se cortado exatamente no mesmo lugar, na mesma rocha, a caminho do Maine. Se seus cálculos estivessem corretos, já estava quase no final do Notch.

De algum lugar distante – em uma árvore acima das rochas – escutou uma nota bem alta que ouvia por todos os lados no Maine. Graças a McKenna, finalmente sabia o que era. Já que estava parado mesmo, abriu o livro e o folheou, apertando os botões. Nunca tinha visto um livro assim antes. Foi muito legal da parte dela ter emprestado. Não conseguia parar de pensar se ela já havia passado por aquele trecho, como tinha se saído, se ele estava próximo de alcançá-la. Se estava difícil para ele, não podia imaginar como ela estava se virando com aquela mochila gigante.

No começo do dia, a mochila de McKenna dificultava sua passagem pelo Notch, claro, mas como iniciara cedo, o calor leve começou quando ela já estava quase no fim. As pedras eram muito mais impressionantes e difíceis de cruzar do que imaginara pelas fotos. Precisava se equilibrar com cuidado, utilizando os apoios de mãos, depois tirando a mochila e colocando-a no chão. Em um trecho, arremessou a mochila por cima de duas pedras em vez de escalar e tentou passar por baixo. No meio do caminho, percebeu que era uma péssima ideia. Tinha perdido um pouco de peso nos últimos dias, mas não o suficiente para não ficar presa. Por um momento, ela até achou que *estava* presa, e a adrenalina que aquela ideia tinha inspirado a permitiu sair e voltar para trás no buraco. Então, escalou a mesma pedra, pressionando-a tanto com as mãos que raspou toda a palma.

Devagar e com cuidado, McKenna conseguiu passar pelo Notch. De longe os quilômetros mais longos da travessia, se não contasse aquele primeiro dia. Quando chegou ao outro lado, tirou a mochila. Cada centímetro de sua camiseta *high-tech*, que deveria secar rápido, estava encharcada.

Procurou a bolsa impermeável com o celular e a comida. Tinha comido duas cumbucas do *chili* delicioso na noite anterior, mas já tinham se passado quatorze horas. Queimara tantas calorias nessa parte ardilosa da trilha que o estômago estava mais que roncando – sentia um vazio, um estágio antes das dores na barriga começarem. Mas o celular chamou mais atenção que a comida. Dizia para si mesma que só queria checar as horas, mas não podia evitar olhar as notificações das mensagens e e-mails. Enfiou o aparelho de volta no fundo da mochila. *Quartas e sextas-feiras*, disse a si mesma. Enviaria uma mensagem para a mãe e só. Chega de celular. Deveria ter trocado seu celular pelo mais simples de Lucy, assim não ficaria tentada a usar a internet.

Atrás dela, no Notch, McKenna ouviu *sons* de uma mariquita. Depois, após um minuto, uma canção de cardeal, seguida de um pintassilgo e um tordo-sargento. Então percebeu que era Sam brincando com seu livro.

McKenna parou. Parte dela queria esperá-lo. Ela ainda não tinha transpirado toda a tristeza para fora do corpo e se sentia sozinha.

Uma parte maior instantaneamente se rebelou contra essa ideia. Comeu uma barra de cereal, depois enfiou a bolsa impermeável de volta na mochila e a colocou nas costas, que ainda não estavam secas. Continuou na trilha o mais rápido que pôde.

Como sabia que o Notch seria difícil e exaustivo, McKenna tinha planejado caminhar apenas oito quilômetros e acampar no abrigo Full Goose. Em vez disso, parou lá só para encher as garrafas com água do riacho, nem se importando em usar o filtro: só jogou um tablete de iodo. Talvez não conseguisse chegar antes de escurecer ao abrigo Carlo Col, mais nove quilômetros adiante, mas poderia colocar a lanterna na cabeça e, desde que tivesse espaço, dormir em uma das plataformas sem se importar em montar sua barraca. Ignorou as preocupações e continuou caminhando. Além do mais, se parasse ali para acampar, corria o risco de desabar e ligar para Brendan.

Um pé na frente do outro. Uma hora depois da outra.

As alças da mochila apertavam seus ombros, suor escorria por sua testa e olhos. Quando o calor deu uma trégua – McKenna sabia que já estava perto de anoitecer, mas como tinha enfiado o celular no fundo da mochila não podia ver o horário –, já tinha conseguido acabar com as duas garrafas de água. Não sabia quanto mais teria que caminhar para alcançar o abrigo Carlo Col, mas podia ouvir o barulho de água corrente, um riacho médio, fora da trilha. Decidiu pela primeira vez sair do caminho – eram poucos metros de onde estava; não era quebrar as regras, não muito. Prometeu caminhar apenas em linha reta e voltar se demorasse mais que alguns minutos.

O primeiro passo fora da trilha parecia aterrorizante, depois, empolgante. McKenna riu de si mesma. Depois de vinte passos para baixo, encontrou o riacho, provavelmente o mesmo que passava pelo abrigo Full Goose. Ajoelhou-se para encher a primeira garrafa e, quando ergueu os olhos, viu um urso-negro ajoelhado do outro lado do riacho quase na mesma posição que ela. Pensou ter ouvido o urso respirar abruptamente, como se o tivesse provocado.

Tudo dentro dela congelou. E, então, sentiu um terror total e abjeto.

Um urso. Três vezes o tamanho do maior ser humano que já tinha visto. Gigante, peludo e inescrutável, olhando diretamente em sua direção.

Bem devagar, ela começou a se levantar. *Você precisa parecer bem alto*, tinha lido, *quando encontrar um urso*.

Aparentemente deram o mesmo conselho ao urso, que também se levantou, só que bem mais convincentemente que ela. Era tão gigante e largo, não conseguia nem compará-lo a nada. Centenas de quilos de puro músculo e pele. As únicas armas de defesa que possuía eram um spray de pimenta e um apito que estavam no fundo da mochila, impossíveis de serem alcançados. Não que fossem muito úteis naquele momento.

Virou para trás e disparou a subir, movendo-se o mais rápido que podia, o som de suas mãos agarrando a terra e o dos pés abafando qualquer sensação de que o urso teria decidido segui-la. A vista da trilha atrás das árvores era um alívio, um destino, mas ela sabia que não significava algum tipo de refúgio: se o urso decidisse atacá-la, o faria da mesma forma na trilha.

Com aquela imagem em sua mente, perdeu o apoio dos pés. A trilha sumiu de seu campo de visão e ela caiu, suas pernas se arrastando nas pedras e arbustos, seu corpo escorregando e rolando até seus pés caírem no riacho e sua mochila cair para o lado com um barulho desanimador.

Bastante ofegante, ficou em pé rapidamente. Mas o riacho estava vazio; o urso tinha desaparecido mais silenciosamente do que quando aparecera e mais graciosamente do que poderia imaginar. Com seu coração batendo a mil por hora, pegou a garrafa que tinha derrubado e a encheu. Jogou um tablete de iodo e voltou para a trilha, notando com desespero que tinha rolado por cima de um arbusto de hera venenosa.

Arrumou a mochila nas costas e pensou em correr, o que parecia impossível devido à subida à frente, ao peso da mochila e à exaustão depois que a adrenalina diminuiu. O urso devia ter ido embora, conseguiria ouvi-lo se estivesse atrás dela. Seu corpo ardia com a queda e ela se preocupou com a irritação na pele que apareceria em alguns dias. Não queria lidar com a hera venenosa ali.

Com todos os problemas passando pela sua cabeça, tentou colocar as coisas em perspectiva. A alternativa, afinal, era ser atacada por um urso gigante. *Estou viva*, lembrou a si mesma.

O que era melhor do que o estado em que encontrou seu celular.

Só conseguiu inspecioná-lo quando chegou ao albergue Carlo Col, que por um milagre estava vazio. Tirou a mochila e, em primeiro lugar, se limpou do contato com a hera venenosa com alguns lenços especiais para isso. Então, cozinhou arroz e feijão em seu fogão. O acampamento tinha uma caixa de proteção contra ursos, e com cuidado colocou toda sua comida ali antes de voltar ao abrigo. Só então resolveu encarar o estrago, tirando tudo de dentro da mochila e colocando os itens em cima da plataforma. A última coisa que tirou de dentro foi o celular. A capa antiqueda não adiantou muito. Estava completamente destruído, esmagado e não funcionava mais.

Seu corpo todo doía. A pele do rosto formigava pelo excesso de sol e antissépticos. Estendeu seu saco de dormir em uma das plataformas vazias e entrou nele sem encher uma sacola com roupas para fazer de travesseiro. Se não tivesse cedido e olhado o celular, não teria sofrido a tentação que a levou a colocá-lo no fundo da mochila, e talvez ele ainda estivesse intacto. Agora já era. Estava realmente sozinha.

Tentou focar totalmente na trilha e não deixar os pensamentos desviarem para outras preocupações. No outro dia, teria menos de dois quilômetros até chegar à Trilha Success, no Oeste, e então cruzaria seu primeiro estado, New Hampshire. Havia sido realmente hoje de manhã que acordara no acampamento com as universitárias e Sam? Parecia muitos quilômetros e dias atrás. A última coisa em que pensou antes de adormecer foi que tinha ficado cara a cara com um urso, dentro da floresta. Olhou no fundo dos olhos dele e respirou. Se conseguiu fazer isso, conseguiria fazer qualquer coisa. Um sorriso apareceu em seus lábios e ficou ali até ela adormecer.

O que McKenna não sabia: Sam estava logo atrás dela durante todo o dia, parando quando chegava mais perto e deixando que ela ficasse à sua frente. Uma coisa era ser convidado por um grupo de garotas, outra era seguir uma garota sozinha. Mal se conheciam, e mesmo que ela tivesse reagido bem à história do Walden, ele percebeu que poderia tê-la assustado. Não queria piorar ainda mais parecendo que a estava perseguindo. Notou que ela não tinha assinado o registro da trilha – o que achou uma boa decisão.

Sam ouviu muito bem o incidente, mas não sabia exatamente se tinha sido um urso que a assustara. Só ouviu McKenna subindo desesperada de volta à trilha, depois o escorregão, e a segunda subida mais calma.

Esperou até ter certeza de que ela tinha voltado à trilha. Não perdia de vista sua mochila vermelha – como um sinal –, observando-a passar no meio das árvores. Seu ritmo era mais lento, um pouco irregular quando voltou ao caminho, mas nada que indicasse algum ferimento grave. De onde estava, podia ouvir um barulho de riacho logo abaixo. Caminhou até lá e jogou sua linha com uma isca de bacon que guardara do café da manhã. Em meia hora tinha pegado três trutas pequenas. Amarrou os peixes e os pendurou do lado de fora da mochila.

Sam tinha confiança de que encontraria um abrigo mais à frente; mas, já que estava quase escuro e McKenna tinha acabado de cair, imaginou que ela iria acampar por ali. Seria um lugar perfeito para dormir e talvez pudessem até dividir o peixe. Mas e se não houvesse mais ninguém ali? Não seria meio estranho e incômodo?

Eram duas pessoas caminhando três mil quilômetros na mesma direção. Eles se encontrariam de novo. Mas, por ora, Sam achou melhor deixar o lugar só para ela. Preferia colocar seu saco de dormir perto do primeiro afloramento de rochas que encontrasse, fazer uma fogueira e cozinhar o peixe. O calor estava cessando e uma brisa aparecia conforme ele ganhava elevação. Era uma daquelas noites em que era muito bom estar na natureza, sozinho na trilha.

PELO MENOS MCKENNA destruíra o celular *depois* de escrever para os pais. Nos dias seguintes, fez o máximo para cobrir todos os quilômetros até o próximo telefone público no topo do Monte Washington, o segundo maior pico da Trilha dos Apalaches e um trecho nada fácil de cruzar. As marcações nas árvores pareciam ser bem menos frequentes que em outras partes, e cada vez mais distantes umas das outras. O bom tempo e o fim de semana, por sorte, trouxeram muitas pessoas para a trilha e para os acampamentos. Perguntava para todas as pessoas que cruzavam seu caminho se estava na direção certa. Quando alcançou a casa no topo, estava exausta e coberta de suor.

O chão sob seus pés – acima da linha das árvores – era cheio de pedras. Sentiu estranheza ao ver um estacionamento cheio de carros que haviam subido uma estrada cheia de curvas, e quando passou por eles, jogou a mochila no chão e admirou a Cordilheira Presidencial, completamente verde nesta estação, elevando-se em filas intermináveis de árvores. Que engraçado admirar a vastidão da natureza de um lado e, do outro, ir a uma lanchonete, comprar batatas fritas e pedir o troco em moedas. Então, usou o telefone público para ligar para Courtney.

Claro que a amiga não atendeu o número estranho, o que foi bom, já que só tinha o suficiente para uma ligação de poucos minutos. O número do telefone estava anotado na frente dele, então ela o recitou na mensagem de voz e pediu a Courtney que ligasse imediatamente.

– É uma emergência – disse McKenna.

Dois minutos se passaram. McKenna esperou, matando a fome com batata frita, fechando os olhos de prazer a cada mordida salgada deliciosa. Quando o telefone finalmente tocou, o som foi tão alto que pulou de susto.

– Courtney?

– McKenna! Como você tá?

Era tão estranho ouvir a voz da melhor amiga depois de tanto tempo. Mesmo que já estivesse caminhando havia semanas, ainda não tinha somado o total de quilômetros percorridos. A seção da Nova Inglaterra, com todas as montanhas, era a parte mais lenta da Trilha dos Apalaches, e tanto tempo já tinha se passado que as coisas mais normais da vida pareciam completamente exóticas.

– Estou no topo do Monte Washington.

– Uau! E como estão as coisas?

– Tudo ótimo.

– Mesmo?

– Sim – respondeu McKenna, tentando soar insistente em vez de incomodada. Se Courtney não tivesse soado tão incerta, teria contado tudo sobre o primeiro dia impossível; sobre como acordou tão dura no dia seguinte que achou que não conseguiria andar de forma alguma, ainda mais carregando uma mochila gigante; sobre a maneira como escalar uma montanha deixava seus músculos tão doloridos que era ainda pior na hora de descer (o que era esperado nos dias seguintes a uma subida). O mais estranho era que não sentia vontade de contar para a amiga que Brendan tinha terminado tudo. Pensou que talvez ela já soubesse da notícia.

– Escute – disse McKenna, indo direto ao ponto. – Meu celular quebrou.

Do outro lado da linha, Courtney deu um pequeno suspiro, como se a amiga tivesse contado que um de seus pulmões tinha parado de funcionar. McKenna continuou falando mesmo após a reação de horror, então pediu que a outra enviasse uma mensagem para os pais de manhã explicando que seu celular tinha morrido e que, dali em diante, Courtney enviaria as mensagens semanais para confirmar que estava tudo bem.

– Todas as quartas e sextas-feiras antes de anoitecer – explicou McKenna.

– Mas você não vai pegar um novo?

– Courtney, tô no meio do nada – respondeu, mesmo sabendo que esse era o plano original: sair da trilha na primeira cidade que parecesse grande o suficiente para ter uma loja de celulares. Tinha quase certeza de que o aparelho tinha seguro. Mas, de verdade, o que ele tinha feito por ela até agora? Ligar para o 190 era inútil na trilha, ela só tinha usado a bússola e não tinha checado o GPS nenhuma vez. Era difícil resistir à tentação de olhar as mensagens ou ficar on-line, e quando fez isso recebeu uma mensagem que a distraiu e a deixou para baixo. Sem o celular, era uma garota que escalava montanhas e enfrentava ursos-negros. Com o celular, uma garota em quem o namorado queria dar um pé na bunda. Além do mais, assim como o resto do mundo, passaria toda a sua vida on-line. O celular quebrado era um presente e planejava aceitá-lo.

– O que eu escrevo na mensagem? – perguntou Courtney.

– Bom, fala que meu celular quebrou. Depois, só diz que a gente tá segura, que tá tudo bem e onde estamos. Você vai ter que fingir essa parte. Você ainda tem um guia?

– Posso olhar na internet. – Elas tinham se cadastrado no site da Trilha dos Apalaches em janeiro. – O mapa interativo é bem bom.

Por dentro, McKenna riu, agora sabendo que nenhum mapa interativo te prepara para a trilha.

– Obrigada – disse a Courtney. – Como estão as coisas por aí?

Courtney disparou a falar animadamente sobre Jay e as festas de formatura dos amigos. Não mencionou Brendan, então McKenna imaginou que a amiga soubesse de tudo. Talvez ele estivesse com uma garota nova. Fez força para não fazer perguntas sobre o assunto, só ficou segurando o telefone pressionado na orelha, como nos velhos tempos, ouvindo as notícias de milhares de quilômetros de distância. Estranho que cada passo a levava para mais perto de sua cidade natal quando, na verdade, parecia que estava caminhando cada vez mais para longe, para um lugar profundo dentro de si mesma.

No dia seguinte, escalando o Monte Franklin, McKenna ouviu o gorjeio persistente de um pipilo. Na realidade era até persistente demais. E muito perfeito, soava exatamente igual todas as vezes, sem variações. Não tinha visto Sam desde a manhã que lhe dera o livro e pensou que ele já estivesse muitos quilômetros na sua frente.

Suor escorreu pela sua testa. De manhã estava muito frio e ainda usava seu casaco de flanela, camisetas de manga comprida e as calças de trilha. Parou para tirar o casaco e rapidamente trocar a camiseta por uma de manga curta. Então, gritou na trilha.

— Esse é um pipilo! Me dá um mais difícil.

Uma pausa. Imaginou Sam folheando o livro, procurando por um pássaro que não reconhecia. A pausa continuou e McKenna pensou que estava ficando louca e talvez *fosse* um pássaro bem vocal e preciso que a estava seguindo. Mas então ouviu o som característico de uma coruja-barrada, um som que não se ouve em uma montanha no meio do dia.

— Coruja-barrada! — gritou, e assim que a segunda palavra saiu de sua boca, o avistou virando a curva da trilha. — Coruja-barrada — repetiu, agora sem gritar, e ambos riram.

— Toma — ele disse, entregando o livro. — Sua vez. Tenho estudado. É sério — completou, ainda sem se importar com um oi. — Escolhe um. De qualquer lugar do livro.

Ela folheou o livro e apertou o botão perto de um cardeal.

— Não, não — falou Sam. — Acertaria esse mesmo antes de você me dar o livro. Escolhe um mais difícil.

McKenna folheou o livro com os olhos fechados, e então apertou o primeiro botão que sentiu. As notas finas e associadas a fizeram pensar que poderia ser alguma espécie de mariquita.

— Picoteiro-americano — disse Sam. Ela abriu os olhos. Tinha acertado.

— Você ficou bom nisso — observou McKenna, devolvendo o livro a ele.

— Você não quer?

— Não, você está se divertindo com ele. — Ficou na cara que ele estava muito feliz por ela não querer mais o livro.

Eles caminharam um pouco juntos.

— Sabe — disse Sam —, fiquei preocupado com você, de ter te assustado. Com a história do Walden.

— Quantos anos acha que eu tenho? Oito? — respondeu McKenna. — Assustada com uma história de fantasma? Jamais.

Chegaram a uma parte do caminho em que a trilha era pequena demais para andar lado a lado, então ele caminhou uns passos à frente. McKenna podia vê-lo encolher os ombros sob o peso da mochila.

— Algumas pessoas ficam assustadas — ele completou.

— Eu não — ela retrucou. — Sou conhecida por isso na minha família. Ninguém pode me assustar. Sempre foi assim. Mesmo quando era pequena.

Ele parou e a olhou com olhos cruéis, mas com um sorriso atraente.

— Ah é? — provocou. — Então tenho que pensar em outras histórias pra te contar.

— Vai por mim, você não vai conseguir me assustar.

O sorriso de Sam ficou mais largo, então se virou e continuou a caminhar.

Andaram em silêncio por um tempo, até que McKenna ficou com fome. O sol estava alto, movendo-se para o período da tarde.

— Quer almoçar? — ela perguntou. — Tenho carne de peru seca e barras de cereal.

— Não, tô de boa — respondeu Sam. — Quero chegar ao albergue logo. Minha barraca não é muito à prova d'água e parece que vai chover.

— Beleza — disse McKenna. — Até.

— Beleza. Até mais, Mackenzie.

Pelo seu sorriso, McKenna entendeu que Sam sabia perfeitamente qual era seu nome. Mesmo assim, respondeu:

— McKenna.

— Isso. Te vejo por aí.

Ela se sentou em uma rocha lisa, observando-o ir embora, pensando em como tinha chegado tão longe com uma barraca "não muito à prova d'água". Então, se lembrou de que muitas pessoas, inclusive trilheiros raiz, nem levavam barracas, só paravam para dormir nos albergues.

Deve saber o que está fazendo, pensou para tranquilizar a si mesma. Em seguida pensou por que estava tão preocupada com ele.

Sem o celular para ver as horas e sem o compromisso de enviar mensagens semanais aos pais, McKenna começou a perder a noção dos dias. Parou de pensar na passagem do tempo por números e sim por períodos de luz solar e pela temperatura. A Trilha das Montanhas Brancas foi como estar no Maine e atravessar diversas estações, com a temperatura variando bastante a depender do momento do dia e da altitude. Pelas manhãs, acordava congelando, conseguindo ver a fumaça de sua respiração, e na hora do almoço já estava suando bicas com o calor. Conseguia perceber os dias da semana pelo movimento de pessoas na trilha – algo que imaginava ficar mais dramático conforme o verão chegava ao fim, talvez diminuindo completamente à medida que caminhava em direção ao Sul, com os pássaros e o clima quente. De vez em quando, ela ouvia algum pássaro cantando perfeitamente e falava sua espécie em voz alta. Mas, até agora, Sam não tinha respondido.

Não fazia ideia de quanto tempo tinha passado desde o dia em que conversou sobre pássaros com Sam e quando atravessara a fronteira de New Hampshire para Vermont. Estava se sentindo um pouco eufórica quando cruzou o limite dos estados; tinha lido em um livro que New Hampshire e Maine eram apenas vinte por cento da quilometragem da Trilha dos Apalaches, mas oitenta por cento da dificuldade. Não que acreditasse que os próximos meses seriam fáceis – seriam mais frios e solitários conforme as multidões do verão se dispersassem, com menos convites como o que recebera na noite anterior de uma família com crianças pequenas para compartilhar cachorros-quentes no albergue Happy Hill.

Aproximando-se da estrada Joe Ranger, McKenna viu um grupo de rapazes em uma caminhonete estacionada. Notou os bonés laranja e as roupas camufladas e, mesmo não sendo temporada de caça, sentiu uma onda de nervoso involuntária na garganta.

Cumprimentou-os com a cabeça enquanto passava, pensando no fácil acesso ao spray de pimenta e ao apito pendurados na mochila. Mesmo com toda a preocupação das pessoas, ainda não tinha se sentido ameaçada por nenhum homem que cruzou seu caminho. Eram todos figuras paternas preocupadas, ou rapazes amigáveis como os que deram uísque para Brendan e ela no restaurante, ou como Sam. A vantagem de ser uma garota sozinha na trilha: ninguém tinha medo dela. Todos eram amigáveis de cara, dividiam comida e ofereciam ajuda mesmo quando ela não precisava.

Mas tinha algo suspeito naqueles sujeitos, talvez só o fato de estarem sentados dentro de uma caminhonete observando-a, deixando-a incomodada. Não tinha percebido o grau de incômodo até atravessar a estrada de volta ao que considerava seguro, a trilha. Como sempre, ignorou o livro de registros e passou reto.

— Ei — uma voz a chamou alguns minutos depois.

McKenna olhou para trás e viu três homens caminhando em sua direção. Dois tinham cabelo escuro e eram pequenos e fortes. O careca era magro e esguio. Imaginava que estavam nos seus 30 e poucos anos.

— Oi — ela respondeu.

O que realmente queria fazer era ignorá-los e continuar caminhando. Mas, claro, isso seria rude, quase como provocá-los. O que era justamente o que queriam. Era algo que sempre a perturbava, como pessoas intrometidas sempre contavam com sua gentileza para puxar uma conversa.

— Você se esqueceu de assinar o livro da trilha — o alto disse. Ele apontou para o livro, como se estivesse ajudando.

— Ah. Bom, eu não vou muito longe. Só um dia de trilha.

— É uma mochila bem grande pra um dia de trilha — ele completou.

Aparentemente ele era o porta-voz do grupo, o que fazia os outros dois, que a encaravam sem piscar, parecerem mais ameaçadores, como Pit Bulls cercando seu dono. McKenna se arrependeu da mentira e se concentrou em não ficar vermelha. E, pela primeira vez, se arrependeu de não estar com Norton. Os rapazes com certeza a deixariam em paz se estivesse com um cachorro grande e rosnador.

— Bom – disse McKenna. – Até mais. Vou para aquele lado.

— Espere – o homem alto falou, correndo atrás dela, e McKenna parou novamente, relutante, virando-se para ele e tentando não mostrar muita irritação. – Parece que você já fez um caminho longo. Quer ir para a cidade com a gente? Jantar? Sair?

Quando se viu frente a frente com um urso na floresta, McKenna fora dominada pelo pânico instantaneamente. O que sentia com os três sujeitos – chamando-a para sair! – era algo mais lento, mais primitivo. Estava com raiva por a incomodarem. Estava apreensiva com as intenções deles. Mas também determinada a fazer o que fosse necessário, estrategicamente falando, para escapar. A parte boa, pensou, era que a caminhonete estava na parte de baixo da trilha, longe o suficiente para que não fosse fácil arrastá-la para dentro do veículo. Um dos homens de cabelo escuro parecia inquieto, como se não estivesse totalmente de acordo com o que os outros dois estavam planejando. Se fosse mais firme na rejeição, talvez eles a deixassem em paz.

— Obrigada – respondeu McKenna. – Mas quero só fazer a trilha mesmo.

— Ah é? De onde você é?

— Montpelier – ela respondeu. – Um bom dia pra vocês, tá?

— Não vai ser muito bom sem você – ele respondeu, e deu um passo em direção a McKenna, movimentando-se como se fosse agarrar seu braço.

— Ei – disse uma voz abrupta, surgindo atrás dos três homens –, finalmente. Como você conseguiu ficar tão longe de mim?

Sam. Imaginou que já estivesse quilômetros à frente. Mas ele surgiu da estrada pavimentada, com passos largos e as costas eretas. Notou que era mais alto que o homem careca, e muito mais largo. Sam passou por eles e passou o braço pelos ombros de McKenna. Ela tentou não parecer aliviada. Estava tudo sob controle.

— Ah! – exclamou o careca, recuando um passo e dando espaço para McKenna agora que Sam tinha se aproximado.

– Algum problema? – perguntou Sam. Seu tom era de mau presságio, ameaçador.

McKenna ficou furiosa com a rapidez com que os três homens se viraram e caminharam de volta à caminhonete. Tinha sido muito clara que não queria ser incomodada e eles persistiram. Então, com algumas palavras curtas de um garoto, saíram andando como crianças obedientes.

Deu um passo para o lado para que o braço de Sam caísse dos seus ombros. Então caminhou com passos rápidos em direção à trilha.

– Ei – disse Sam, correndo para tentar acompanhá-la –, você está bem?

– Sim – ela respondeu. – Por que não estaria?

– Parecia que aqueles caras estavam te enchendo.

– Não. Quer dizer, estavam. Mas eu estava resolvendo.

– Ah, é?

– É. – Ela estava furiosa com os sujeitos, não com Sam, tentou se lembrar. Mas ao mesmo tempo estava brava com os homens no geral. Uma espécie da qual Sam fazia parte.

– Bom – disse Sam –, então melhor esperar sentado por um agradecimento?

– Melhor mesmo.

McKenna continuou a caminhar rápido na subida. Atrás dela, ouviu Sam parar, sentiu os olhos dele nas suas costas.

– De nada! – ele gritou.

Ela não se virou, só levantou a mão e acenou enquanto continuava a subir.

Homens. Fazendo o mundo acreditar que uma mulher não conseguiria e não deveria se sentir segura sozinha. Mesmo uma mulher forte e durona como a Linda, que sobreviveu à guerra. McKenna não conseguia não ficar furiosa. Por que deveria se sentir insegura? O mundo não pertencia a ela assim como pertencia a um homem? Sim, pertencia. McKenna se recusou a permitir que a deixassem insegura, encurralando-a ou fazendo com que sentisse que precisava de alguém para cuidar dela.

Sam estava um pouco irritado – com os rapazes estranhos, mas também com a falta de agradecimento de McKenna. Tinha planejado ir até a cidade quando chegasse na estrada Joe Ranger, mas mudou de ideia. Não importava se ela não achava que precisava de alguém cuidando dela. Para falar a verdade, sentia-se mal de ter deixado Marianne no Maine, sozinha com seu irmão, sem contar as duas filhas. Se não podia cuidar delas, poderia cuidar de McKenna. Então ficou para trás, colhendo mirtilos selvagens no caminho, mantendo distância suficiente para que ela não soubesse que ele estava ali. Assegurando que ela ficaria bem. Talvez estivesse com a situação sob controle. Mas, só para garantir, Sam queria ficar entre ela e a estrada. Porque talvez aqueles caras esquisitos pudessem voltar. Assim se sentiria melhor, vendo com seus próprios olhos que McKenna estava segura.

11

VERMONT. MASSACHUSETTS. McKenna atravessou os dois estados ainda no verão, encontrou muitas pessoas na trilha e ao mesmo tempo muito espaço para a solidão. O volume de trilheiros a surpreendeu, mas a extensão do caminho fazia com que fosse possível se sentir sozinha na ampla floresta e nas paisagens em constante mudança. De vez em quando, cruzava com Sam, conversavam sobre pássaros, sobre o clima ou sobre a distância até a próxima fonte de água. Em uma dessas vezes, McKenna coletou um pouco de água para ele de um lago bem suspeito e perguntou-se como ele filtrava o líquido antes de beber.

– Quer alguns? – perguntou, segurando seu pote de tabletes de iodo.

Ela percebeu a hesitação dele, que, num gesto amável, não queria pegar nada da garota. Então concordou, dando de ombros e deixando-a despejar alguns tabletes na palma de sua mão. Afinal de contas, ela poderia comprar mais quando fosse reabastecer os suprimentos. E Sam? McKenna não sabia se ele tinha condições ou não de comprar coisas. Mas tinha certeza de que sua travessia era diferente da dele: Sam não estava em um ano sabático, e sim em algo bem menos luxuoso.

– Obrigado, Mack – ele agradeceu. Em algum lugar de Vermont, ela dissera que não gostava que ele a chamasse de Mackenzie, já que, bom, não era seu nome. Então, ele trocara por Mack.

Uma noite, do outro lado da Montanha Bushnell, eles acamparam no mesmo local, que estava bem cheio. Sam ficou no abrigo e dividiu o jantar com alguns rapazes que pareciam estar lá para uma despedida de solteiro, e McKenna armou sua barraca e tentou dormir mesmo com o barulho. Não fizeram mais do que acenar um para o outro.

Mas, naquela noite, deitada em seu saco de dormir, ouvindo o barulho do acampamento sumir e o som dos coiotes e grilos surgir, McKenna se pegou pensando se ele viria até sua barraca para dizer boa-noite. Se viesse, o convidaria para entrar? Pensou nos dois naquele espaço pequeno.

Por fim, não o viu até o outro dia pela manhã.

– Te vejo na trilha, Mack – ele disse, enquanto ela caminhava até a trilha nos primeiros raios da manhã.

O dia todo McKenna esperou que ele a alcançasse para que caminhassem juntos por um tempo. Mas ele não apareceu.

Quatro estados já tinham ficado para trás. E então, Connecticut. A essas horas, todos os amigos de McKenna estariam fazendo as malas para as primeiras semanas da faculdade. Na Whitworth, havia um clube de atividades ao ar livre que levava calouros para fazer uma trilha naquelas mesmas montanhas. Ficou de olhos abertos para o caso de cruzar com alguém conhecido, mas recentemente os grupos grandes aproveitando o verão – e até o ritmo da semana *versus* do fim de semana – já começavam a diminuir. As noites começaram a ficar mais frias, mas as folhas permaneciam verdes, mantendo as cores da estação. Quando a vegetação começasse a explodir, McKenna já estaria, com sorte, caminhando na região Sul, a primeira vez na sua vida que perderia as tão familiares paisagens deslumbrantes do outono.

Caminhando pelo estado de onde vinha, os detalhes sensoriais sinalizavam o verão preparando para se transformar em outono, o que para ela, mesmo na infância, significava volta às aulas – primeiro o ano letivo dos pais começava, depois o dela. Isso e o sentimento consistente de solidão a fizeram ter saudades de casa. Caminhando até a Trilha de Lakeville para lavar algumas roupas e talvez almoçar, pensou em usar o telefone público para ligar para seus pais. Mas achou melhor não. Até agora, todas as mentiras eram basicamente omissões, ou por intermédio das mensagens de Courtney. Se ligasse para eles, teria que fingir que estavam juntas, sendo obrigada a dizer *nós* em vez de *eu*. Não apenas se sentiria muito culpada, mas se por acaso dissesse algo e eles percebessem tudo, com certeza diriam que sua travessia do Maine a Connecticut (quase 1.200 quilômetros!) era um feito impressionante e insistiriam para que voltasse para casa.

Chegando à cidade, entrou em uma lavanderia *express* nos fundos de uma pizzaria e cogitou jogar as roupas na máquina e comer um ou três pedaços antes de colocar tudo na secadora.

— Ei, Mack. — Ouviu uma voz atrás dela quando abriu a porta de vidro.

Olhou para trás e viu Sam sentado em um banco, bebendo água de uma garrafa. Ele sempre aparecia do nada quando ela começava a se sentir sozinha.

— Ei — ela disse —, vai lavar roupa?

— Não — ele respondeu. — Tô quase sem moedas.

Eles já haviam estabelecido que uma das razões pelas quais Sam estava mais ou menos no ritmo de McKenna — e por que algumas vezes ficava para trás — era porque parava nas cidades para trabalhar por um ou dois dias, para conseguir dinheiro para comprar itens essenciais. Quando o dinheiro acabava, pescava e comia algo que encontrasse na floresta. McKenna se lembrou das histórias do pai sobre a Trilha Noroeste do Pacífico. Mas também sabia que Sam não estava fazendo aquela viagem por brincadeira. Não voltaria para o tipo de vida que seu pai tinha.

— Você pode colocar algumas coisas junto com as minhas — ela sugeriu. — Não vou usar a máquina cheia.

Ela explicou seu método a ele: lavar uma parte das roupas enquanto usava a outra parte, então jogar a segunda parte quando a primeira já estava limpa. Assim que as palavras saíram de sua boca, ficou com vergonha. Ele tinha acabado de admitir que não tinha dinheiro para lavar roupas e ela contou sobre sua estratégia nada econômica. Mas Sam não parecia ter se importado, apenas a acompanhou até a lavanderia e jogou algumas roupas em cima das dela na máquina. Ela se lembrou das pilhas de roupas limpas em casa

— transbordando de peças, um *look* por dia, às vezes mais de um se fosse sair à noite. Viu sua camiseta favorita do Johnny Cash, agora com uma eterna mancha de suor marrom nas costas por conta do peso da mochila, girando dentro da máquina. Se estivesse em casa, não usaria aquela camiseta nem morta.

— Vou comprar alguns pedaços de pizza – disse McKenna. – Quer dividir uma inteira? Por minha conta – acrescentou rapidamente, para que ele não se preocupasse caso não tivesse dinheiro suficiente.

— Claro – respondeu Sam. – Obrigado, parece perfeito.

Saíram da lavanderia e Sam diminuiu o passo para que ela o acompanhasse. Qualquer incômodo ou vergonha pela falta de dinheiro incomodava mais McKenna do que a ele. Sam estava sempre de bom humor e sem perturbações. Suas emoções impossíveis de ler através dos olhos azul-claros.

Lembrou-se do conselho da mãe, que sempre seguia. *Evite os rapazes óbvios.* Como era professora de faculdade, sempre via as garotas de queixo caído pelos bonitões, e os inteligentes e estudiosos sempre passavam despercebidos. Mas era meio difícil evitar aquele garoto óbvio, já que caminhavam na mesma direção por três mil quilômetros.

No restaurante, McKenna deixou Sam fazer o pedido.

— Só não quero calabresa ou *pepperoni* – ela disse. – Não como porco.

— Ah, é? Você é muçulmana? Só come comida *halal*?

— Nenhum dos dois – admitiu McKenna. – Conheci um porco que gostei e nunca mais consegui comer. – Contou a ele sobre a Senhorita Torta de Porco, a porquinha barriguda que conheceu em um acampamento quando era criança. Ela seguia as crianças como se fosse um cachorro e tinha um carinho especial por McKenna: colocava a barriga para cima para ganhar carinho sempre que a via e, às vezes, deitava em cima do seu pé enquanto almoçava.

— Que fofo – disse Sam, fechando o cardápio. A garçonete chegou afoita, flertando com ele. McKenna agiu como se não tivesse notado, pedindo uma pizza de frango com molho *barbecue*.

— E uma Coca – adicionou McKenna.

— Água pra mim – pediu Sam.

Quando as bebidas chegaram, ela abriu um canudo. O primeiro gole do líquido doce e gelado, depois de dias na trilha, era sempre o melhor. Fechou os olhos. Quando os abriu, as mãos de Sam estavam segurando seu copo.

— Você tá com uma cara muito boa — ele disse. — Vou ter que dar um gole.

Ele arrastou o copo pela mesa e colocou os lábios no canudo. Então, deu de ombros e devolveu o copo.

— Muito bom — concluiu.

— Você quer uma? Eu posso...

— Não, obrigado. Tô bem com a água.

A pizza chegou, fervendo, e eles comeram em silêncio por uns bons cinco minutos. McKenna tinha se acostumado com o ritmo de comer na trilha: passar muita fome e depois comer um banquete. Passava dias à base de macarrão instantâneo, carne seca de peru e frutas. Então chegava em alguma cidade e comia tudo o que via pela frente. Nas ocasiões em que *tudo o que via pela frente* incluía algo muito bom — como uma pizza fresca, fervendo, coberta de um molho *barbecue* delicioso e frango grelhado —, era um prazer imensurável.

— Então... — disse Sam depois de terem devorado dois pedaços cada. Deu uma mordida no terceiro pedaço bem devagar, com menos desespero e menor intensidade. — Quais são seus planos para depois de acabar a trilha?

— Na Geórgia? Bom, voltar pra casa dos meus pais em tempo para o Dia de Ação de Graças.

— Onde você mora?

— Connecticut. Não muito longe daqui, na verdade.

Ela esperou que ele perguntasse se os visitaria enquanto estivesse perto, mas Sam não disse nada. Apenas mordeu mais um pedaço de pizza.

— Aí terei um emprego no norte do estado de Nova York — ela continuou — com um ornitólogo incrível. Vou ajudá-lo a catalogar sua pesquisa de pássaros. — Esperou Sam dizer alguma coisa, perguntar algo. Como não o fez, ela adicionou: — Então, por volta dessa época do ano que vem, irei pra faculdade.

Esperou que perguntasse qual faculdade, mas ele apenas comentou:

— Massa.

— E você?

— Não sei. Talvez nem saia da trilha.

— Como o Walden? — McKenna ouviu a própria voz provocando-o, quase flertando com ele, fazendo-o se lembrar da noite em que se conheceram.

— Sim. Mas, você sabe, sem a parte dos assassinatos.

McKenna riu, depois pediu licença para colocar as roupas na máquina de lavar. Quando voltou, havia pegado um novo copo de refrigerante. Colocou um terceiro pedaço de pizza em seu prato, mesmo já se sentindo satisfeita depois da pausa na refeição. Em casa, costumava odiar esse sentimento de gula, de se sentir estufada, mas, nas pausas da trilha, começou a apreciar esses momentos.

— Então, falando sério — ela disse. — O que você vai fazer quando terminar a trilha?

— Então, falando sério — Sam repetiu. Ele riu um pouco e partiu para o quarto pedaço. — Sabe uma coisa que notei em você? Você nunca acende uma fogueira. A gente deveria acampar juntos. Posso te ensinar.

McKenna pressionou a mandíbula, em parte pela ideia de acampar com Sam, em parte pelo tom dele, com ares de superioridade.

— Eu sei como acender uma fogueira — ela retrucou. — Só não faço. Não é permitido.

Ele balançou as mãos com desdém. Não podia deixar de notar o tamanho e a graciosidade das suas palmas, seus dedos longos.

— Ninguém presta muita atenção nisso — ele comentou. — Qual é a graça de acampar se você não pode fazer uma fogueira de vez em quando? Por favor. Vou gastar meus dois últimos dólares comprando *marshmallows*. A gente pode comer hoje à noite.

McKenna o encarou. Ele estava com uma bandana amarrada no pescoço. A pele do rosto dele parecia muito macia, com a barba recém-feita, e um bronzeado de muitos meses sob o sol. Ela se perguntou há quanto tempo ele estava na trilha. Havia algo em Sam que a deixava desconfiada, ou pelo menos hesitante.

Ao mesmo tempo, pensava no que seus amigos diriam ao vê-la sentada na frente desse garoto maravilhoso, querendo negar um convite para comer *marshmallows* durante a noite. Seria ótimo se soubesse mais sobre ele. Na floresta, não parecia importar muito. Mas ali, em uma situação tão trivial, comendo pizza sob luzes de restaurante, sentia um desejo urgente de saber mais.

— Olha – ela disse. – Não quero ser intrometida...

— Então não seja. – Suas palavras não eram duras, mas com certeza diretas. Assunto encerrado.

McKenna se moveu incomodada no banco de couro falso. De onde vinha, existiam regras para conhecer alguém melhor. Em vez de nome, patente e número de série, era nome, em qual colégio você estudou e qual faculdade faria. Aceitava o fato de que Sam não parecia ter planos de estudar. Não era conformista ou esnobe. Mas as duas primeiras perguntas pareciam o mínimo, e, até o momento, Sam só tinha respondido a metade delas.

Ele esticou os braços por cima da mesa e puxou o copo de refrigerante em sua direção, tomando um golão no canudo todo mordido. Parecia um gesto muito íntimo vê-lo beber no canudo que tinha mastigado quase a ponto de não se abrir mais. Ele manteve os olhos fixados nela, depois empurrou o copo de volta. Como se estivesse tentando estabelecer uma trégua entre eles. Então, McKenna decidiu apelar.

— Você nunca me disse de onde é – ela tentou. – De algum lugar no sul? Você parece ter um sotaque.

— Ah, é?

— É.

Ele não confirmou ou negou. McKenna continuou.

— E os seus pais?

— O que tem eles?

— Eles, tipo, te apoiam? Sobre a trilha e tudo o mais?

— Ah, sim. *Super* apoiam. São tipo um grupo de líderes de torcida. Bem parecidos com os seus, imagino.

McKenna não sabia dizer se estava sendo irônico ou não. O brilho usual dos seus olhos parecia ter diminuído. Moveu-se no banco outra vez, depois começou um monólogo sobre como iria para Reed no próximo ano.

— Fica no Oregon — ela adicionou.

— Sei onde fica Reed — ele disse.

Isso a encorajou. Uma atitude, por fim, um pouco estúpida.

— E você? — ela perguntou. — Vai pra faculdade depois de tudo isso?

— Todo mundo não acaba indo? — Sua voz parecia sem interesse. Até um pouco sarcástica.

— Não — respondeu McKenna, tentando fazer as pazes, para mostrar que não se importava se ele ia ou não. — Nem todo mundo. Muitas pessoas de sucesso...

— E muito mais pessoas sem nenhum sucesso. — Agora sua voz soava mal-humorada. McKenna cavava um buraco cada vez mais fundo a cada palavra.

— Bom — disse McKenna, tentando manter a voz leve —, o que significa sucesso? Como dizia Thoreau: "A vida que os homens louvam e consideram bem-sucedida é apenas um tipo de vida".

Sam colocou o pedaço de pizza no prato. Seus olhos semicerrados, um olhar desafiador. Um aviso para que mudasse de assunto.

— Você jogava futebol americano no Ensino Médio? — perguntou McKenna, dando um gole no refrigerante. Esperava que sua voz soasse normal. Queria tecer um elogio, dizer qualquer coisa que tirasse aquela sensação de algo entalado na garganta. — Você tem cara de jogador.

— Quer saber que cara você tem?

E o rosto de Sam mudou de repente. Uma mudança na geometria do seu sorriso. Até aquele momento, McKenna acreditava que ele gostava dela, pelo menos como amigo. Agora, de repente, parecia que não. Sentiu um gelo no estômago.

— Desculpa se eu...

— Você tem cara de quem sempre faz o que os outros esperam que você faça.

McKenna sentiu a raiva borbulhar em seu corpo, esquecendo a chateação.

— Se isso fosse verdade — ela mordeu bruscamente —, eu estaria pregando pôsteres na parede do meu dormitório na faculdade agora.

— Então, em vez da lista de tarefas da semana de orientação da faculdade, você optou pela lista da Trilha dos Apalaches. Mochila chique, feito. Saco de dormir para temperaturas abaixo de zero, feito. Filtro de água, feito. Bússola que provavelmente não sabe nem usar, feito.

— A conta, por favor — disse McKenna à garçonete que passava pela mesa.

Ela colocou a conta com um tapa na mesa, os olhos presos em Sam. Ele não sorriu de volta. Mesmo depois da briga, mesmo sendo apenas amigos, se ainda fossem, ainda era um cavalheiro por não flertar com outra garota enquanto estavam comendo juntos.

Mas não um cavalheiro suficiente para deixar a conversa pra lá.

— Você tem cara — continuou — de quem vai embora da trilha quando começar a fazer muito frio. Vai embora, pra casa, e todo mundo vai dizer que foi uma grande conquista chegar até onde chegou. Talvez Virginia. Mesmo não terminando a travessia como disse que faria.

McKenna o encarou. O que raios tinha feito para merecer *isso*?

A mandíbula de Sam estava quase tremendo, como se fosse ele quem estivesse bravo. Ela hesitou por um segundo, depois pegou a conta e foi até o caixa. Pagou com o cartão de débito dos pais, adicionou uma gorjeta generosa e saiu pela porta sem olhar para trás.

Na lavanderia, pegou suas roupas da secadora e deixou as de Sam, abandonando a ideia de lavar outra leva para ter mais roupas limpas. Tinha comida suficiente para mais alguns dias na mochila. Se conseguisse caminhar uns bons quilômetros nesta tarde e amanhã, poderia fazer mais uma parada em Cornwall Bridge. Agora, sentia-se inquieta e zangada. Precisava caminhar.

Passou o dia todo na trilha esperando que Sam a alcançasse. À noite, armou sua barraca e, a cada movimento, esperava vê-lo chegar vagando, jogando sua mochila suja e sentando-se ao seu lado. E se explicando. Pedindo desculpas. McKenna percebeu, enquanto pendurava sua comida longe dos ursos, que era assim que se sentia em uma briga com seu namorado. Não queria dormir com raiva.

Ainda satisfeita pelo farto almoço, não comeu mais nada, apenas beliscou um pouco de carne seca antes de se enfiar no saco de dormir. Ligou a lanterna de cabeça, planejando começar a ler o romance que havia trocado por um livro na caixa de itens grátis. Em vez disso, ficou deitada no escuro com a lanterna apontando passivamente para o teto da barraca.

Sentiu afinidade com Sam desde o momento que se conheceram, alguém da sua idade, caminhando na mesma direção. Mas o que sabia de verdade sobre ele? Não sabia de onde vinha. Nem quantos anos tinha, exceto pela sua estimativa. Talvez seu nome nem fosse Sam. Por que tinha sido tão hostil sobre falar de si mesmo? Talvez estivesse fugindo da polícia. Talvez fosse perigoso.

Enfiou a lanterna no bolso da barraca. Ouvindo os grilos lá fora, tinha que admitir que também estava atenta a passos se aproximando.

Fechou os olhos forçadamente. *Não*, pensou, com profunda e urgente convicção. Sam não era perigoso. Sabia disso assim como sabia sobre qualquer coisa no mundo. Mas a maneira como pensava nele, a maneira como se sentia...

Isso sim poderia ser bem perigoso.

Ritmo de trilha. Talvez fosse seu incômodo com Sam, a raiva crescente que sentiu nos dois últimos dias, quando não teve nem sinal dele. Mas, pela primeira vez, pensou que talvez tivesse conseguido. Gostava do termo. *Ritmo de trilha*. Tudo se encaixava, assim como tinha imaginado que a travessia seria, lá no começo. Antes de Courtney desistir, antes da subida infernal da Katahdin, antes dos borrachudos devorarem metade do seu corpo. Antes desse longo, difícil e, tinha que admitir, certas vezes solitário verão ter começado, McKenna tinha uma imagem clara da garota que seria – da *mulher* que seria. Imaginava que passaria pelos três mil quilômetros sem nem ao menos um tropeço. A mulher que tinha *planejado* ser não teria deixado um trecho de subida difícil, ou meros insetos, ou uns trilheiros fajutos do contra, quem dirá um garoto solitário bonito demais que só poderia significar problema, a derrubarem.

Essa mulher teria zombado e depois gargalhado, levantado a cabeça e continuado com graça e determinação.

Ela teria *ritmo de trilha*.

O engraçado era que, desde a briga com Sam, pela primeira vez desde que Brendan lhe dera aquele beijo seco de adeus no Parque Estadual Baxter, ela se sentia como a pessoa que tinha imaginado. Inspirou fundo o aroma de pinheiros e de terra molhada. E daí se o orvalho que pairava pelo ar era um pouquinho frio demais para agosto? As alças da mochila não cortavam mais seus ombros. Parcialmente porque precisava reabastecer os suprimentos, mas quem se importava com isso? De acordo com seu guia, encontraria um mercado incrível em Kent, e com o ritmo que estava caminhando chegaria lá até a hora do almoço. Mesmo com os pedaços de pizza de dois dias atrás, o elástico do shorts estava largo. Pediria um sanduíche de pastrami com chucrute, um saco de batatas fritas e um refrigerante. Talvez encontrasse cookies com pedaços de chocolates como os que comia no Joe's Corner Store, na sua cidade. Compraria um e comeria inteiro. Não dividiria com ninguém, não importava quem cruzasse seu caminho.

O mercado era tão incrível como prometia o guia, as prateleiras lotadas dos melhores itens, como biscoitos de arroz, creme de avelã e barras de cereais orgânicas. Tinha uma seção de produtos refrigerados, como homus, e McKenna pegou o que vinha com uma piscina de azeite de oliva e pedaços de picles de pimentão. Ficaria fresco até a hora do jantar. A garota atrás do balcão parecia ter a mesma idade dela. Enquanto preparava o sanduíche, McKenna reabasteceu com tudo o que desejava, conscientemente ignorando os preços, focando em não se preocupar em como Sam pagaria por qualquer coisa ali, caso precisasse.

Quando a garota terminou de preparar o sanduíche – o molho manchando o papel que o envolvia, juntamente com as batatas e o cookie envoltos em um papel-celofane, assim como tinha imaginado –, McKenna se pegou perguntando, como se sua voz não a pertencesse mais:

– Algum outro trilheiro passou por aqui hoje? Quer dizer, você viu um cara da nossa idade, meio alto, com cabelo loiro comprido?

– Olhos azuis? – a garota perguntou. – Com um olhar penetrante?

McKenna sentiu um frio na barriga desconfortável. Sam já tinha passado por ali; então, em algum momento, a ultrapassara. Sem parar. Talvez tivesse continuado a caminhada ou até saído da trilha. Talvez nunca o visse de novo.

E por que ele estava olhando para aquela garota? McKenna se lembrou da maneira como ele evitou o olhar da garçonete. Como tinha evitado ficar na barraca de Ashley. Estava prestes a perguntar o que ele tinha comprado quando a garota do sanduíche riu, um som curto e triste.

– Quem me dera – disse, passando um pano branco de algodão no balcão.

Depois de comer, McKenna se trancou no banheiro do mercado para se lavar de maneira rudimentar. Assim que cruzasse a divisa com o estado de Nova York poderia passar a noite em um hotel, tomar um banho de verdade e lavar suas roupas. Por ora, tirou tudo da cintura para cima, ensaboou e lavou o rosto, e encarou o espelho enquanto escovava os dentes. Era fácil notar as mudanças: seu rosto estava dois tons mais escuro, mesmo aplicando protetor solar religiosamente. Sem uma pinça, suas sobrancelhas cresciam de uma forma que a deixava com cara de brava, porém mais jovem. Havia algumas mechas loiras em seu cabelo, deixando-o mais claro do que quando tinha 10 ou 11 anos, mas ainda muito escuro comparados ao dos seus familiares. *Ou ao de Sam*, pensou involuntariamente.

Tentou se lembrar da última vez que se olhou em um espelho de corpo inteiro. Sabia que as mudanças reais não estariam em seu rosto. Esticou os braços e desabotoou o sutiã. Só para checar se conseguiria, tirou os shorts sem desabotoar o botão da frente. Este não era um banheiro de caminhoneiros abandonado; em Connecticut eles levavam higiene a sério. Tudo brilhava e tinha cheiro de água sanitária com essência de limão. Subiu no vaso sanitário para tentar se ver melhor no pequeno espelho quadrado acima da pia.

Se esperava ver um corpo totalmente diferente do que mostrou a Brendan antes de começar a trilha, sentiu uma pontada de decepção. Além disso, seu bronzeado não estava exatamente pronto para uma sessão de fotos – parecia *photoshopado*, as marcas brancas do seu shorts e da camiseta se destacavam contra seus braços, pernas e pescoço mais escuros. Sua barriga tinha uma pequena saliência após ter devorado o sanduíche e as batatas (tinha guardado o cookie para mais tarde, no bolso da frente da mochila), mas a pele ao redor estava tensa. Suas coxas não estavam magras, mas mais duras do que eram antes e mais fortes. Com relutância, McKenna pensou em Brendan e na última noite que passaram juntos, as perguntas com cuidado que ele fez antes de cada movimento. *Posso continuar?* As mãos se movendo, um pouco trêmulas.

Olhos azuis? Com um olhar penetrante?

McKenna pensou nas mãos de Sam quando os dois estavam no restaurante. Na trilha, no dia em que os caçadores apareceram. Sentiu que a palma das mãos dele tinha calos quando a abraçou, os dedos se fechando na parte superior do seu braço. Tinha certeza de que aquelas mãos não tremeriam. E também tinha certeza de que Sam pediria permissão apenas uma vez.

Uma batida forte na porta do banheiro a assustou.

– Ei – uma voz irritada chamou –, tem gente esperando aqui.

McKenna reuniu suas coisas o mais rápido que pôde. Tirando os suburbanos impacientes, se quisesse chegar ao topo da Montanha Schaghticoke ainda hoje e no estado de Nova York amanhã, tinha que voltar para a trilha o mais rápido possível.

A subida do Schaghticoke era íngreme em alguns lugares, mas nada comparado à Katahdin ou à Montanha Bear, e McKenna agora estava em melhor forma física. Mesmo assim, apenas alcançou o cume bem depois do planejado. Era engraçado estar na trilha do seu estado natal, vendo tudo lá do alto. Era quase como se toda a sua infância, toda a sua vida, estivessem espalhadas lá embaixo no pé da montanha que tinha acabado de subir. Seus pais e Lucy não faziam ideia de que naquele momento estava prestes a cruzar a divisa com o estado de Nova York. Podia ver o Rio Housatonic, onde seu pai a levava para pescar mil anos atrás. Percebeu com um toque de tristeza que Lucy nunca tinha conhecido o pai que ela conhecera – o que amava estar na natureza com a filha. Pensou que gostaria de ter enviado cartões-postais à irmã ao longo do caminho e prometeu começar assim que chegasse em Nova York. Mas então pensou na enrascada em que se colocaria no caso de os selos dos postais não baterem com as localizações das mensagens de Courtney.

Em vez disso, McKenna prometeu levar Lucy a uma trilha no próximo verão, talvez até acampar. Lucy não tinha o direito de perder tudo isso porque seus pais estavam tão obcecados com suas carreiras que não tinham tempo de ensiná-la sobre a natureza.

– Bela vista – disse uma voz atrás dela.

Claro que sabia, mesmo antes de virar a cabeça, a quem aquela voz pertencia.

Sam apareceu do nada, finalmente. Como alguém tão grande conseguia se mover tão silenciosamente? Estava com os braços cruzados e com a cabeça erguida, o queixo apontando para sua direção. Sua barba já tinha crescido um pouco e podia ver fita isolante grudada no tênis. Como tinha caminhado tão longe, por tanto tempo, com esses tênis? McKenna também cruzou os braços.

– Nunca ninguém te falou que não é educado aparecer do nada assim? – ela disse, tentando esconder o alívio ao vê-lo.

– Quem disse que apareci do nada? Estou esperando aqui há mais de uma hora. Fiquei preocupado que você não chegasse no topo antes de anoitecer.

– Não precisa se preocupar comigo. Consigo cuidar de mim mesma. Viu? – Ela abriu os braços, apontando para a vista panorâmica. – Cheguei até o topo. Sem nenhuma ajuda sua ou de qualquer pessoa.

– Quase não chega – retrucou Sam. O que a teria deixado furiosa se não fosse por aquele sorriso quase perfeito, com apenas um dente inferior um pouco lascado.

Os dentes perfeitos de McKenna, conquistados com milhares de dólares em ortodontia, pareciam pesados e inferiores.

Pressionou a língua no céu da boca e ajoelhou para pegar a primeira coisa que viu, uma pinha gorda em formato de ouriço próxima aos seus pés. Que estrago uma pessoa poderia fazer com uma pinha? Arremessou diretamente na direção da cabeça dele, desejando ver aquele sorriso malicioso. Sam tentou desviar, mas não deu tempo. A pinha arranhou sua sobrancelha, o suficiente para que levasse as mãos até o rosto.

– Uou! – ele gritou. – Tá maluca?

Imediatamente, McKenna se sentiu muito mal. Jogara com mais força do que tinha planejado. Deu três passos rápidos na direção de Sam.

– Desculpa – pediu ela, puxando os braços dele para que pudesse inspecionar o estrago. – Deixa eu ver. – Ela queria se assegurar de que o machucado era mínimo, ou inexistente. Mas também queria ver o rosto de Sam bem de perto. De repente, foi invadida por uma frenética preocupação de que ele pudesse ficar bravo com ela.

Sam manteve as mãos no lugar.

– De jeito nenhum – ele respondeu. – Você é muito violenta.

Para o alívio de McKenna, seu tom parecia de brincadeira. Esse era o Sam que tinha conhecido, não o cara hostil do restaurante.

– Por favor. Desculpe. Não tive a intenção de te machucar.

– Mentirosa.

– Não tive intenção de te machucar *muito* – ela corrigiu. – Vai, me deixa ver.

Suas mãos estavam fechadas nos pulsos de Sam, e ele deixou os braços caírem para o lado quando ela fez um pouco mais de força. Viu uma marca leve rosada acima da sobrancelha, nada de mais, desapareceria em minutos.

– Acho que você vai sobreviver – ela disse, sua voz falhando um pouco. Sentiu suas mãos ainda segurando os braços dele, poucos centímetros separando os dois. Se ficasse na ponta dos pés, conseguiria beijar a sobrancelha sem chegar muito perto.

Como se pudesse ler sua mente, Sam disse:

— Você vai dar um beijinho pra sarar rápido?

Abruptamente, McKenna soltou suas mãos e deu um passo para trás.

— Não — ela respondeu.

Ele deu de ombros, aquele sorriso que dava raiva voltando, como se não se importasse com ela ou com seus beijos. Mas então falou:

— Ei, desculpa também. Fui um idiota lá no restaurante. Nem te agradeci por ter pagado o almoço, pelas roupas, por nada.

— Bom, de nada.

— Desculpa — Sam repetiu.

McKenna acenou com a cabeça.

— Então estamos de boa? Eu e você? — perguntou Sam.

— Sim — ela respondeu. — Estamos de boa.

— Ótimo — ele disse.

Ela soltou o ar e caminhou de volta à beirada do cume para pegar sua mochila. Em algum momento durante a conversa dos dois, o sol começou a se pôr. Para McKenna, parecia que o céu estava tremendo, reunindo forças para mergulhar fundo no horizonte, a cor laranja se espalhando e dominando a paisagem. *Não é apenas o amanhecer que tem dedos rosados*, pensou, e questionou se Sam também teria pegado a referência, como Brendan ou Courtney teriam.

Sem fazer barulho, Sam apareceu ao seu lado.

— Se ficarmos para assistir, teremos que descer no escuro.

— Podemos usar sua lanterna de cabeça — disse Sam. Então a tocou. — E posso segurar sua mão.

Os dedos dele se fecharam ao redor dos dela e McKenna se aproximou, como se nunca tivessem brigado. Assistiram ao sol se esconder atrás das montanhas e iluminar o céu antes de tudo ficar escuro. É claro que Sam estava certo. Era mesmo espetacular.

A descida na trilha escura foi lenta. McKenna deixou Sam usar sua lanterna e andou atrás dele, sua mão grudada na dele, perto o suficiente para que seu rosto estivesse a centímetros de sua mochila. Podia sentir o odor de suor e fumaça de sua camiseta velha e ver a pele dele entre a linha de pequenos buracos acima de sua mochila, de um ombro ao outro. Quando chegaram ao acampamento, jogaram as mochilas no chão e olharam em volta. Não havia barracas armadas.

– Parece que temos o lugar só pra gente – observou Sam, iluminando com a luz da lanterna.

– Parece que daqui pra frente será cada vez mais assim – completou McKenna. – Não vi nenhuma pessoa na trilha hoje o dia todo.

– O verão está acabando. As pessoas estão voltando pra vida real.

– Menos eu – ela disse.

Sam sorriu, e dessa vez não parecia nem um pouco arrogante.

– Menos eu – ele concordou.

Agora que o sol se pôs e eles pararam de caminhar, um friozinho se estabeleceu ao redor deles. Ainda estavam mais ao norte e no fim da temporada, e podiam aproveitar as noites frescas da Nova Inglaterra. McKenna vestiu o casaco de flanela e as calças compridas, enquanto Sam vestiu seu casaco de lã. Com a chegada do frio, percebeu que ainda não tinha visto ele se vestir com mais camadas de roupas e se questionou se teria equipamentos suficientes para atravessar os meses mais frios.

Sem necessariamente concordarem, pelo menos não de maneira verbal, desistiram de armar as barracas e começaram a buscar por gravetos. O pôr do sol espetacular deu lugar a uma noite de céu aberto incrível. Seria um incômodo armar as barracas no escuro – não havia previsão de chuva, e as oportunidades para dormir sob as estrelas seriam cada vez mais escassas com o frio se aproximando. McKenna pegou a lanterna de cabeça de volta para buscar madeira, deixando Sam com sua outra lanterna, e pensou que talvez poderia ver o Cinturão de Órion, um sinal certeiro de que o verão estava indo embora.

Sua lanterna iluminou o caminho de volta ao acampamento, seus braços cheios de galhos e gravetos. Conforme deixou cair o carregamento ao lado dele, viu que alguém tinha deixado uma pequena garrafa de uísque encostada em uma árvore, com uma mensagem amarrada no gargalo. *Aproveitem.* Ela pegou a garrafa e girou a tampa para ver se o selo de segurança romperia. Ouviu o estalo.

Sam se ajoelhou próximo à fogueira, já arranjando os galhos em formato triangular em cima de alguns jornais que carregava na mochila. Seu semblante era quase todo visível pela luz das estrelas, mas tinha apoiado a lanterna em um toco de madeira e ela podia ver sua silhueta através das sombras fracas. Sua cabeça estava abaixada, sua expressão concentrada, seu cabelo loiro caindo para a frente, os músculos flexionados naturalmente. Não importava o que Sam fizesse, sempre parecia atlético, como um animal selvagem parece atlético apenas caminhando pela grama, ou até descansando. McKenna se questionou novamente se ele praticava algum esporte no colégio, mas é claro que não iria cometer *aquele* erro outra vez.

– Alguém deixou isto aqui encostado em uma árvore – ela disse, mostrando a ele a garrafa. – A magia da trilha.

Sam olhou para cima.

– Espero que esteja lacrada – ele falou, não exatamente parecendo empolgado.

– Estava.

McKenna colocou suas sandálias, depois sentou-se no toco de madeira ao lado da lanterna enquanto Sam colocava fogo no jornal. O fogo começou a estalar e inflamar com uma obediência quase mágica. Ela jogou a mensagem da garrafa nas chamas e admirou a vista do rosto de Sam, iluminado pelo brilho laranja da fogueira. Quando ele se sentou ao seu lado, ela estava caçando comida dentro da mochila. Pegou o homus, o recipiente plástico úmido pela condensação, e um pacote de biscoitos de arroz.

– Olha só – ele disse.

Esperava que fizesse alguma piada sobre sua comida chique, mas tudo o que fez foi pegar um biscoito.

– Obrigado – agradeceu com sua voz rouca.

– De nada – respondeu McKenna. Já tinha decidido que dividiria o cookie com ele depois do jantar.

Quando terminaram de comer e de organizar as sobras, McKenna percebeu que não havia nada entre eles no toco de madeira, nem mesmo algum pacote de comida. Pensou que ele tinha se movido um pouquinho para mais longe dela, conforme alcançava algo dentro de sua mochila. Foi intencional? Será que queria distância entre eles?

Pegou a garrafa de uísque e ofereceu a ele.

– Não, obrigado – disse Sam.

– Você não bebe?

– Não muito. Surpreso que você bebe.

Ela deu de ombros e colocou a garrafa no chão.

– Não bebo muito. Mas sei lá. A garrafa tá aqui.

Algumas mechas escaparam de sua trança e podia sentir o cabelo batendo no rosto. Tirou o elástico e começou a desfazer a trança, penteando as longas madeixas com os dedos.

Sam a olhou por um momento.

– Você é uma boa garota – ele observou, com uma leve pitada de sarcasmo.

McKenna pegou o gorro de tricô do bolso e colocou na cabeça. O que tinha feito de errado agora? Ele era impossível de ler, de compreender.

– Você parece ter muitas opiniões sobre mim – disse, e deu um gole na garrafa. Sentiu a dose em seu corpo como se tivesse engolido fogo. Manteve a pose e fez o máximo para não começar a tossir e cuspir tudo no chão. Sam a observava.

– Opiniões – ele repetiu. – Sim. Tenho algumas sobre você.

Ele esticou o braço, como se fosse tocar o cabelo dela, mas mudou de ideia. McKenna pegou um galho fino e jogou no fogo. Ele queimou, deixando o rosto dos dois quente e iluminado. Tomou outro gole de uísque, menor e mais administrável, mas que ainda queimou sua garganta.

Sam tirou a garrafa de suas mãos e colocou ao seu lado. O que era ótimo, pois já sentia a cabeça um pouco leve. O suficiente para dizer:

– Sabe, sobre o outro dia, me desculpa também. Não deveria ter insistido. Mesmo querendo saber... sobre você. Quando estiver pronto, pode me dizer. Afinal, somos amigos, certo?

Sam ficou parado, seus olhos pegando fogo. Parecia estar considerando quando, se algum dia, estaria pronto para dizer algo sobre ele, e se eram ou não amigos. McKenna desejou saber exatamente o que ele tinha enfrentado. Será que tinha alguém esperando por uma mensagem dele em casa ou um telefonema? Alguém preocupado se estava bem, seguro ou com fome? Mesmo não tendo falado com seus pais em semanas, a preocupação deles a acompanhava em cada passo, de uma forma estranha, e a abraçava por toda a travessia. Preocupou-se que Sam não tivesse algo parecido com isso.

Sem tirar os olhos do fogo, Sam disse:

— Sim, Mack. Somos amigos. Definitivamente. E eu não deveria ter dito que você não chegaria até a Geórgia. Como vou saber? Acho que no fim só tem que querer. Você tem que querer de verdade quando decide ir até lá.

— Ah, é? – perguntou McKenna. Para seus ouvidos, parecia que sua voz também soava um pouco rouca. – Como estou me saindo? O que você diria até agora?

Podia ver. Ele começou a se virar para sua direção, algo em seu rosto estava ficando mais leve.

— Bem – ele respondeu. – Você está se saindo muito bem.

McKenna puxou o gorro quase até os olhos e colocou os cotovelos nos joelhos, os dois encarando o fogo juntos como se fosse uma TV de tela plana gigante. No silêncio, ela ficou bem consciente da presença dele, sentado ao seu lado, próximo a ela. E parecia que a intenção deles – a atividade principal – era não se tocarem.

Ela se virou para olhá-lo: os ossos da face pontudos, o cabelo bagunçado, lábios que pareciam quase sorrir, mesmo agora, quando estavam concentrados em algo. Queria passar os dedos em um dos ossos da bochecha, depois virar o rosto dele em sua direção para que seus olhos azuis pudessem penetrá-la.

— Sam? – ela falou.

— Sim?

Na quietude que seguiu, no silêncio que não conseguia decidir exatamente o que gostaria de dizer, Sam falou em seu lugar.

— Senti sua falta nos últimos dias – ele disse.

— Sentiu?

— Sim. E fiquei preocupado.

— Você não precisa se preocupar comigo — ela advertiu, um pouco na defensiva. Por que raios todo mundo se preocupava tanto com ela?

Novamente, ele deu de ombros. E ainda não olhava para ela.

— Ok, não preciso me preocupar. Mas posso pelo menos sentir sua falta?

— Acho que você pode sentir minha falta. Se quiser.

Sam sorriu, mas ainda sem olhar para ela. *Agora*, McKenna pensou. Agora seria o momento que ele deveria beijá-la. Aproximar-se, tocar seu rosto. Não fez nada disso. Continuou sentado olhando para o fogo, com seus pensamentos impossíveis de ler.

Quantas horas atrás ela estava furiosa com ele? Mesmo agora, ela lembrou a si mesma, a decisão de se manter brava estava passando. Agora tudo que queria era chegar mais perto. Queria saber como. Todas as montanhas de livros em casa, tudo que estudara, todas as notas altas, e ainda não sabia a coisa mais básica do mundo: fazer um garoto beijá-la.

Ela se levantou, pegando um galho para alimentar o fogo. A pequena estrutura que Sam tinha montado havia caído, aumentando as faíscas e provocando uma onda de fumaça, ameaçando abafar o pedaço de madeira mais novo.

— Ei — disse Sam —, cuidado. — Ele ensaiou se levantar e arrumar a fogueira.

— Pode deixar — ela respondeu.

McKenna cavou um pequeno buraco no meio da fogueira com seu galho, deixando o fogo respirar o ar necessário, e em um minuto ele já estava estalando novamente. Ela se virou. Ali estava Sam, ainda sentado no toco de madeira, iluminado pelo brilho mais forte da fogueira. Foi dominada por um impulso e pela primeira vez deixou de lado as dúvidas em sua cabeça. Abaixou o zíper do casaco e o jogou atrás de Sam. Antes que ele tivesse a chance de dizer qualquer coisa, ou que ela tivesse a chance de pensar, fez o mesmo com sua camiseta.

Quis desabotoar o sutiã também, era o quão corajosa se sentia, mas ao ver o rosto de Sam, parou. Ele ainda não tinha se movido. Suas feições estavam imóveis, congeladas, impossíveis de ler. Ela parou na frente dele, vestindo apenas calças, seu sutiã e o gorro de lá. *Deveria ter tirado o gorro*, McKenna pensou, mas agora estava sem graça demais e não conseguia mexer nem mais um músculo. Ficou de pé esperando Sam dar o próximo passo.

Quando ainda não tinha dito nenhuma palavra, McKenna sentiu que podia morrer de humilhação. Começou a acreditar que uma garota boba tirando as roupas sem aviso na frente dele era algo tão comum que nem se importava de reagir.

Exceto por uma pequena veia em seu pescoço. McKenna podia vê-la saltando na luz da fogueira, fazendo parecer que seu corpo todo estava tenso com o esforço de não se aproximar.

Parecia que havia passado horas. McKenna sentiu o calor do fogo em suas costas nuas. Resistiu ao impulso de colocar os braços na frente do corpo. Como tinha dado o primeiro passo, não podia se mover até que Sam fizesse algo. Ou dissesse alguma coisa. Qualquer coisa.

E então, finalmente, ele disse:

– O que você está fazendo?

Essa não era a resposta que buscava. A raiva antiga voltou a surgir dentro dela, como o fogo buscando um respiro, mas desta vez se misturando com algo mais. Algo que nunca tinha sentido antes, nunca.

– O que parece que estou fazendo? – ela respondeu, sua voz mais vulnerável do que soava em sua cabeça.

Aquela veia saltou do pescoço dele um pouco mais, aquele olhar tenso em seu rosto relaxou apenas o suficiente para que parecesse feroz. McKenna sabia de alguma forma, instintivamente, que ele não ficaria ali parado por muito tempo. A qualquer momento, *teria* que tocá-la.

Em um movimento gracioso, Sam se levantou. Ficou parado na frente dela, ainda sem tocá-la, só encarando seu rosto. Então tirou o gorro de sua cabeça e o jogou no chão. Passou as duas mãos pelos cabelos dela, colocando-os atrás dos ombros. Parecia natural que dali ele passasse os dedos pelas suas costas. Não parecia um desastrado inexperiente – seu sutiã se soltou em um movimento fácil e rápido, caindo pelos seus braços. Sentiu os lábios dele em seu ouvido.

— Você quer ficar pelada? — ele perguntou, uma voz rouca, porém baixa. — Então vai. Fica pelada.

— O que é isso? — ela perguntou. — Verdade ou desafio?

— É o que você quiser que seja, Mack. — Os lábios dele agora raspavam em seu ouvido, quase um beijo.

Ele não esperou para ver se ela o obedeceria, e então alcançou o elástico de suas calças. E também de suas calcinhas de tecido de secagem rápida, puxando-as pela curva insistente do quadril, depois deixando que caíssem até os calcanhares dela. Para sair delas, McKenna teve que chutar suas sandálias. Agora estava totalmente nua, sem nenhuma peça de roupa, enquanto Sam estava vestindo tudo, incluindo seus tênis cheios de fita isolante. Ele traçava os dedos por sua clavícula, depois uma linha reta até o umbigo, onde separou suas mãos. Moveu-as até o quadril, depois para cima, com o toque suave ficando lentamente mais agressivo.

Não conseguia mais suportar. Deu um passo para a frente, diminuindo a distância entre eles, e o beijou. Sam movia as mãos por suas costas, apertando-a para mais perto dele, seu peito nu amassado contra os fios ásperos do seu casaco.

Beijaram-se daquela maneira pelo que pareceu durar séculos, as mãos de Sam se movendo para cima e para baixo em seu corpo, a fogueira continuamente esquentando suas costas. Séculos de êxtase. McKenna não conseguia pensar em para onde iriam depois, o que fariam. Qualquer coisa simples como buscar os sacos de dormir poderia quebrar o encanto que tinha conseguido criar a partir da brisa fria daquela noite.

Finalmente, Sam parou. Deu um passo para trás do toco de madeira e se deitou no chão. Ela podia ver as folhas secas imediatamente grudando em seu cabelo. Seus braços subiram um pouco, acenando para ela. McKenna não queria interferir no momento nem um pouco a mais do que já tinha feito. Ela se ajeitou em cima dele – a calça jeans e a lã eram as únicas coisas separando os dois. Sentiu as mãos dele colocando-a exatamente onde desejava, e sentiu o corpo dele estremecer.

A falta de controle a assustava. Não se atreveu a pensar no que faria depois, para que tudo continuasse. Ou pior, para que parasse.

Sam também parecia ter perdido o controle. Ele a beijou cada vez mais profundamente, puxando-a para mais perto quando ela não imaginava que isso seria possível. Assim como tinha imaginado, as mãos dele iam para onde desejavam, sem parar, sem perguntar nada. A permissão que precisava estava em cada resposta de McKenna, na sua respiração rápida, no movimento do seu corpo. Até no seu gemido. Tinha certeza de que nunca tinha *gemido* em sua vida. Mas aqui, em outro mundo, com esse ar à sua volta, com uma coruja fazendo um som em alguma árvore, sem portas protegendo-a de intrusos, só a confiança de que eram as únicas almas em quilômetros de distância. Os lábios de Sam pressionavam o pescoço de McKenna em uma mordida suave.

– Sam – ela disse, uma nota estrangulada, a primeira palavra depois do que parecia horas. – Acho que eu vou morrer. Sinto que vou morrer.

Brendan teria encarado isso como uma pista para parar. Sam claramente aceitou como um elogio. Colocou suas mãos nos ombros dela e a empurrou um pouco. Com uma mão, tirou o cabelo de seu rosto e segurou sua bochecha.

– Você é linda, Mack – ele disse. – Você sabia disso? Muito linda.

E então ele alcançou sua calça jeans.

Pronto. A magia foi interrompida. Porque uma vez que o jeans saísse, seriam decisões de vida muito importantes para eles. Foram três meses para que ela chegasse até ali com Brendan. E essa era a primeira vez que ela e Sam tinham se beijado. McKenna segurou o punho dele.

– Espera – ela disse. – Desculpa. Eu...

Sam parou. Droga. Ela sempre tinha que arruinar tudo. Toda a excitação, toda a mágica, indo embora. Decepcionou-o. Pior, provavelmente o transformaria de volta naquela pessoa debochada. McKenna se preparou, esperando que ele dissesse algo sobre como sabia que ela não teria coragem de terminar o que começou.

Mas ele não disse nada. Em vez disso, esticou os braços atrás dela e encontrou seu casaco no mesmo instante, e a cobriu. E a beijou. Um tipo diferente de beijo, com os lábios pouco abertos, mas ainda assim um beijo profundo e cheio de sentimento.

– Claro. Você que manda, Mack – ele sussurrou. E beijou sua testa. – O que você quiser.

Os dois permaneceram ali, sem palavras, recompondo-se. McKenna vestiu as roupas de volta, incluindo o gorro, e Sam retirou as folhas presas no cabelo dela. Colocaram os sacos de dormir abertos próximos à fogueira, subindo o zíper dos seus casulos separados e depois aproximando-os um do outro. McKenna posicionou sua cabeça no peito de Sam e ele colocou o braço para fora do saco de dormir, passando-o por cima dela. O fogo aumentou, dançando um pouco, e McKenna respirou os aromas do mundo ao seu redor, que cada vez mais pareciam como um lar.

Podia ouvir o coração de Sam batendo forte e depois devagar. Nunca tinha dormido assim com ninguém. De manhã, finalmente descobriria como era acordar nos braços de alguém.

Ou era o que pensava. O sono de McKenna era muito pesado, nunca sonhava; tão pesado que não viu o momento em que Sam foi embora. Quando acordou com o sol bem alto no céu, a fogueira estava apagada. As coisas de Sam tinham desaparecido, e ele também, nem o menor rastro, exceto a única coisa que ela tinha dado a ele, o livro dos pássaros, abandonado e úmido próximo aos resquícios do acampamento do dia anterior.

– Sam? – ela chamou, saindo do saco de dormir. – Sam? – chamou novamente, mesmo sabendo que não estava lá. Ele tinha a deixado. Era óbvio.

Chutou o chão no local onde o saco de dormir dele estava. Incrível. Com tudo o que tinha acontecido na noite anterior, acordou sozinha. Ele nem se despediu. Com movimentos bruscos e furiosos, reuniu seus pertences. Sam devia ter tirado todo o lixo, pois os potes de comida e a garrafa de uísque tinham sumido. *Que atencioso*, pensou, dando um último chute no lugar em que ele tinha dormido.

Com tudo arrumado, McKenna deu uma última olhada no acampamento, tentando pensar no que fez de errado. Teve de conter as lágrimas. O sol já tinha nascido. Se sentia atordoada, pega de surpresa, de coração partido. O que mais poderia fazer a não ser voltar para a trilha? Não importava o que sentisse, tinha que fazer o que fazia todos os dias: caminhar.

Seu rosto, no entanto, a traiu mais do que imaginava. Quando passou por um grupo de trilheiros — uma mãe e filhas adolescentes —, a mãe parou e colocou a mão no cotovelo de McKenna.

— Você está bem, querida? — perguntou.

— Sim — respondeu McKenna, mais na defensiva do que pretendia. — Eu tô bem.

— Desculpa — disse a mãe, sua voz ainda gentil. — Você parece... bom, parece chateada. Você não está perdida, né?

— Não — completou McKenna, sua voz muito objetiva. — Não estou perdida.

— Bom, tudo bem. Aproveite o dia. Com certeza vai ser quente.

— Com certeza — concordou McKenna, enxugando suor das sobrancelhas com o antebraço.

Havia se esquecido de colocar sua bandana em um lugar de fácil acesso.

— Ei — disse McKenna, chamando-as.

As três pararam, olhando para ela. Podia ver no rosto da mãe que ela esperava McKenna admitir que estava em algum tipo de perigo.

— Que dia é hoje? — perguntou McKenna. — Tô aqui faz um tempo e acabei perdendo a noção.

— É domingo, dia 22 de agosto — respondeu a mãe.

McKenna acenou. Dizer que perdeu a noção do tempo era um eufemismo. Tinha completado 18 anos havia quatro dias sem nem perceber.

12

SAM NÃO SABIA qual era seu problema. Acordou antes do amanhecer, com os pássaros cantando loucamente e a cabeça de McKenna apoiada em seu ombro, com seus braços ao redor dela.

— Mack — sussurrou, sua voz rouca e emocionada, e depois beijou seu cabelo. Ela tinha cheiro de fumaça de acampamento e natureza. Parecia estar relaxada, os ossos dos ombros afiados debaixo de suas mãos. Ela precisava de um banho. Ele não queria soltá-la nunca mais.

Então um tipo de frieza se apoderou dele. Não conseguia explicar. Três rostos apareciam em sua mente. Primeiro Starla, a última garota com quem tinha transado, sua namorada antes de partir. Não pensava em como ela estava. Claro que estava bem, indo para a faculdade como sempre planejou. Não estariam juntos agora, de nenhuma maneira, mesmo que estivesse em casa. O outro rosto pertencia à sua mãe, infeliz durante anos por conta do pai. O terceiro era o da namorada de Mike, Marianne, e a maneira como parecia cansada na mesa da cozinha, e presa ao irmão. Odiava pensar em Mike, Marianne e nas duas garotas. Era a casa dela. Mandar Mike embora parecia a coisa certa a se fazer. Uma onda de raiva o dominou, pensando por que ela ainda não tinha feito isso — e talvez nunca o fizesse. Quase estava mais bravo com Marianne do que com o irmão.

Saiu debaixo de McKenna com cuidado, colocando-a gentilmente no chão duro. Ela mal se mexeu, seus olhos ainda fechados. Até ela pedir para parar, Sam não tinha considerado que poderia ser sua primeira vez. Agora, enquanto a observava dormindo, parecia óbvio. Uma garota inocente, com pais em algum lugar, em uma casa bacana, que se preocupavam com ela.

Sam queria procurar algo para comer nas coisas de McKenna, usar o fogão, deixar tudo pronto para o café da manhã. Puxou a sacola para baixo. Ela provavelmente era a única pessoa com quem cruzou na trilha que realmente fazia isso de pendurar a comida nas árvores por conta dos ursos. O que parecia bobo para Sam, já que ursos escalam muito bem.

Procurou por café na sacola. McKenna era tão parecida com uma criança que não tinha café. Starla bebia e fumava. Sam lembrou do gosto de cinzas em seus lábios. Ela costumava passar os dedos nas cicatrizes de queimadura dele. Não se chocava com elas. Era uma garota esperta, mas também tinha seus próprios problemas; seu pai era viciado em metanfetamina e a abandonara quando tinha 14 anos. Ela tinha ido embora, ele se lembrou, já estava na faculdade. O lance era que um pai como o de Sam – assim como o histórico de Sam, com cicatrizes e tudo o mais – estava bem alinhado com o que Starla esperaria para sua vida.

Perto da fogueira, os sons da respiração desta outra garota eram suaves, confiantes e muito inocentes. Ela era só isso, certo? Outra garota. Muitas outras antes dela. Muitas ainda viriam. Pensou na noite anterior, McKenna dando goles no uísque. Tirando as roupas. Não fazia ideia de que desejá-lo era o caminho mais direto para arruinar tudo o que tinha de bom em sua vida.

Sam fechou a sacola de comida de McKenna e a colocou de volta onde tinha encontrado. Em vez de fazer o café da manhã, juntou suas coisas e enfiou tudo dentro da mochila. Pegou a garrafa de uísque e arremessou na floresta. Esse era o tipo de cara que era, um caipira de Seedling, West Virginia, e era assim que agia. Tirou da mochila o livro dos pássaros e deixou perto das coisas de McKenna. Ela nunca tinha dado a ele, tinha emprestado. Agora, não tinha mais certeza se a veria novamente, então não era justo ficar com ele.

Foi o dia mais quente em um longo período.

Sam já tinha bebido mais da metade de sua água ao meio-dia. Honestamente, se sentia bem, o castigo do calor intenso combinado com o ritmo acelerado, mais do que o normal. Lembrava-lhe dos treinos de futebol americano, quando o técnico Monahan o pressionava para ir além do que imaginavam que conseguiria.

Com certeza era um sábado. Havia muita gente na trilha, passeando da maneira mais relaxada possível. Um grupo de universitárias estava arrumando as coisas para fazer um piquenique em um dos acampamentos. Tinham uma toalha de xadrez rosa e branca e uma cesta como aquelas em que a Bruxa Má do Oeste carregava o Totó. Tudo o que Sam precisava fazer era sentar-se em um banco próximo, dar um gole na água e sorrir para a garota que estava organizando a comida. Em seguida, já ganharia um prato de papel com frango frito, salada de batata e um copo de plástico com chá gelado fresco. Nunca se acostumava com a maneira como bebiam chá gelado no norte, azedo e sem açúcar. Mas a cafeína o ajudaria com a energia necessária para terminar os quilômetros do dia.

— Ei — disse a garota que lhe deu comida —, vai acampar aqui hoje à noite?

— Não — respondeu Sam, raspando o restante da salada de batata do prato. — Muito obrigado pela comida. Preciso ir. Muitos quilômetros para caminhar ainda hoje.

— Até onde você vai? — ela perguntou enquanto ele já se encaminhava de volta para a trilha, ainda sem se desencorajar ou desistir da chance de uma conversa com ele.

— Obrigado de novo! — Sam gritou por cima dos ombros, com um último aceno.

Até onde você vai? O sol escaldante brilhava entre as árvores. Suas pernas eram bem mais longas do que as de McKenna. Sua mochila era mais leve. Estava acostumado a lidar com a dor. Em pouco tempo, ela já estaria muitos quilômetros atrás dele. Talvez ele saísse da trilha e encontrasse um trabalho em uma das pequenas cidades. Algo que não precisasse de um diploma do colégio, como balconista em uma loja de conveniência ou algo na área de construção, ou talvez zelador.

No segundo em que avistou as garotas do piquenique, sabia que lhe dariam comida. Quando viu McKenna pela primeira vez, no Maine, ela deveria ter parecido uma oportunidade, planejando ir até a Geórgia com todo aquele equipamento novinho. Ele deveria ter percebido que ela seria uma ótima fonte de refeições e de noites quentes. Mas ele não pensou nisso nem uma vez, na verdade. Não conseguia dizer por quê. E agora talvez tivesse partido seu coração.

Mas não pensaria mais nisso. De qualquer maneira, seria bom para ela. Talvez percebesse que não servia para esse tipo de coisa, essa travessia longa, a vida com um cara como ele. Estava escuro na noite anterior, então não vira suas cicatrizes. Talvez a essa altura já tivesse saído da trilha, ligado para a mãe e o pai irem buscá-la.

Até onde você vai? O mais longe possível e também não muito longe. Iria até a Geórgia, depois daria meia-volta e caminharia tudo outra vez. Passaria a vida toda nessa trilha, para cima e para baixo, as estações mudando, garotas aparecendo e indo embora. Para onde mais poderia ir?

O sol ainda estava muito forte. Sua respiração pesava com o esforço. Quando o ar ficou um pouco mais fresco, no fim do dia, ele se sentiu um pouco tonto. Não estava em nenhum lugar próximo de um acampamento, mas e daí, não era preso a regras, não era como McKenna. Avistou uma pequena clareira perfeita para armar sua barraca. Tinha almoçado bastante, não precisaria jantar.

Ainda não era noite quando Sam adormeceu enquanto observava as sombras dos galhos cruzando o teto verde de sua barraca.

À noite, Sam sonhou que McKenna estava em perigo. Não conseguia ver o porquê, só podia ouvi-la gritar e chamar seu nome. Tentou responder ao chamado, mas sua voz estava entalada na garganta, não emitia som algum. Não conseguia alcançá-la, não conseguia chamá-la, tudo o que podia fazer era escutar sua voz. Parecia estar tão assustada. Nunca a tinha visto naquela situação. Nem quando os caras tentaram assediá-la. Devia ser algo sério. Tentou levantar os braços para chamar a atenção dela, mas não podia se mover.

No breu, seus olhos se abriram rapidamente. Estava encharcado de suor, mais do que quando subia um terreno íngreme no sol escaldante. Cada centímetro de sua pele formigava naquele momento confuso entre o pesadelo e a realização de estar seguro. Mas estaria McKenna segura? Sam chacoalhou a cabeça, lembrando-se de que premonições não eram reais. Ao mesmo tempo, aquele formigamento incômodo não abandonava sua pele. Não conseguia esquecer.

Por que tinha ido embora e a abandonado daquela maneira? Que tipo de imbecil ele era?

Desarmou a barraca e arrumou todas as suas coisas ainda na escuridão, desejando uma das lanternas de cabeça como a que McKenna tinha. Quando colocou a mochila nas costas, seus olhos já tinham se ajustado o suficiente à escuridão e ele conseguiu encontrar a trilha para começar a caminhar em direção ao norte. Não havia chance nenhuma de ela ter caminhado mais longe que ele no dia anterior. E a qualquer momento ele chegaria a um acampamento bacana e veria a barraca dela. Talvez ele a acordasse. Ou talvez apenas abrisse um pouco a lona para espiá-la e se certificar de que Mack estava bem. Só assim Sam conseguiria voltar a dormir outra vez.

Na realidade, McKenna estava na direção sul de onde Sam havia acampado, somente alguns quilômetros na frente. Queria ir mais longe, mas sabia que teria de caminhar no escuro até encontrar o próximo abrigo. Ao contrário de Sam, não queria sair da trilha e armar a barraca em qualquer lugar. Tinha caminhado muito no dia anterior, em um ritmo feroz, desejando ultrapassá-lo sem dizer uma palavra. O que, claro, tinha conseguido fazer, mas não da maneira satisfatória que havia planejado – pensou o dia todo em como conseguiria passar por ele silenciosamente. Ou talvez isso fosse óbvio demais, pareceria que ela se importava demais. Talvez dissesse um *Ei* com indiferença antes de dar um passo para o lado, ultrapassá-lo e deixá-lo comendo poeira.

Claro que Sam não a viu quando ela de fato passou por ele e por sua barraca triste, que oferecia zero proteção no caso de chuvas. McKenna ficou pensando se o garoto teria comido algo o dia todo.

Pensou a mesma coisa na manhã seguinte, enquanto fazia mingau em seu fogão portátil. Mexendo a panela por mais tempo que necessário, recusava-se a pensar nos dois garotos que conseguiram terminar com ela enquanto nem estava na civilização. Manter os dois rostos – o de Brendan e o de Sam – longe da sua mente dispensou mais energia do que gostaria. O primeiro machucava seu ego. O segundo, bem... Era uma dor que sentia na boca do estômago, que desapareceria eventualmente. Não significava nada. Mal o conhecia.

Só tinha que continuar caminhando.

Havia outras pessoas no acampamento, um casal de meia-idade caminhando até o Maine, que fora embora antes de ela sair da barraca, e um pai com o filho de 10 anos, voltando para o mundo real em tempo de ir para o trabalho e para a escola. Despediram-se de McKenna quando ela começou a arrastar o saco de dormir e outros equipamentos para fora da barraca para se organizar e sair. Queria alcançar a trilha antes de Sam aparecer. Idealmente, teria de sair no mesmo horário que os trilheiros raiz caminhando em direção ao norte, mas estava exausta do dia anterior. De joelhos, enquanto organizava suas coisas, seus músculos doíam, tensionados. Muito tempo havia passado desde aquela massagem em Andover.

– McKenna. – Ouviu uma voz familiar, mas com um tom não familiar. Ele a chamava pelo nome, como nunca tinha feito, nenhuma vez desde que o vira pela primeira vez.

Ela se levantou, a barraca desarmada a seus pés. Sam caminhou em sua direção não como se a tivesse abandonado por vontade própria, mas como se ela tivesse sido sequestrada por um grupo de piratas e ele tivesse passado as últimas 24 horas em um duelo de espadas para salvá-la. Jogou a mochila no chão e a abraçou tão forte que estalou suas costas. Disse algo, o som abafado em seus ombros.

– O quê? – perguntou McKenna.

– Nada. Só estou feliz em te ver. Procurei por você a noite toda. Primeiro fui para o norte, porque pensei que estava atrás de mim. Aí descobri que não, e dei meia-volta.

– Você tá maluco?

– Não. Quer dizer, sonhei que você estava machucada.

— Você *sonhou*?

— Sim. Você me chamava e estava em perigo, mas eu não conseguia te ver, e quando tentei te chamar, minha voz não saía. Você também tem sonhos assim?

McKenna o encarou, lutando contra a vontade de colocar as mãos na cintura, pois sabia que pareceria com uma professora dando bronca.

— Sim — ela respondeu, lutando para manter a voz uniforme. Não queria soar brava, ou pior, extasiada e aliviada por sua volta. — Já tive sonhos assim antes, quando você tenta falar, ou gritar, mas não consegue. Mas sabe o que eu nunca fiz?

Sam olhou para ela. Seu rosto estava pálido. Tinha amoras nos cabelos, o idiota tinha saído da trilha de novo, suas pernas e braços cobertos de arranhões e marcas que se transformariam em machucados antes do dia terminar. Parecia estar tremendo um pouco. Mas McKenna continuou:

— Nunca fiquei com alguém, alguém que eu considerava um *amigo*, e depois desapareci sem dizer uma palavra, sem deixar rastros ou *qualquer coisa*.

Ele continuou olhando diretamente para ela, seus olhos incrivelmente azuis na luz da manhã. Em algum lugar, não tão longe, ouvia-se o barulho de trovões. Ele mudou o peso de uma perna para a outra. McKenna olhou para baixo e viu que seu joelho estava machucado e um pouco inchado. Não podia evitar. Ajoelhou-se na sua frente e examinou a ferida. Provavelmente tinha escorregado com aqueles tênis malucos.

— Tenho um saco de gelo — ela disse. — Vai ajudar.

— Obrigado.

Ela pegou um pacote de gelo instantâneo do seu kit de primeiros socorros e o abriu. Sam sentou no chão. Quando sentiu o gelado por cima do plástico, ela o pressionou em seu joelho.

— Desculpa — ele falou, como se não houvesse pausa na conversa. — Não sei por que fui embora.

— Eu sei por quê.

— Acordei e você ainda estava dormindo. Conseguia sentir o cheiro do seu cabelo. Meu primeiro pensamento foi que nunca mais queria te soltar. E meu segundo pensamento foi "tenho que ir embora".

Ela o encarou, ainda agachada onde tinha se ajoelhado para pressionar o saco de gelo no joelho de Sam. Em toda sua vida, nunca alguém tinha lhe dito algo tão romântico, ou tão confuso.

– Segura aqui – ela disse. – Não solta. Ou vai desperdiçar o gelo.

Já que o kit estava ali, achou melhor cuidar das pernas dele. Limpou os arranhões com gazes e antisséptico, depois colocou pomada antibiótica neles, curativos nos dois lados dos cortes. Sam permaneceu sentado enquanto ela trabalhava. Podia sentir que ele a olhava. Outro som de trovões, agora mais forte.

– Tá com fome? – McKenna perguntou, sem olhá-lo.

– O que eu estou – disse Sam, com uma voz rouca – é cansado. Muito cansado.

McKenna se levantou e caminhou até a barraca dela, armando-a novamente, dessa vez adicionando a proteção contra chuva. Sam caminhou tropeçando até a entrada. Ela pegou a mochila dele e a colocou atrás dele. Enquanto ele deitava no saco de dormir de McKenna, ela esticou o dele logo ao lado. Era um saco de dormir bacana, que serviria para temperaturas congelantes abaixo de zero. Sam se sentou, tirou sua camiseta e se deitou. Sons de trovões, agora mais perto, e com eles uma chuva forte, bombardeando o teto da barraca. A chuva criava sombras dançantes dentro do pequeno espaço, rapidamente preenchido pela respiração dos dois. Sam não olhava para McKenna e sim para a chuva, e ela demorou alguns segundos para perceber que a retirada da camiseta era também um tipo de confissão.

Na outra noite, estava escuro e só McKenna tinha tirado a roupa – tudo começou com ela ficando nua, não ele –, então não tinha visto as cicatrizes de perto: no seu pescoço, no peito e na parte superior dos braços. Pequenas, em formato circular e profundas.

Ela esticou os braços e passou o dedo de uma à outra, até colocar a mão no seu pescoço, na cicatriz que ficaria visível se ele estivesse vestindo uma camiseta.

– Deveria ter notado isso – ela disse, sua voz quase inaudível com o tamborilar da chuva.

Os olhos de Sam continuavam vidrados no teto da barraca conforme fechava suas mãos em cima das de McKenna, e então as levou até os lábios dele. Em seguida, ele as abaixou até o seu peito, apertando com gentileza.

– Essa foi a última – ele disse. – Meu pai. Cigarros. Sabe?

Ela sentiu um calafrio tão forte que quis alcançar seu casaco de flanela dentro da mochila. Todas as reclamações bobas sobre seus pais – como quando o pai não tinha mais tempo para fazer trilha com ela – evaporaram no ar denso.

– Você estava certa – falou Sam. – Não comecei a trilha na Geórgia. Comecei em West Virginia. Um dia, cheguei no limite com meu pai. Foi a última gota, tive que ir embora. Comecei a trilha e continuei caminhando em direção ao norte, até a casa do meu irmão no Maine. Mas quando cheguei lá... não consegui ficar. O cenário era... muito parecido com o de casa...

– Você não precisa me contar – disse McKenna.

Sam assentiu com a cabeça. Parecia ter apreciado a pausa na narrativa. Mas então continuou:

– Sabe o que eu queria te contar?

Ela negou com a cabeça. Sam continuou sem olhá-la. Mas acariciou as costas da mão dela com o polegar, para que soubesse que ele detectava o movimento através da sua sombra, com a chuva correndo em riachos atrás dela.

– Queria te contar que sumi por meses. Saí da casa do meu pai sem celular, nunca nem mandei um cartão-postal. Nem uma mensagem sequer. Não apareci na escola. Tinha uma namorada, o nome dela era Starla. E eu também jogava no time de futebol americano, Mack. Você estava certa sobre isso. Eu tinha, bom, pensava que tinha, uma vida. Sabe?

Novamente, ela concordou com a cabeça.

– Mas aí, quando cheguei na casa do meu irmão, ele nem sabia que eu estava perdido. Nunca ouviu nem uma palavra sobre mim. Ninguém estava me procurando.

Lá fora, uma rajada de vento se juntou ao barulho. As laterais da barraca se agitavam. McKenna se abaixou e beijou a testa de Sam.

– Eu procuraria por você – ela disse.

Sam fechou os olhos. McKenna tocou seu rosto, depois se deitou ao lado dele, colocando a cabeça em seu ombro, esquecendo-se da sua promessa de não acampar duas vezes no mesmo lugar, esquecendo-se dos quilômetros que tinha que caminhar, esquecendo-se de tudo no mundo, exceto desses metros quadrados aglomerados com sombras, e do som da chuva, e dos braços de Sam sobre seu corpo.

Nunca mais queria te soltar.

Dentro do seu peito, alguma coisa florescia. Daquela maneira que alguns momentos ficam conosco para sempre, McKenna sabia que, para o resto de sua vida, o som de chuva no teto da barraca representaria o ato de se apaixonar. O tamanho do novo sentimento surgiu como adrenalina. A pessoa que se tornava dentro da barraca cheia de sombras era alguém que ninguém na Terra – nem Sam – tinha conhecido.

13

ELES FICARAM ASSIM a maior parte do dia, encolhidos, se escondendo da chuva. Em algum momento, McKenna abriu sua sacola e eles comeram toda a comida que tinham – barras de cereais e damascos secos. Não se beijaram, mal conversaram, só ficaram agarrados, escutando o barulho da chuva.

Na manhã seguinte, quando McKenna acordou sozinha, seu coração ficou apreensivo.

– Bom dia, Mack – disse Sam quando ela se arrastou para fora da barraca.

A chuva tinha parado, mas o mundo em volta deles gotejava com o que restou da água e do orvalho. O ar estava encharcado quando ela respirou profundamente e tudo tinha um cheiro abundante de húmus. Sam tinha feito uma fogueira; o fogo estalava, aconchegante, com o vento de outono que se movia no ar. Uma frigideira estava equilibrada nas chamas e Sam mexia algo lá dentro com um galho.

– O que é isso? – perguntou McKenna.

– Café da manhã.

Retirou a panela do fogo. Estava cheia de cogumelos e uma truta frita na gordura da pele do peixe. McKenna sentou-se ao seu lado, ele se inclinou e a beijou. Então, comeram os cogumelos e o peixe com as mãos. Por um segundo, McKenna pensou em perguntar-lhe onde tinha aprendido a identificar os cogumelos, se tinha certeza de que eram seguros. Porém, decidiu confiar nele.

Sentaram perto o suficiente para que os cotovelos se chocassem toda vez que se moviam. Ela sentia algo particular na presença de Sam, mas não conseguia nomear. Uma parte era felicidade, outra excitação – mesmo com a umidade no ar, tudo parecia mais limpo, mais nítido. Sentia-se viva, tão viva que não seria um fungo da terra que a mataria.

Foi a melhor refeição que fez desde que começou a trilha; talvez a melhor de toda a sua vida.

– Quer saber como as outras pessoas vivem por aqui? – Sam perguntou.

No caminho fora da trilha, descendo a estrada, McKenna sorriu enquanto andava. Estava tão curiosa para saber como Sam tinha conseguido sobreviver, era empolgante finalmente ter essas informações privilegiadas.

Ao longo da trilha, McKenna sempre se maravilhava com o fato de que, em um momento, podia-se estar na natureza selvagem, com nada além de terra e árvores e, de repente, avistar um túnel embaixo de uma rodovia movimentada e uma fazenda que parecia ter vindo de outro mundo ou século, com paredes de pedra antigas e pastos cheios de gado.

Sam conduziu McKenna através de um campo de ovelhas e por uma estrada rural até que chegaram a um orquidário. Havia uma pequena loja na frente que vendia queijo cheddar e pedaços de torta de maçãs frescas que tinham um aroma delicioso, mas Sam disse que ela não podia comprar nada.

A mulher na recepção se lembrou de Sam na mesma hora.

– Claro – ela disse, entregando um balde a cada um deles. – As escadas estão ali. Você lembra como faz.

Deixaram as mochilas no fundo da loja e passaram o dia colhendo maçãs, subindo em árvores e enchendo balde atrás de balde, que esvaziavam em um grande contêiner.

– Tá tudo bem aí? – Sam gritava sempre que McKenna ficava escondida entre as folhas.

– Tudo certo! – ela gritava de volta em todas as vezes. – Tô bem!

No final do dia, a mulher pagou vinte dólares para cada um, além de um balde de maçãs, um naco de cheddar e um pedaço de torta de maçãs fumegante.

— Como nós vamos carregar todas essas maçãs na trilha? — McKenna perguntou enquanto colocavam as mochilas nas costas.

Sam entregou algumas para ela.

— Guarda essas — disse, colocando algumas na própria mochila. Carregaram o balde de volta para a trilha e caminharam uma pequena distância até o abrigo mais próximo, onde trilheiros estavam chegando para passar a noite, fazer o jantar e armar suas barracas. Venderam as maçãs por cinquenta centavos cada.

— Agora temos dinheiro suficiente para comprar comida, tomar banho e lavar roupas — comentou Sam enquanto armavam a barraca. O acampamento estava cheio demais para fazer uma fogueira, então cozinharam macarrão instantâneo no fogão de McKenna e comeram na mesa de piquenique. Ela estava extremamente cansada, um cansaço diferente do cansaço da trilha.

— Nunca teria pensado em fazer aquilo — ela observou. — É impressionante a maneira como você lida com tudo.

— Você também é impressionante — ele disse.

McKenna o encarou, a luz ao redor deles começava a sumir.

— É fácil ser impressionante quando você tem pessoas para te ajudar se algo der errado. Sabe?

Ele inclinou a cabeça.

— Bom, acho que é fácil ser impressionante quando você não tem outra opção. E nada a perder.

Ela concordou com a cabeça, mas disse:

— Não sei se *fácil* é a palavra que eu usaria.

— Você já trabalhou antes? — perguntou Sam.

— Aham. Trabalhei a minha vida toda. Bom, nos últimos anos. Era garçonete. Foi assim que comprei todos os meus equipamentos.

— Ah, é?

— Sim. Não fique com essa cara de surpresa. Nunca foi garçom na vida?

— Não.

– Você deveria considerar. É uma ótima maneira de fazer dinheiro. Especialmente para você.

– Por que especialmente para mim?

Sam parecia irritado e McKenna se preparou para seu modo defensivo. Ela hesitou, tentando antecipar o que ele pensava que diria, que na verdade era apenas o fato de ele ser maravilhoso. Ganharia muitas gorjetas. Mas se sentiu tão vulnerável dizendo algo assim.

– É que... as mulheres. Parece que elas gostam de você... sabe? Gorjetas.

Seu modo defensivo sumiu. Sam riu.

– Vem cá – ele disse.

Ao contrário da noite anterior, quando tiveram o acampamento só para eles, desta vez estava agitado. Na crescente escuridão, as conversas ressoavam, risadas de um lado, uma mãe repreendendo os filhos do outro. McKenna se aproximou dele no banco e ele a envolveu com os braços, beijando-a pela primeira vez desde a manhã. Ela podia sentir o gosto de canela nos lábios, o aroma de fumaça no casaco dele. Era um casaco de lã grossa, cheio de óleo de lanolina.

– Este é o casaco mais quente que você tem? – ela perguntou, tocando a gola.

– Não se preocupe – ele respondeu. – Agora tenho você para me esquentar. Certo?

Ela o beijou, colocando os braços em sua cintura, sem se preocupar que as outras pessoas pudessem vê-los. Depois de alguns minutos, a escuridão tomou conta, oferecendo esconderijo, e ela chegou mais perto, mais perto, mais perto. Até que Sam colocou as mãos em seu ombro e firmemente os moveu para longe. Ela não tinha percebido que estava ofegante até respirar fundo o ar gelado.

– Pronta para dormir? – ele perguntou.

McKenna entrou primeiro na barraca enquanto ele reunia os equipamentos. Lá longe, os coiotes latiam e uivavam. Quando Sam engatinhou para dentro, ela estava deitada em cima do saco de dormir, ainda vestindo seu casaco de flanela e calça de moletom. Por algum motivo, esperou que Sam se movesse devagar, timidamente.

Mas não. Ele fechou o zíper da barraca, depois se moveu diretamente para cima dela, seu peso a deixando sem ar. Antes de ela poder expirar o ar, os lábios dele já estavam colados nos dela.

Por um rápido momento, ela pensou em todas as outras garotas que já haviam estado naquele lugar – embaixo de Sam, com os lábios nos dele. Havia algo de experiente na maneira como a abraçava. Ao mesmo tempo, McKenna sentia que havia algo na maneira como se movia e como a abraçava que pertencia apenas a ela.

Fora da barraca, o som dos outros trilheiros diminuía, até sumir por completo, sobrando apenas algumas conversas abafadas. Sam e McKenna se beijaram, vestidos, até que o último barulho desapareceu. Não se ouvia nem o som dos grilos.

Começaram a tirar as roupas. Não houve conversa. Aparentemente, desde que Sam reaparecera na manhã do dia anterior, o tempo se rearranjou de maneira diferente, sendo impossível de mensurar. Então ela não conseguia dizer quanto tempo tinha passado até que ambos estivessem sem camiseta e ela já não vestisse mais seu sutiã. Sam pressionou seu peito nu sobre o dela, ambos tentando não fazer muito barulho, tentando recuperar o fôlego enquanto se beijavam, cada vez mais.

Foi McKenna que finalmente tirou sua calça, depois alcançou o cós da calça jeans de Sam. Ele se apoiou em um ombro e agarrou sua mão para que ela fosse mais devagar.

– Ei – ele disse. Estava escuro na barraca, mas McKenna sentia que seu corpo nu brilhava, muito visível, e lutou contra um sentimento de pânico. Sam passou o dedo pelo seu ombro, até chegar em seu umbigo, e completou: – Você já fez isso antes?

– É tão óbvio assim?

– Não é óbvio. É fofo. – E beijou sua testa. – Escuta. Você não precisa fazer nada. Nada mais do que isso. Isso tá de boa. Tá tudo bem.

– Mas e se eu quiser?

Ele ficou em silêncio por um tempo, depois moveu a mão pelo mesmo caminho que havia acabado de percorrer, de volta para os seus ombros, dessa vez parando um momento em seus seios.

— Então vamos — ele disse. — Se você quiser.

Ela deitou em silêncio por um momento e ele se moveu para longe dela, abrindo o zíper da mochila e procurando por algo lá dentro. Ela ouviu um farfalhar, um som de alguma embalagem se rasgando. *Incrível*, McKenna pensou. Ela nem tinha pensado em proteção.

— Ei — ela falou, colocando as mãos no rosto de Sam —, acho que é a primeira vez que você está mais preparado que eu.

Ele sorriu. McKenna respirou fundo e fechou os olhos. Todo mundo dizia que esse momento seria doloroso, mas não doeu, não mesmo. Foi uma junção de todos os seus sentidos, o esforço de ficar em silêncio enquanto a respiração de Sam preenchia seus ouvidos. Um aroma neutro, crescente, as emoções aumentando e a sensação de como se moviam, juntos. De todas as coisas que imaginava sentir, nada teria lhe preparado para aquele tipo de felicidade.

O clima dos dias seguintes foi perfeito, do tipo que só acontece no outono. Mesmo que caminhassem em direção ao sul, mais distantes do clima ameno, os dias eram secos e adoráveis. McKenna sabia que ainda não tinham conversado sobre até quando caminhariam juntos, ou o que fariam depois.

Durante o dia, tinham ritmo de trilha, avançando juntos, dividindo os recursos — algumas vezes reabastecendo com o cartão de crédito dela, outras procurando por comida na natureza ou trabalhando por um dia. Uma vez, em um restaurante inesperadamente lotado, começaram a atender as mesas para ganhar gorjetas e uma refeição dos funcionários.

— Viu? — disse McKenna, contando as gorjetas depois. O público do almoço, na maioria mulheres, deu o dobro de gorjeta a Sam, mesmo ele tendo se enganado com quase todos os pedidos.

À noite, os dois encolhiam na proximidade da barraca. Pensar nisso dava energia para McKenna caminhar durante o dia. Os dois percorriam vinte e cinco a trinta quilômetros por dia. Em mais ou menos três semanas, já tinham cruzado quatro estados: Nova York,

Nova Jersey, Pensilvânia e Maryland. Competiam para ver quem identificava mais cantos de pássaros em menor tempo (no começo McKenna ganhava todas, mas, quando chegaram em Maryland, Sam já estava bom o suficiente para ganhar com mais frequência). À noite, se aninhavam nos braços um do outro. Ele contava histórias de fantasmas ou ela lia em voz alta, com sua lanterna de cabeça iluminando as páginas de um livro velho ou novo.

Em uma das caixas de itens grátis na Pensilvânia, trocou um de seus romances por uma coleção de contos chamada *The Ice at the Bottom of the World* [O gelo no fim do mundo]. Eram histórias estranhas, guiadas pela linguagem, e assim que terminaram o livro sabiam que o carregariam até o fim da viagem. Um dos contos se chamava "Her Favorite Story" [A história favorita dela], sobre um homem que transportou sua amada à beira da morte em uma canoa, no meio da natureza selvagem, até achar um médico. Durante o trajeto, contava a história favorita dela, sobre o capitão John Smith, para quem haviam cavado uma cova quando fora picado por uma arraia, "mas nunca o homem permitiu que a preenchessem". John Smith surpreendeu a todos quando sobreviveu. Mas a mulher da história morreu. A primeira vez que McKenna leu, ao chegar ao final da história, sua voz tremia com lágrimas.

— É o que eu faria — disse Sam, apertando os braços ao redor dela. — Te levaria de canoa até você estar segura. Cruzaria o rio te carregando. Mas não te deixaria morrer.

McKenna colocou o livro ao lado e o beijou, a luz da sua lanterna fazendo com que ele fechasse os olhos. Ele tirou a lanterna da cabeça dela e continuou a beijá-la.

Nunca tinha se sentido tão distante do mundo, do seu mundo real. A única vez que se arrependeu de ter destruído seu celular foi quando quis tirar uma foto. Assim que cruzaram a passagem de pedestres por cima do Rio Potomac, entrando no estado de West Virginia — chegando na metade da jornada —, um casal mais ou menos da idade deles estava caminhando na direção oposta.

— Vocês podem tirar uma foto nossa? — a garota perguntou, entregando o celular para McKenna, o rio largo e bonito atrás deles.

O rosto da garota estava brilhando de amor e sentiu uma ligação instantânea com ela.

— Você pode tirar uma foto nossa e me mandar por e-mail? — McKenna perguntou, devolvendo o aparelho a ela. — Estou sem celular.

Sam colocou o braço ao redor dela. Uma brisa passou por eles no exato momento da foto, bagunçando o cabelo de McKenna, que estava solto talvez pela primeira vez desde que começou a trilha. Na noite anterior, acamparam no Parque Estadual Greenbrier, tomaram banho e passaram em Boonsboro, onde McKenna comprara camisetas novas para ambos na livraria Turn the Page. Possivelmente a coisa mais cafona que já tinha feito: a dela era rosa, a de Sam, azul, e atrás tinha a frase: UMA CASA SEM LIVROS É COMO UM QUARTO SEM JANELAS. Deixou para trás sua camiseta velha do Johnny Cash; as cores já tinham desbotado e as manchas de suor nas costas eram permanentes. Não colocou na caixa de itens grátis, só enfiou na lixeira do lado de fora da livraria. O shorts-saia da Patagônia estava durando bastante, e se sentia bonita com ele — mesmo sabendo que Sam seria a estrela da foto, seus vívidos olhos azuis contra a pele bronzeada, as mechas douradas de seu cabelo competindo com as folhas tremendo nas árvores atrás deles.

Quem sabia quando estaria novamente em um lugar onde pudesse checar seus e-mails? Mas, quando conseguisse, a foto estaria lá, sua foto com Sam, forte e bronzeado, provando que aquele espaço no tempo — aquele idílio — teria sido mais que apenas um sonho.

Para Sam, os seis quilômetros que sucederam a foto na ponte foram os mais longos de toda a sua vida. West Virginia. Da última vez, caminhando em direção ao norte, o contrário tinha acontecido — caminhara com uma determinação fervorosa para ir embora, e quem se importava para onde iria? McKenna queria parar em Harpers Ferry, mas Sam respondeu um curto:

— Vamos esperar até Virginia.

Não era o medo de encontrar seu pai, que não passava necessariamente os finais de semana fazendo trilha. Não conseguia nomear o que o incomodava tanto. Aquele intervalo de tempo com McKenna, os dois juntos, sentia que era seu destino. Talvez atravessar West Virginia o lembrava de que, depois de três mil quilômetros de trilha, terminaria exatamente onde tinha começado.

– Olha – disse McKenna. Ela esticou o braço e tocou seu cotovelo. Sam olhou para onde ela apontava com relutância. Faltavam menos de dois quilômetros para atravessar a divisa dos estados. A última coisa que queria era parar.

– O quê? – ele perguntou depois de encarar as amoreiras sem enxergar nada marcante.

– Você não está vendo? Acho que é um cachorro – ela tirou a mochila e Sam revirou os olhos.

– Ah, Mack, por favor – ele falou. – Menos de dois quilômetros e chegaremos em West Virginia, vamos atravessar.

– Faltam muito mais quilômetros – ela contestou, falando dos planos deles para o dia.

Sam não tinha dito nada sobre sua impaciência. Era incrível que ela ainda não tinha notado. Esquecia-se do fato de que – as pessoas sempre lhe diziam – ele era difícil de ler.

– Oi – disse McKenna, ajoelhando-se e esticando a mão. – Vem cá.

Ele se jogou na trilha, um cão magricela e esguio. Sam imaginava ser um Treeing Walker Coonhound. Muitos na trilha eram daquela raça, cachorros de caça abandonados. As pessoas passavam uma temporada com eles e depois propositalmente os perdiam no último dia. Ele manteve sua barriga baixa no chão enquanto se aproximava de McKenna, que com cuidado buscou algo na mochila. O som do zíper fez o cachorro se assustar e dar um passo para trás. Ela buscou sua sacola de comida e abriu.

– Você não vai *alimentar* esse cão – falou Sam.

– Por que não? – Ela segurou um pedaço de carne seca de peru. O cachorro avançou, pegou a carne da sua mão e voltou correndo para a floresta.

– Por que agora ele vai te acompanhar até a Geórgia – respondeu Sam.

McKenna deu de ombros e colocou novamente a mochila. Já estava muito boa nisso, erguer a mochila como se estivesse leve, dar uma ajeitada de lado e depois esticar a coluna como se aquela coisa gigante fizesse parte dela. Sorriu para ele, franzindo o nariz sardento, os grandes olhos azuis brilhantes. Sam pensou que ela parecia uma fotografia que acompanhava uma moldura. Parecia como uma garota deveria parecer, doce e saudável. Combinava mais com um Labrador caramelo ou um Golden Retriever, não um cachorro abandonado e sarnento que ninguém queria.

— Se ele te der pulgas, depois não diga que não avisei.

— Combinado — disse McKenna, e continuaram caminhando. A trilha tinha a largura perfeita para que caminhassem lado a lado, dando as mãos.

Demorou mais do que Sam esperava para esquecer os fantasmas do estado em que nascera. Agora que as aulas haviam oficialmente começado, tinham a trilha só para eles durante a semana e também em alguns finais de semana. Mais do que nunca, o tempo tinha seu próprio ritmo e era impossível acompanhar, mesmo quando McKenna não resistiu e comprou um relógio em Bearwallow Gap, só para quando precisassem usar os tabletes de iodo e contar trinta minutos para filtrar a água.

Chegaram ao abrigo Sarver Hollow, na Virginia, uns 480 quilômetros depois de terem cruzado com o cachorro. Era quase crepúsculo, uma noite nublada. Sam disse a McKenna que já tinha acampado ali quando criança, com a trupe dos escoteiros.

— Você foi escoteiro? — ela perguntou.

— Claro. Você não acha que eu desenvolvi essas habilidades para acampamento sozinho, né? Vem cá, vou te mostrar o cemitério.

Desceram por uma ladeira íngreme onde Sam recordava que a chaminé da antiga casa dos Sarver ainda estava de pé.

— Nosso líder escoteiro contou uma história uma vez — Sam disse a ela. — Um cara, Henry, construiu uma cabana aqui, viveu do que encontrava na natureza por uns setenta anos ou mais, desde a Guerra Civil até a Grande Depressão, e um dia simplesmente foi embora. Ninguém sabe o porquê.

Sam levou McKenna pelas florestas até o pequeno cemitério destruído. A maior parte das lápides estavam arranhadas e desgastadas pelo tempo, mas a de Mary Sarver ainda estava legível, e McKenna ajoelhou-se na frente dela.

— Olha, 1900 até 1909 — disse McKenna. — Triste. Queria fazer um daqueles procedimentos raspando giz em um papel para gravar o que está escrito na lápide. Minha amiga Courtney e eu fazíamos isso no cemitério antigo da Guerra Revolucionária em Norwich.

— Tem um fantasma que assombra este lugar — Sam contou. — Dá pra ouvir os passos à noite e algumas vezes ele aparece nas fotos.

— Queria ter minha câmera aqui — falou McKenna pela milésima vez.

— Quando acampamos aqui, o fantasma chacoalhou uma das crianças e ela acordou no meio da noite gritando.

— Cala a boca — disse McKenna, rindo. Levantou-se e limpou os shorts.

— Tô falando sério — retrucou Sam. — Foi o fantasma. George.

— Achei que o nome do cara era Henry.

— Esse é o proprietário. O fantasma é o George.

— Hum. Talvez seja por isso que Henry foi embora. George assustou ele.

Já estava escuro quando voltaram ao abrigo. Não se importaram em cozinhar, comeram o resto da comida que tinham — havia um lugar em Sinking Creek onde eles poderiam reabastecer os suprimentos no dia seguinte. Em algum momento da noite, envoltos nos braços um do outro em uma das plataformas, mortos de cansaço, com os músculos esgotados, eles acordaram no mesmo momento. Lá fora, ouviram o gemido mais penetrante e fúnebre que já tinham escutado. O som atravessou o corpo de Sam e ele sentiu um frio na espinha.

— Não acredito — espantou-se McKenna. — É o George.

— Vou checar — disse Sam.

— E me deixar aqui sozinha? Tá doido?

— Se você se lembra — continuou Sam —, esse era seu plano original. Ficar sozinha.

— Sim, bom, se estivesse sozinha não teria acampado no meio de um cemitério amaldiçoado.

Ela colocou a lanterna de cabeça e ambos se levantaram, espiando a noite lá fora. A lua estava tão cheia que a luz da lanterna parecia uma piada. Na frente do albergue, abaixo da lua larga, estava o cachorro com que cruzaram em West Virginia. Com certeza ele tinha seguido os dois desde os últimos 480 quilômetros.

— Caraca — falou Sam. — Viu? Eu disse.

McKenna caiu na risada. Ajoelhando-se, bateu nos joelhos.

— Vem cá!

O cão parou de uivar e se esquivou. Depois ficou ali, imóvel, exceto pelo rabinho mexendo e encarando McKenna. Como se Sam não existisse.

— Aquele cão nunca vai te deixar fazer carinho nele — observou Sam.

— Quer apostar?

— Não. Na verdade, não quero.

Ele colocou o braço ao redor dela e juntos voltaram para o abrigo. Contra os protestos de Sam, McKenna deixou uma pilha de carne seca de peru fora da barraca para o cachorro. Então, tentaram dormir pelo que restava da noite. Pela manhã, teriam um longo caminho para percorrer.

14

MIL E SEISCENTOS QUILÔMETROS AO NORTE, em Abelard, Connecticut, a mãe de McKenna, Quinn Burney, abriu o envelope de uma fatura de cartão de crédito. Geralmente, apenas jogava as correspondências, sem ler, dentro de uma caixa antiga junto com outras contas. Mas, desde que McKenna tinha começado a Trilha dos Apalaches, essa era a melhor maneira de acompanhar o progresso da filha. As mensagens que recebia de Courtney eram concisas e imprecisas. Não soavam nem um pouco como a filha, e geralmente tinha que lutar contra a vontade de ligar e escutar a sua voz. Era importante respeitar a vontade dela, dar o espaço que precisava. Então, quando as faturas chegavam, eram um mapa de onde McKenna tinha comprado coisas, quanto tinha gastado – algo como uma narrativa do que a filha estava aprontando.

As últimas cobranças vinham do Tennessee. Tennessee! Na sua vida de mãe, esse era um dos momentos em que a filha fazia coisas tão diferentes, sentia as coisas de maneira tão distinta dela, que tudo o que podia pensar era: *De onde você veio?*

Era impressionante. McKenna tinha ido muito mais longe do que Jerry havia previsto. Tão mais longe do que ele em sua famosa trilha quando era jovem. Mesmo se ela parasse agora, se não conseguisse completar a travessia, seria impressionante, física e mentalmente, mais do que qualquer coisa que Quinn tivesse feito na vida, incluindo dar à luz as filhas.

Passou pelo pequeno gancho na parede onde a coleira de Buddy ficava e sentiu uma pontada de tristeza. Estava quase aliviada de não poder contar para McKenna que ele tinha morrido. O luto de Lucy – de Jerry e dela – era o suficiente para lidar por ora.

Um pouco mais tarde, dirigindo em direção à universidade, ela parou perto de um shopping em Whitworth, e o novo lugar que vendia sanduíches chamou sua atenção. Ela se atrasaria para o trabalho, mas, no início do semestre, os estudantes mal apareciam.

A porta de vidro abriu com um som. Ela era a única cliente, exceto por dois adolescentes perto da janela, com as mãos entrelaçadas. O garoto tinha um cabelo escuro bagunçado que enrolava na parte de trás do colarinho de sua camisa. Ela olhou mais uma vez. A garota parecia demais com Courtney. Devagar, alcançou os óculos dentro da bolsa.

Até aquele momento, tinha certeza de que McKenna nunca tinha mentido para ela. Era uma aluna exemplar. Nunca tinha ido parar na diretoria, o quarto estava sempre arrumado – nunca teve motivo algum para duvidar da filha, nem por um minuto.

Mas *era* Courtney sentada ali, em Abelard. Nem estava bronzeada. Todos aqueles meses ela tinha imaginado as garotas lado a lado, com as mesmas cobranças no cartão de crédito dos pais de Courtney. Por que raios nunca tinha pensado em ligar para eles?

– Courtney? – ela tentou chamar a garota, conforme se aproximava da mesa.

A garota olhou para cima, seus grandes olhos castanhos em dúvida, depois com medo, quando finalmente entendeu quem estava à sua frente.

– Ah – disse Courtney. Tirou as mãos de cima das do garoto. – Oi, tia Burney.

– Você pode imaginar minha surpresa em ver você aqui – ela respondeu, deixando sua voz tremer para aumentar o efeito da fala.

– Sim – respondeu Courtney. – Eu sei.

Podia ver a garota quebrando a cabeça, tentando inventar uma história. Apoiou-se na mesa, entre os adolescentes.

– Courtney – ela disse, com a voz que usava com os alunos quando queria dar uma última chance para eles passarem em sua matéria. – Você precisa me contar *tudo*. Agora.

Courtney soltou um suspiro que tinha um leve tom de choramingo. E então contou tudo à mãe da amiga.

Porque era a única coisa que conseguia pensar em fazer, a mãe de McKenna dirigiu até a delegacia. Ligou para Jerry no caminho.

– Como assim ela está sozinha? – ele perguntou.

– Ela está fazendo a trilha *sozinha*. Sem ninguém. Ela mentiu pra gente. Acabei de encontrar a Courtney em uma lanchonete.

– Te encontro na delegacia – completou Jerry.

Esperou do lado de fora pelo marido e entraram juntos. O delegado com quem conversaram era jovem, não deveria ser tão mais velho do que McKenna. Enquanto escutava, solidário e um pouco impressionado, ela desejou que pudessem falar com alguém mais velho, alguém que tivesse filhos – de preferência, alguém que tivesse uma filha.

– Quantos anos tem McKenna? – ele perguntou, a caneta hesitando em um bloco de papel em branco, onde tinha escrito apenas: "Tennessee" e "Trilha dos Apalaches".

– Dezessete – Jerry respondeu rapidamente.

Mas Quinn notou a data de semanas atrás com uma pontada e disse:

– Não. Ela tem 18. Ela fez 18 no dia 18 de agosto.

A briga tinha acabado antes mesmo de começar. O delegado deu de ombros e se desculpou. Rasgou o papel, o amassou e o jogou na lata de lixo. Entendeu que os pais estavam aborrecidos, mas McKenna não estava desaparecida. Sabiam o que ela estava fazendo e mais ou menos onde estava. E ela tinha 18 anos, legalmente uma adulta. Se quisesse caminhar até a Geórgia sozinha – bom, se quisesse caminhar até a lua –, não havia nada que pudessem fazer para impedi-la.

– A gente pode cancelar o cartão de crédito – disse Jerry enquanto estavam parados na frente da delegacia. – Isso vai forçá-la a voltar pra casa.

Quinn podia perceber, pela linha dura em sua mandíbula e a cor pálida do seu rosto, que ele estava furioso. Já a sua raiva tinha diminuído, agora sentia mais preocupação. Uma garota jovem, sozinha, na natureza selvagem. Quem sabe o que poderia acontecer?

— Não — ela disse. — Não quero fazer isso.

— Pelo menos ela teria que ligar pra gente — completou Jerry. — A primeira vez que o cartão fosse rejeitado, ela teria de achar um telefone.

Imaginou a cara que a filha faria. Ter caminhado tão longe sozinha e ser forçada a voltar para casa? Não podia fazer isso. Além do mais, a McKenna que tinha mentido para eles, que tinha arquitetado esse truque gigante com Courtney, essa era a McKenna que eles não conheciam. Não tinha certeza se *aquela* McKenna voltaria para casa de boa vontade. E depois o quê?

— Pelo menos, se ela está com o cartão de crédito, conseguimos saber onde ela está. Saberemos que ela terá recursos.

Jerry sacou o celular e começou a escrever uma mensagem furiosamente.

— O que você está fazendo? — perguntou Quinn.

— Estou escrevendo uma mensagem dizendo que sabemos de tudo. No caso de o celular quebrado também ser uma mentira.

Essa parte parecia ser verdade — de outra forma, por que arriscaria as mensagens falsas de Courtney? Mas não disse nada, apenas deixou Jerry aliviar sua raiva em uma mensagem longa e severa. Olhando para ele, os olhos azuis tão parecidos com os da filha, tinha que admitir que, além de preocupação, sentia admiração. Aos 18 anos, ela nunca teria coragem suficiente para caminhar três mil quilômetros com uma amiga, muito menos sozinha. Não era corajosa para fazer agora nem nunca.

Criamos uma filha excepcional, pensou com uma sensação estranha de medo e de orgulho. Agora, tudo o que podia fazer era torcer para que o que fazia dela excepcional também conseguisse mantê-la segura.

SAM ASSISTIU À MCKENNA alimentar o cachorro nômade com uma barra de cereais. Ele não ia embora. A última coisa que Sam queria era uma companhia pelo trajeto em West Virginia. Não que o cachorro permitisse que ele o tocasse; era um privilégio reservado apenas a McKenna, que já tinha ganhado a aposta. Gostava de ficar mais afastado, admirando o ritual que ela fazia, abaixando-se e persuadindo o cão a caminhar até ela. Ele deslizava de barriga, pegava a comida e engolia tudo. Então, abaixava a cabeça, curvando-se, como se McKenna fosse bater nele com um graveto.

O cachorro desaparecia regularmente e, quando fazia isso, Sam torcia para que nunca mais o vissem. Ela sempre ficava feliz ao vê-lo voltar, assim como Sam ficava quando ele desaparecia. Hoje, Sam ficou parado, esperando a ceninha romântica acontecer. Sem dúvidas o cão tinha razão suficiente para não confiar nos humanos, provavelmente alguém *tinha* batido nele com um graveto, ou algo pior. E quem quer que tenha abusado dele no passado, com certeza não era uma mulher.

O cão deitou no chão e mostrou a barriga para McKenna coçar. Sabe Deus que tipo de pulga e carrapato o animal tinha, mas ela não se importava: esfregou o estômago dele como se fosse seu presente de Natal. Deu-lhe o nome de Hank, em homenagem ao Henry David Thoreau, de quem Sam só tinha ouvido falar brevemente em alguma aula de Literatura. McKenna já tinha feito ele ler *Walden*, e mesmo não sendo o livro com a leitura mais fluida do mundo, Sam tinha gostado, especialmente nas partes de não se enquadrar na sociedade.

McKenna caminhou até sua mochila e tirou uma das latas de comida de cachorro que começou a comprar e carregar, no caso de Hank aparecer. Sam tentava esconder como queria chacoalhar a cabeça em negação. A maneira como as garotas ricas gastavam dinheiro e energia!

Depois de organizar suas coisas, voltaram para a trilha, e o cachorro os seguia a uma distância quase imperceptível. McKenna estava tão concentrada nos quilômetros que precisava caminhar, em manter um ritmo bom. Já era outubro. Teriam menos de setecentos quilômetros até o terminal sul, na Geórgia, e ela queria chegar até a Montanha Blood antes que começasse a nevar. Já Sam não tinha pressa alguma. O que ele iria fazer quando chegassem ao final da Trilha dos Apalaches?

Depois de quase um quilômetro, Hank desapareceu para dentro da floresta. Esses eram os momentos de que Sam mais gostava, só ele e McKenna na trilha juntos, sem precisar conversar. Momentos de companheirismo, tão confortáveis, como se tivessem passado a vida toda juntos e conversar parecesse desnecessário. Chegaram a um ponto em que a trilha era muito estreita para andarem lado a lado, então ela foi na frente. Ele observava seu rabo de cavalo castanho, sua mochila chique, suas botas de trilha de boa qualidade. Ela com certeza não parecia o tipo de garota que colecionava malandros de West Virginia como Sam e Hank.

Naquela noite nas Montanhas Smoky, Sam ajudou McKenna a armar a barraca. Por um longo trecho, eles pareciam ser os únicos na trilha, pelo menos durante a semana, sem ninguém nos acampamentos, apenas albergues vazios. Mesmo assim, armavam a barraca de McKenna, não queriam arriscar um intruso invadindo a privacidade deles tarde da noite.

– Ei – disse McKenna, despejando feijões, arroz e água na panela.

Ainda tinha um pouco de luz, mas haviam subido até uma altura suficiente para que a temperatura já começasse a cair. Vestiu seu gorro de lã por cima do cabelo sem lavar, junto com seu casaco de flanela. Sam tinha conseguido um casaco xadrez preto e vermelho de lã em uma das caixas em Shady Valley, mas ainda não tinha um gorro.

McKenna continuava se oferecendo para comprar um para ele, junto com botas e luvas. Todas as vezes que paravam, ele ia direto à caixa de itens grátis para conseguir qualquer tipo de comida que alguém tivesse deixado. Trilheiros sempre deixavam comida para trás, algo que já tinham enjoado de comer, mas agora que McKenna estava ansiosa para continuar – precisavam ganhar tempo! – e que pescar ou colher frutas estava difícil por conta das temperaturas baixas, Sam tinha que dar outro jeito de contribuir.

O lance era que fazer a trilha com McKenna era diferente. Nenhuma garota o convidava para comer. Nunca se importou muito de se aproveitar das pessoas no passado, mas agora parecia errado, não combinava com o que sentia do seu relacionamento, como ele queria que fosse.

– Ei – ela repetiu.

– Sim? – perguntou Sam.

– O clima está tão bom. Vamos dar uma puxada no ritmo amanhã. Se começarmos cedo, conseguimos caminhar quarenta quilômetros em um dia pela primeira vez.

– Não dá – respondeu Sam. – A gente vai ganhar muita elevação.

McKenna franziu a testa e continuou mexendo a panela sem necessidade. Ele pensou se conseguiria convencê-la a fazer uma fogueira hoje à noite. Mas, em vez de perguntar, levantou-se e começou a coletar gravetos do chão.

– A gente fez uma fogueira na noite passada – ela comentou.

Sam pensou se ela faria fogueira alguma noite, caso não tivessem se encontrado.

– Olha – ele disse, apontando para os vestígios de uma fogueira, alguns pedaços de madeira que alguém deixou para trás, em formato de triângulo. – Não precisamos ter tanto cuidado nesta época do ano. Poucas pessoas passam por aqui.

McKenna sentou por um momento com uma cara que Sam amava, como se duas pessoas estivessem conversando dentro de sua cabeça, um anjo e um diabo muito espertos. Nesse caso, o diabo venceu. Ultimamente, ele sempre vencia. Quando estavam soprando a primeira colherada de arroz e feijão malcozidos, o céu estava escuro e o fogo ardia em direção às estrelas.

– Sabe – começou Sam –, estamos num ritmo bom. Não precisamos sempre seguir a trilha.

– E vamos seguir o quê?

– Nossos corações.

Ela riu.

– É sério?

– Tem um monte de atalho massa que não está nos guias. Especialmente na região das Montanhas Smoky. Uns cemitérios legais. É a parte mais assombrada da Trilha dos Apalaches, mas você tem que ter coragem para se aventurar um pouco.

McKenna encarava a fogueira. Ele podia ver o diabo e o anjo novamente, mas de perfil. Colocou o braço ao redor dela.

– Já ouviu falar da lenda do Spearfinger? – perguntou Sam.

– Tô com a impressão de que você vai me contar – ela respondeu.

– Spearfinger é uma bruxa que vagueia pelas trilhas nas Montanhas Smoky. Parece a senhorinha mais indefesa que você já viu na vida. Costuma usar um lenço na cabeça e carrega uma cesta de piquenique. Hoje em dia, acho que ela tem uma mochila e um chapéu de caubói.

– Hmm. Então o que a velhinha trilheira faz?

– Bom, ela fica de olho esperando os trilheiros perdidos. Especialmente as crianças.

– Me parece uma ótima razão para não sair da trilha.

– Bom, ela encontra o trilheiro perdido, e aí ela tem uma cesta de piquenique...

– Ou uma mochila.

– ...ou uma mochila cheia de comida. Então, pra começar, a primeira coisa que um trilheiro perdido vai sentir é fome...

– Qualquer trilheiro vai estar com fome.

McKenna já tinha raspado a cumbuca de arroz e feijão. Sam sabia que, assim como ele, ela já estava enjoada de comer aquele tipo de comida. Nos próximos dias, teriam de parar em alguma cidade e reabastecer, talvez encontrar alguma outra marca ou sabor, e comer comida de verdade em um restaurante. Concordaram em não falar sobre que tipo de comida queriam comer quando saíssem da trilha, porque era uma tortura muito grande. Assim que chegavam perto de alguma cidadezinha era quando as fantasias alimentares começavam. Geralmente McKenna falava de um refrigerante bem gelado e uma salada. *Salada.*

— Sim — ele concordou. — Todo trilheiro tem fome, o que torna o trabalho dela bem mais fácil. Ela alimenta os trilheiros com uma comida incrível, e aí, quando ficam bem cansados, ela os abraça e começa a cantar...

— Ela *abraça* eles?

— Bom, sim, é por isso que funciona melhor com as crianças. Assim que dormem, ela se transforma em sua aparência real. Uma bruxa com um dedo de pedra bem pontudo. O dedo que usa para arrancar o fígado deles. Que ela come.

— Sam. Que história fofa!

— Achei que você ia gostar.

— Se ela tem tanta comida na cesta de piquenique dela, por que tem que comer os fígados dos trilheiros?

Sam deu de ombros.

— Acho que é a comida favorita dela.

McKenna se levantou e pegou as cumbucas. Sempre estava ocupada limpando a panela, pendurando a comida. Sam sabia que nem os próprios funcionários da trilha penduravam suas comidas. McKenna filtrava cada gota de água, jogava no lixo até os menores farelos de comida e nunca colocara um dedo do pé fora de uma trilha que não estava aprovada em seu guia. Ele nunca tinha conhecido ninguém que seguisse à risca todas as regras.

— Algumas vezes acho que você me conta essas histórias de terror só pra eu ficar com medo de fazer a trilha sozinha.

Sam chegou por trás dela para ajudar a pendurar a comida um pouco mais alto. McKenna se apoiou nele, a lã do seu gorro fazendo cócegas no queixo do rapaz. Ele amarrou a sacola e soltou, colocando os braços ao redor dela.

— Você não precisa ficar com medo de fazer a trilha sozinha — disse Sam. — Pra começar, você não tem que fazer a trilha sozinha.

— Você está se esquecendo de algo — completou McKenna. — Eu não me assusto nunca.

— Todo mundo se assusta de vez em quando, Mack.

— Eu não.

Sam começou a fazer um sinal com a cabeça para concordar, mas inclinou a cabeça de um lado para o outro, concordando parcialmente. Tentou imaginar a família dela contando histórias sobre como McKenna era impossível de ser assustada, enquanto passavam os pratos de purê de batatas e feijão, rindo como personagens de um comercial de seguradora na TV antes do desastre acontecer.

Qual era a história de Sam e sua família? Provavelmente Mike nem tinha ligado para o pai para contar que ele passou por lá. Nunca passaria pela cabeça dele que o pai poderia estar preocupado, assim como não passaria pela cabeça do pai ligar.

— Como você sabe todas essas histórias de fantasma? — perguntou McKenna.

— Minha mãe contava quando levava a gente pra acampar.

— Sua mãe levava você para acampar?

— Sim.

Não mencionou que geralmente era uma desculpa para se afastar do pai deles quando estava violento e que nunca tinham dinheiro para pagar um hotel. Você pensaria que, quando estavam fugindo do pai bêbado, a mãe contaria histórias agradáveis, reconfortantes. Mas sabia de alguma forma que ele e o irmão queriam escutar histórias brutais, que era melhor ouvir que havia monstros muito mais assustadores no mundo do que o que eles tinham em casa.

Ele não conseguia ver o rosto de McKenna, mas sentia no silêncio que ela estava prestes a perguntar sobre a mãe dele. Antes que tivesse a chance, ele disse:

— Tinha essa outra história que ela contava. Sobre a filha de um colono que se perdeu, e ele foi assassinado procurando por ela.

— Ah, ótimo.

— Essa é legal. Porque agora ele se transforma em luz, uma pequena luz que clareia o caminho dos trilheiros perdidos. Nós também estamos nos aproximando do terreno dos Nunnehi. Você sabe sobre eles?

— Ainda não.

— São bem famosos para os Apalaches. Espíritos amigos, ajudaram muito os Cherokees. E protegeram uma cidade da Carolina do Norte durante a Guerra Civil.

— Mas esse não é o lado errado da guerra?

— Claro, mas esse não é o ponto. O ponto é que eles são muito prestativos. Se você se perder, os Nunnehi te levam a umas casas que construíram nas montanhas. Cuidam de você até ficar bom e te guiam de volta. Mas não coma a comida deles se quiser voltar pra casa. Você se transforma em uma pessoa imortal – mas só se ficar com eles. Nunca poderá comer comida de humanos novamente, senão morrerá de fome assim que eles te mandarem embora.

— Troca difícil.

— Viu? É superseguro sair da trilha!

— A menos que você cruze com a bruxa. Ou, no meu caso, Walden. Ou se estiver com fome bem na hora que os Nunnehi aparecerem.

— Bom – diz Sam. – A gente tá em vantagem porque sabemos que eles existem.

McKenna mexeu um pouco os ombros, como se os braços de Sam fossem uma camisa de força, mas não saiu do seu abraço. Apenas se virou para que a frente do seu corpo pressionasse o dele. Sam corrigiu o pensamento de hoje mais cedo sobre a melhor parte dos dias ser os dois andando juntos, quietos. A melhor parte era a noite, quando os dois ficavam juntos assim.

— Tem essa cachoeira na floresta, perto daqui – disse Sam. – A Cachoeira dos Imortais. Ela concede juventude e beleza eternas. Vamos atrás dela.

— Você não acredita mesmo nisso, né? Uma fonte da juventude?

— Não. Mas acho que a cachoeira vai ser legal. E seria legal olhar pra ela.

— É mais seguro ficar na trilha – comentou McKenna. – Muita coisa pode dar errado.

— Não vá aonde o caminho possa te levar – falou Sam, forçando uma voz sombria e ressonante –, vá aonde não há caminho e deixe uma trilha.

McKenna ergueu o rosto na direção dele.

— Isso é uma frase de Emerson — disse, tão surpresa que, se Sam quisesse, poderia tomar a atitude como um insulto.

— Ah, sério? — ele sorriu.

— Não esperava que você fosse recitar uma frase de Emerson.

— Só as pessoas que vão para a faculdade podem fazer isso?

Sam estava brincando, mas McKenna gaguejou mesmo assim. Ele aliviou o abraço e colocou um dedo sobre seus lábios. Mesmo na luz escura, ele podia ver sujeira debaixo de suas unhas. Eles precisavam parar em algum lugar, e rápido.

— Você escreveu em uma página do *Walden* — ele disse.

McKenna sorriu e o beijou. Começou a se afastar como se quisesse dizer algo, mas ele a apertou mais forte e continuou a beijá-la. Se ela dissesse algo, *ele* poderia dizer algo que não poderia voltar atrás. Estava pensando nisso já havia alguns dias. Algumas semanas. Mas as palavras sempre ficavam presas em algum lugar entre sua cabeça e sua boca. Ele tirou o gorro da cabeça dela e beijou seu pescoço enquanto desfazia sua trança. Ela tremeu um pouco.

Ouviram o som de uma coruja ali perto, seguido do barulho de asas batendo.

Sam abriu o zíper da jaqueta de McKenna e ela a tirou. O chão era duro, com raízes passando por debaixo da superfície em diversos buracos, mas por que se importariam?

— Sam — disse McKenna, seu corpo ofegante. Ela podia ser tão forte e depois se transformar não em algo mais fraco ou mais frágil, mas em algo mais leve; uma borboleta, um sopro de vento. Como ela podia ser tão convincente sobre sua falta de medo e ser tão leve e *ainda* soar tão convincente? A combinação o impressionava, e mais, causava uma descarga de emoções. Sua boca estava no ouvido dela, seria tão fácil dizer, sussurrar ou gritar. Será que ela acreditaria se ele dissesse agora, em um momento como esse?

Ele deu um passo para trás, colocando as mãos no rosto dela. Podia ver sua expressão, prova de que talvez ela não fosse assim tão difícil de assustar. Estava pronta, a garota valente. E não queria que ela dissesse primeiro. Tinha a responsabilidade de protegê-la, de ser tão corajoso ou mais que ela.

— Não — ele disse, quando percebeu que ela estava prestes a dizer algo. — Eu te amo. Eu te amo, Mack.

— Eu também te amo, Sam.

Lá no alto, outro barulho de asas batendo, a coruja descendo, sem medo e se sentindo em casa, através dos túneis de ar invisíveis.

Na manhã seguinte, os cílios de McKenna estavam levemente grudados, a luz já aparente pelas laterais da barraca. Podia ver sua respiração no ar da manhã e a condensação no teto vermelho. O aroma de pinheiros e zimbro quando respirou fundo. O outono chegou um pouco mais tarde no sul, e a mudança de cores das folhas não tinha sido tão furiosa e desenfreada como em sua cidade natal. Mas ainda podia ver as cores e sentir o cheiro de umidade. O braço de Sam estava pesado sobre sua costela. Mal teve que virar sua cabeça para beijá-lo, estava dormindo tão pesado que quase não se notava sua respiração, ou o beijo de McKenna.

Tudo havia mudado na noite anterior. Estavam em outro nível. Nas últimas semanas, ela tinha pensado pouco — sobre o passado ou o futuro. Agora, no silêncio antes de Sam acordar, pensou o que teria acontecido se Courtney não tivesse voltado com Jay. Talvez ainda tivessem conhecido Sam. Provavelmente teriam ficado amigos, cruzado com ele de vez em quando e o ultrapassado eventualmente, já que ele teria parado muito mais vezes sem a ajuda de McKenna, e ele teria *desejado* parar mais vezes. Ela e Courtney teriam comentado como ele era um gato, sem dúvida, o que seria um motivo para que Courtney começasse a ter uma queda por ele e para que McKenna passasse a evitá-lo. Mas seria só isso.

Brendan provavelmente ainda teria terminado tudo com ela, não teria razão para isso mudar. Mas e se ele não tivesse? Será que teria tirado as roupas naquela noite perto da fogueira? Teria deixado as coisas prosseguirem ou se manteria fiel? A ideia de não trair Brendan, agora, parecia ridícula.

Apertou um pouco mais os braços ao redor de Sam, pensando em como ele cresceu com um pai tão cruel e uma mãe que ele não mencionava nunca, a não ser ao repetir as histórias que ela contava. Então, McKenna o chamou.

– O quê? – ele disse, acordando. Seu sono tinha sido tão profundo que ela não tinha certeza se ele sabia onde estava.

– Eu te amo – ela falou rapidamente, não querendo correr o risco de ele esquecer.

Ele não disse nada, apenas respirou fundo, fechou os olhos, depois os abriu quando soltou o ar. Se espreguiçou. Eles sempre acordavam um pouco doloridos pela manhã, depois de todos aqueles quilômetros caminhados e de dormir no chão duro.

– Sam – ela chamou. Sua voz soava mais preocupada do que pretendia –, não quero que você se esqueça. Eu te amo.

Ele riu um pouco e olhou para ela, agarrando o cabelo atrás de seu pescoço. Ainda estava solto e embaraçado da noite anterior.

– Eu me lembro – ele respondeu, e a puxou em sua direção, beijando-a antes que ela pudesse dizer qualquer coisa.

Horas mais tarde, eles estavam na frente de um albergue da Trilha dos Apalaches que tinha uma placa com a informação sobre os Nunnehi. McKenna ficou surpresa. Parte dela presumiu que Sam tinha inventado todas as histórias. Mas ali estava, gravado em metal, a descrição dos espíritos amigáveis: AS PESSOAS QUE VIVEM EM QUALQUER LUGAR.

– Como eu – comentou Sam, sua voz completamente alegre, mas por algum motivo McKenna sentiu uma pontada de melancolia, pensando em como ele era assim: *a pessoa que vive em qualquer lugar*. Como se a qualquer momento ele fosse *desaparecer* no ar, ir embora para qualquer outro lugar.

– Tá bom – disse Sam. – Vamos procurar pela cachoeira.

McKenna apontou para a placa.

– Não diz nada sobre uma cachoeira.

– Claro que não. Não é para turistas. É para os nativos. Como a gente.

– Mas você sabe que os espíritos amigos não são reais, Sam. Então a cachoeira também não deve ser.

Ela jogou a mochila no chão e se sentou em cima. Estava com fome e cansada. Seus ombros doíam. Gostava da ideia de ser uma nativa – nos últimos meses, a trilha parecia cada vez mais com um lar, assim como seu quarto em Abelard. Mas não se sentia nem um pouco como uma nativa para deixar a segurança da trilha, o caminho feito por todos os voluntários devotos, as marcas nas árvores que apareciam regularmente com tanto cuidado, tão reconfortantes.

Sam passou um saco de nozes que tinha colhido, mas a ideia de esmagar as cascas para conseguir os pequenos flocos de comida a deixava cansada só de pensar. Preferia comer alguma das suas barras de cereais. Ela gostaria que ele não sentisse tanto a necessidade de provar que conseguia ser o provedor.

– Obrigada – ela agradeceu.

– Então, o que você acha? Ia ser legal uma aventura.

McKenna moveu a perna para o lado e abriu o zíper da frente de sua mochila, pegando uma barra de cereais. Partiu-a ao meio e ofereceu a outra parte para Sam. Ele negou. Ela mordeu o chocolate rançoso, pensando em como eles podiam ter se sentido tão próximos ontem à noite e hoje pela manhã. E agora, de repente, pareciam duas mentes completamente distantes. Ela já tinha dito que não queria sair da trilha.

– Honestamente – disse McKenna – acho que isso já é aventura suficiente.

– O quê? Eu e você?

– Não. O que você quer dizer com isso?

– Você sabe – respondeu Sam. – O garoto da periferia.

– Tá maluco?

– Tô?

Um pipilo – o pássaro que o deixava doido – começou a cantoria monótona de duas notas. McKenna, ainda com o coração quente da última noite, sentiu que talvez *ela* estivesse ficando louca.

De onde surgiu isso tudo? Por que ele estava tão apreensivo e estranho?

Colocou a barra de cereais de lado, pegou uma pedra e começou a bater em cima da sacola de nozes. Talvez, se comesse a oferenda, ele parasse de surtar e voltasse a ser ele mesmo, ou melhor, o que tinha sido na noite anterior. O garoto que não só a amava, mas que dizia em voz alta.

Abriu a sacola e enfiou os dedos nos estragos, puxando pedaços de nozes quebradas. Sam estava olhando para a placa outra vez. Tentou pensar nas possíveis razões para ele querer sair da trilha. Como o fato de que ele não tinha um lugar para ir quando chegassem à Geórgia, enquanto ela tinha uma família e um trabalho para os quais estava ansiosa para voltar, e depois a faculdade. Talvez, para Sam, dizer *eu te amo* fosse perigoso. E McKenna já tinha dito *eu te amo* um bilhão de vezes em sua vida. Diariamente. Não só para Brendan – para quem, pensando agora, talvez não tivesse dito com verdade –, mas para seus pais, Lucy, para seus amigos, para Buddy.

– Ei – ela disse –, onde está o Hank? Não vemos ele desde...

– Você realmente se importa com onde aquele cachorro sarnento está? Ou só está mudando de assunto?

Para piorar, ele não parecia bravo. Não parecia triste. Parecia arrogante e calmo, e sem uma preocupação sequer. Sua voz soava alegre, como se o fato de ela não querer sair da trilha fosse a coisa mais engraçada que já tinha ouvido. Em outras palavras, ele tinha de alguma maneira se transformado de volta naquele Sam que ela conhecera na primeira noite, lá em New Hampshire, divertindo um monte de garotas universitárias com seu charme e suas histórias de terror.

McKenna não era muito boa em esconder seus sentimentos. Talvez porque, diferente de Sam, ela realmente *tinha* sentimentos.

– Só pensei no Hank – ela respondeu – porque sim, eu me importo com ele. Sabe o que é? Se importar?

– Eu sei o que é se importar – disse Sam. De novo, aquele sorriso, como se tudo que ela dissesse fosse completamente hilário.

– Sam – ela falou, odiando a quebra e o tom de lamento em sua voz. – É como se você não estivesse me ouvindo.

– Estou ouvindo – ele retrucou. – Eu te ouço. Em alto e bom som. Fique na trilha. Siga as marcações. Chegue na Geórgia às quatro da tarde em ponto. Continue marchando.

– Olha só! – exclamou McKenna, soando mais feroz do que gostaria.

O menor lampejo de surpresa atravessou o rosto de Sam, e logo aquele sorriso estava de volta. Fazia um tempo desde a última vez que ele fizera a barba, os pelos loiros estavam grossos na linha de sua mandíbula e bochechas. Um sorriso irritante e sexy. McKenna queria ter algo além de uma barra de cereais ou nozes para arremessar contra ele. Estava zangada, mas não zangada o suficiente para desperdiçar comida, mesmo se fossem nozes esmagadas que não queria. Deu um passo na direção de Sam e o empurrou. Ele tropeçou um pouco para trás, abriu os olhos, mas o sorriso não cedeu. Então se endireitou, usando os ombros dela como apoio.

— Fica calma, Mack — ele disse, puxando-a para perto e apoiando o rosto dela em seu peito. — Não é nada demais. Eu quero ver a cachoeira, você não quer. Então não tem que ir. Você continua, eu te alcanço.

McKenna o olhou, seu queixo roçando na superfície áspera da lã do casaco preto e vermelho dele.

— O que você quer dizer com "te alcanço"? Você vai continuar sem mim?

Ontem à noite ele a amava, e agora queria abandoná-la de novo? Ele olhou para ela, tirando o cabelo de sua testa como se não estivessem discutindo, como se nada disso significasse algo para ele. Mesmo que ainda sentisse vontade de empurrá-lo, também queria se agarrar nele, não exatamente implorar, mas pedir a ele que ficasse com ela. *Por favor.* Pela primeira vez, simpatizou com Courtney por ter ficado para trás com Jay. Parecia a pior coisa do mundo a ideia de ficar longe de Sam, não importava o quão aborrecida estivesse.

Separaram-se, os dois pegaram suas mochilas e começaram a caminhar. Nada tinha sido decidido, não em voz alta, mas McKenna sentia, pelos passos arrogantes de Sam, que ele não se importava se ela o seguisse. Ele tinha certeza de que ela *iria* segui-lo. Nem por um minuto Sam pensou que ela não iria exatamente aonde ele fosse, assim como todas as garotas que ele tinha conhecido. Até então McKenna tinha resistido a perguntar sobre outras garotas. Agora, andando atrás dele com uma cara carrancuda, permitiu-se questionar:

com quantas garotas ele já tinha ficado? O que ele tinha dito a elas? Já tinha dito *eu te amo* para alguma?

Suavizou o rosto. McKenna sabia, como simplesmente sentimos às vezes, que mesmo se Sam já tivesse dito a alguém, não foi de verdade, não da maneira que foi com ela. Ontem à noite, o que ele disse – o que ele sentiu – foi algo novo. O que justificava a maneira como estava agindo agora.

Talvez, McKenna pensou, *eu devesse ceder. Sair da trilha com ele*. Sam tinha se aberto para algo novo. Talvez ela também devesse.

Caminharam por um tempo, Sam checando a trilha e procurando galhos quebrados nas árvores, como se tudo já tivesse sido decidido. Ela pensou nele indo embora enquanto ela continuava a trilha, torcendo para os espíritos trazerem Sam de volta. Ou juntando-se a ele, torcendo para que trouxessem ambos de volta para a trilha, seguros.

Tinha chegado a esse ponto? Tão apaixonada por um garoto que confiaria em espíritos para mantê-la segura?

Sam chegou a um ponto onde obviamente tinha decidido sair da trilha e encontrar a cachoeira. Parou e segurou o braço de McKenna, puxando-a para perto dele.

– Não se preocupe, Mack – ele disse. E a beijou. – Vou te alcançar em alguns dias.

Estava parada, incrédula, olhando Sam passar por alguns pinheiros, ouvindo o som dos pés caminhando por raízes e folhas. Ele realmente a deixou. Não podia acreditar. Na real, ela *não* acreditava. Era seu jeito de manipulá-la, ou convencê-la a sair da trilha e segui-lo. Ele estava contando com o fato de que ela não conseguiria mais fazer a trilha sozinha, ou com o fato de que ele poderia se perder, ou pior: nunca mais vê-lo de novo. Bom, talvez ela cortasse seu blefe. Talvez continuasse andando, então veria o quão rápido *ele* desistiria e a seguiria.

No momento em que decidiu abandonar o local e seguir seu caminho, uma voz rouca a chamou, mais adiante na trilha.

– Ei. Você aí.

McKenna se virou e suspirou. Ali estava um homem, esguio e enrugado, com um chapéu de palha de abas largas, um longo emaranhado de barba branca e outro emaranhado ainda mais longo de cabelos brancos caindo pelos ombros. Olhos escuros a encaravam através de camadas de rugas, mas com um brilho perspicaz.

Parecia ter entre 60 ou 1.000 anos de idade. Tinha uma mochila velha como a de Sam, mas não tinha uma barraca nem um saco de dormir pendurados, parecia praticamente vazia. Na mão esquerda segurava um graveto retorcido e bonito, que servia como um antigo bastão.

Então, abaixo do colarinho da camisa, pôde ver um pequeno e colorido periquito. Um periquito-monge, olhando para ela curiosamente. Qualquer dúvida desapareceu. Ali estava ele, em carne e osso, Walden, a lenda da trilha, franzindo a testa para ela severamente. Não de uma maneira assassina. Como um avô preocupado. Lembrando-se da história de Sam, McKenna quase gargalhou.

— Eu não iria por aí — disse Walden. — Sabe quantas pessoas tentaram e não voltaram mais? É um labirinto, sem nenhuma trilha. Você anda cem metros e tudo parece igual. Um monte de penhascos íngremes. Tocas de ursos. E, além do mais, tem uma frente fria chegando.

McKenna concordou com tudo o que ele disse. Podiam ouvir os passos de Sam, os galhos quebrando, conforme ele caminhava pela floresta densa, que não era feita para se caminhar.

Walden falou mais uma vez:

— Essa cachoeira é um mito, sabe?

McKenna inclinou a cabeça. Queria gritar por Sam, trazê-lo de volta para a trilha e mostrar a ele essa visão incrível: Walden e seu pássaro.

— Eu também ouvi que você era um mito — ela respondeu.

O semblante carrancudo durou um segundo e o rosto dele suavizou. Um som ríspido surgiu, e McKenna percebeu que era uma risada. Uma risada desacostumada.

— Justo — ele disse quando o som parou.

McKenna sorriu e acenou, assim como Sam tinha acenado para ela. Então se enfiou no meio das árvores, andando rápido para alcançá-lo. Não iria esperar alguns dias para ver Sam, nem mesmo algumas horas. Tinha que contar, assim que possível, que tinha conversado com Walden! Ele era real.

16

SAM NÃO SABIA SE SENTIA ALÍVIO, surpresa ou desapontamento ao ouvir os passos de McKenna pelo caminho, atrás dele. Se é que podia chamar aquilo de caminho – uma vegetação de restinga crescida e suja por onde alguém havia passado recentemente, ou talvez muitas pessoas, e não se parecia nada com a Trilha dos Apalaches. A selvageria de tudo o deixava animado, aberto a possibilidades. Queria McKenna com ele, é claro. Mas também queria que ela tivesse ido embora. Tinha sido um idiota.

Queria que ela soubesse que poderia ir embora se precisasse.
— Sam! — uma voz chamava. Uma voz de pura empolgação, sem nenhum rastro da discussão que tiveram nos últimos quilômetros.
— Sam, espera.

Ele parou e esperou. Bem atrás das árvores próximas, conseguia ver uma clareira. Ali teria uma vista. Não tinha certeza se seria comparável à vista de McKenna, seus olhos azuis brilhantes, caminhando em sua direção com empolgação. Algo muito mais extenso do que qualquer vista se abriu dentro dele e seu rosto se transformou na expressão mais fácil que tinha em seu arsenal: o sorriso indiferente.

— Sam! — ela disse, ofegante e puxando as alças de sua mochila.
Pelo menos ela não tropeçou na tentativa de me alcançar, pensou Sam.
— Você não vai acreditar — continuou. Ele percebeu que ela queria se apoiar nos joelhos, recuperar o fôlego, mas a mochila pesada não permitia. — Walden — ela disse. — Na trilha. Com a barba, o periquito e tudo o mais. Falei com ele.

— Walden? — Sam semicerrou os olhos. Não tinha ocorrido a ele duvidar da honestidade de McKenna. Mas *Walden*? Em carne e osso?

— Sim — respondeu McKenna. — Tinha uma mochila parecida com a sua. E um bastão incrível. E o periquito, ele realmente tem um periquito. A sua voz é rouca, dura. Mas ele não me matou.

Ele riu e McKenna tentou, mas a risada ficou presa porque estava sem fôlego.

— O que ele disse? — Sam perguntou.

O garoto deu alguns passos em sua direção, tentando diminuir a distância entre eles. Sabia que era estranha a forma como as coisas aconteciam, sua necessidade de levantar uma muralha e logo em seguida derrubá-la. A segunda opção sempre parecia mais forte, porque era a que não conseguia controlar.

— Me disse para não sair da trilha — respondeu McKenna. — E que a cachoeira é um mito.

— Ele também deveria ser um mito.

— Foi o que eu disse! E sabe o que ele fez? Ele riu.

Sam fechou as mãos nas alças da mochila de McKenna e a puxou para perto. Ela tropeçou um pouco e ele a pegou, segurando firme. Antes de beijá-la, disse:

— Ei. Desculpa.

Estava tão próximo que não conseguia ver seu rosto, tão perto que conseguia sentir os lábios dela se movendo nos dele. Ela iria dizer *Me desculpa também*, podia sentir, mas não o fez. Boa garota. Não tinha nada para se desculpar.

— Feliz que você está aqui — ele disse.

— Eu também — ela completou. Sam interrompeu a segunda palavra, diminuindo a distância dos últimos centímetros entre eles, e a beijou.

McKenna *estava* contente. Não sabia explicar o porquê, mas não se sentia derrotada ou contrariada. Era como trocar uma sensação pela outra. Conforme caminhavam entre as árvores até um cume — o céu se abrindo na frente deles, o dia claro cedendo para um crepúsculo estranhamente nítido –, a necessidade de caminhar os quilômetros diários, alcançar o objetivo, foi se transformado em uma sensação de rebeldia. Era como se, com a ajuda de Sam, tivesse conseguido sentir algo que o mundo todo (e seu cérebro) não permitia.

– Olha – apontou Sam.

Parou na beirada do cume e largou a mochila. Um local plano inesperado, sem rochas, e até com uma superfície de areia, perfeita para colocar a barraca. Alguém já tinha acampado ali antes, o que McKenna se recusou a confirmar que a tranquilizava. Havia um pequeno círculo de rochas que indicavam os restos carbonizados de uma fogueira.

– Talvez seja melhor usar seu fogão – ele sugeriu. McKenna podia sentir que ele estava tentando ceder. – Tá muito seco aqui, talvez a fumaça atraia os guardas.

– De jeito nenhum – retrucou McKenna. – Depois de hoje, o cume, essa vista... precisamos de uma fogueira. Agora estou viciada nelas, se quer saber.

Sam sorriu. Um sorriso de verdade, não um distante, raivoso, como antes. Mas ela ainda não confiava totalmente naquele sorriso. Como se houvesse um padrão nas idas e vindas de Sam, algo que ainda precisaria decifrar.

– Ei – ele falou. – Ei, Mack.

– Hum?

– Desculpe.

– Você já disse.

– Eu sei. É que sinto muito mesmo, e mesmo tendo sido um idiota, estou feliz que esteja aqui. Eu e você.

McKenna assentiu. Depois, colocou seu casaco de flanela. A brisa fresca da tarde já se transformava no vento frio da noite. Já tinham enchido as garrafas de água em um riacho alguns quilômetros atrás. A água parecia tão limpa que era tentador não filtrá-la, mas claro que o fizeram. Ou melhor, claro que McKenna o fez.

– Eu também. Ela balançou os ombros para trás, tentando se recuperar da corrida para alcançar Sam. Ele deu um passo à frente e colocou as mãos nos ombros de McKenna, apertando e massageando com os dedos.

— Sabe o que seria legal? Ficar aqui uns dias. Fazer algumas trilhas curtas, explorar um pouco.

— Você realmente acha que vamos achar essa cachoeira? — perguntou McKenna. Isso a deixava irritada a ponto de se estressar com Sam mesmo quando estava sendo muito fofo, com suas mãos tão agradáveis. Já não tinha cedido a algo tão grande que era sair da trilha? Quanto tempo ele queria que ficassem ali?

Sam deu de ombros.

— Quem sabe? — respondeu. — Nunca pensei que poderíamos conhecer o Walden. Nunca pensei que conheceria alguém como você.

Toda a irritação evaporou, o que já seria irritante por si só. Mas as endorfinas da caminhada estavam fazendo efeito. A brisa tão gostosa. E estar com Sam era tão bom. Sem mais conversas, buscaram gravetos e fizeram uma fogueira, comeram lámen e o restante das frutas secas. Quando a noite caiu para valer, tiveram a melhor vista das estrelas de toda a trilha até agora. Mesmo com a barraca armada, não havia dúvidas, nessa noite dormiriam lá fora.

McKenna procurou alguma comida na mochila. Não havia muita coisa, mas tinha um punhado de barras de cereais e carne seca. O suficiente para durar alguns dias, esparsamente. O que comessem na próxima parada certamente teria um gosto ainda mais delicioso.

— Assim que voltarmos pra trilha, temos que parar para reabastecer os suprimentos e lavar roupas — observou McKenna. — Mas acho que você está certo. Seria legal ficar aqui uns dias. Antes da pernada final até a Geórgia.

Ela sondou o rosto dele com cuidado para ver sua reação: a ideia de finalizar a trilha e o que isso significaria. Ela não queria que o fim da travessia fosse o fim deles. Mas também não queria ser a pessoa a pensar em um plano para que ficassem juntos.

Até agora. Depois de terem comido e guardado o restante do jantar, depois de juntarem os sacos de dormir em uma cama de casal ampla em cima da areia, deitaram lado a lado, dando as mãos, olhando as estrelas. McKenna não conseguiu se conter.

— Ei, Sam. Eu te amo. Você me ama também. Lembra?

— Não é algo que eu esqueceria, Mack.

Ele deixou de lado a vista e a olhou. Ela deveria sentir os calos das mãos dele em seu rosto, mas apenas sentia sua força. E algo em seu rosto, uma leveza, e ao mesmo tempo urgência, como se não conseguisse lidar com tudo que sentia. McKenna acreditava completamente nele, mais do que era capaz de colocar em palavras.

Quando McKenna acordou na manhã seguinte, estava tudo maravilhoso e iluminado. Não se importaram com o café da manhã; nenhum dos dois estava com fome e os suprimentos estavam escassos. Se fossem acampar naquele local por uma noite ou duas, seria preciso racionar e procurar comida.

— Acho que já passou da época do ano para encontrar algum alimento — disse McKenna enquanto lutava para colocar o saco de dormir na mochila. De todos os trabalhos diários da trilha, esse era o que menos gostava: colocar um pedaço grande de tecido dentro de um pequeno demandava mais músculo e paciência do que parecia.

— Só joga dentro da barraca — disse Sam. — Ou deixa aí. Não tem uma nuvem no céu.

Ela olhou para cima. Já tinha notado a clareza do céu, o brilho do sol da manhã. Se ainda tivesse seu iPhone, talvez checasse a previsão do tempo — se tivesse sinal. Mas sem o celular, teve de aprender a ler o clima só de estar na natureza, e nem sempre era uma tarefa fácil. Algumas manhãs limpas se transformavam em pancadas de chuva no fim de tarde. Pegou seu saco de dormir metade para fora, metade para dentro da mochila, e jogou para dentro da barraca, e em seguida fez o mesmo com o de Sam e fechou o zíper. Na sequência, consultou o mapa em seu guia. A Trilha dos Apalaches estava bem marcada, assim como as estradas que a cruzavam. Mas o território que ficava em volta era uma extensão — apenas uma extensão, com rabiscos verdes e cinza para indicar rochas e árvores. O mapa não ajudaria em nada ali. Fechou o livro e o colocou de volta na mochila.

— Pronta para explorar um pouco? — ele perguntou.

A mochila de Sam era menor, então guardaram seu conteúdo escasso dentro da barraca e a encheram com o que precisariam para o dia – um pouco de comida seca, algumas garrafas de água, filtro e lona. Para garantir, McKenna colocou alguns itens extras, como tabletes de iodo e mais algumas peças de roupa caso ficasse frio. Também pegou seu relógio, que mal tinha tido tempo de olhar, e o prendeu do lado de fora da mochila de Sam, que estava gloriosamente leve, conforme a colocou nas costas.

– Ei – disse Sam –, deixa que eu carrego isso.

Ela não conseguiu resistir e a entregou. Sua mochila tinha se tornado uma extensão do seu corpo; agora, sem todo aquele conteúdo extra, parecia ter perdido metade do seu peso. Enquanto seguia Sam para dentro da floresta, caminhando sem as alças pesadas em seus ombros, parecia estar voando. Saltava na ponta dos pés enquanto ele escolhia um riacho estreito e seco para seguir ladeira abaixo.

– Como você sabe o caminho? – McKenna perguntou.

– Quando você busca uma cachoeira mítica de espíritos, você faz tudo na base do instinto.

Tradução óbvia: *Não faço a menor ideia de aonde estou indo ou o que estou fazendo*. Para ela, Sam se aventurar para longe do leito seco do riacho parecia uma má ideia, mas não disse nada, ainda se sentindo empolgada pela rebeldia recém-descoberta. Por hábito, seus olhos se moviam para as árvores, procurando pelas marcações, e toda vez que percebia que não encontraria nenhuma, uma ponta de emoção surgia – uma combinação de pânico e alegria. Caminharam como de costume, juntos e no silêncio confortável, com o sentimento de conquista, exceto que agora não estavam diminuindo os quilômetros da travessia.

Pela primeira vez em sua vida, não estava tentando conquistar nada. Estava só existindo. Debaixo de um céu azul, cercada de árvores, na companhia de uma pessoa que encontrou na natureza, alguém que realmente amava.

– Caramba – disse Sam.

McKenna parou atrás dele, e enquanto andavam por detrás da linha das árvores, tiveram a vista mais espetacular de todas as suas vidas. Nem parecia real. As árvores se abriam para uma grande extensão de poeira beirando um afloramento íngreme de rochas – uma muralha de xisto afiado, que mergulhava em um lago reluzente, tão claro e puro que refletia a imagem como um espelho, um contra o outro.

– É como um presente – McKenna respirou fundo. – Uma recompensa por sair da trilha.

Sam colocou seu braço em volta dela e deu uma apertada leve.

– Tá com fome? – ele perguntou.

– Morrendo.

Sam tirou a mochila, mas em vez de abrir o zíper, ele caminhou até um grupo de árvores com flores vermelhas e começou a colher as pequenas frutas da mesma cor, que cobriam os galhos.

– Tem certeza de que são comestíveis?

– Positivo. Sorvas. Minha mãe costumava fazer geleia delas. É um sabor estranho, mas vai ser bom variar, certo?

Enquanto Sam pegava as frutas, McKenna pegou a lona da mochila e a estendeu no chão, selecionando também alguns outros itens para acompanhar. Deixou de lado qualquer pensamento duvidoso sobre as frutas – elas pareciam com algo que sua mãe não a deixaria comer em um parque. Sam não tinha levado eles até ali, aquele lugar incrível, naquele momento lindo?

Sam se juntou a ela na lona, com sua camiseta dobrada para carregar as frutas, que derrubou na frente de McKenna para acompanhar a barra de cereais, água filtrada e carne seca de salmão. McKenna havia levado o salmão para variar um pouco e *odiou* – parecia ração de gato –, mas estavam no fim dos suprimentos, então não tinham opções. Sam pegou uma das frutas e colocou na boca dela. Seu rosto imediatamente se transformou e ela fez uma careta; o gosto era muito azedo e fez seus ombros se encolherem. Mas depois de meia barra de cereais e um pedaço de salmão seco, quis um pouco mais. Introduzir um sabor novo, mesmo que pequeno, depois dos de sempre, dia após dia, fez o piquenique parecer especial. Guardou o restante da comida para depois.

Ela deitou novamente por cima da lona, admirando o céu azul.

– Queria poder descer para o lago – ela disse.

– A gente deveria tentar.

– Não. – A palavra veio curta e definitiva. – É muito íngreme. Demoraríamos muito tempo para encontrar um caminho pra descer, e a subida demoraria pra sempre.

– Mas valeria a pena. Pra nadar.

McKenna fechou os olhos.

– Nesta época do ano, nesta altitude? A água provavelmente vai estar com quatro graus de temperatura. É melhor prevenir do que remediar.

Ouviu um pequeno farfalhar enquanto Sam colocava o resto do almoço em sua mochila e se aproximava dela.

– É – ele concordou. – Acho que sim.

Com os olhos ainda fechados, ela esticou os braços e tocou seu queixo, a barba começando a crescer.

– É como se fôssemos as últimas pessoas no mundo.

– Você gostaria disso? – ele perguntou.

McKenna pensou de maneira negligente – tudo parecia negligente no momento, como se nada importasse além do sol e da presença de Sam – que a voz dele soava vulnerável.

– Sim – ela respondeu. – Algumas vezes gostaria que sim. Outras vezes, esse pensamento me assusta.

Seus olhos se abriram, e o rosto de Sam estava tão próximo, bloqueando sua visão. Estava perto demais para ver se havia lágrimas em seus olhos ou se tudo estava embaçado exatamente pela proximidade.

– Bom – ele completou –, não me assusta nem um pouco.

Como para provar que estava falando a verdade, tirou suas roupas, depois as dela, e fizeram amor com o reflexo azul-claro no alto, abaixo e em tudo ao redor.

Depois apagaram, ambos não sabiam ao certo por quanto tempo. Poderiam ser dez minutos ou duas horas. McKenna estava no meio de um sonho calmo: ela e Sam, no lago, nus na areia, enquanto a água fria da montanha lambia seus dedos dos pés. No exato instante entre acreditar que era verdade e perceber que não era, McKenna pensou que nunca quis tanto algo como nadar naquela água pura e gelada.

O trovão a acordou, um som estrondoso e com um ritmo tão próprio que ela acreditou ter vindo da cachoeira, aparecendo magicamente ao lado do lago ou ali mesmo onde estava deitada.

Um segundo estrondo fez McKenna sentar-se, buscando suas roupas. O céu não refletia mais o lago, estava completamente escuro. Em seu estado de sono elevado, pensou na palavra *eclipse*, mas não, era somente uma tempestade que chegara sem avisar.

— Sam — disse McKenna. Incrivelmente, ele ainda dormia. Levantou-se para vestir sua calça e o chutou levemente, mas com urgência. — Acorda. Vai começar a...

Como mágica, o céu abriu antes que ela pudesse dizer a palavra. Sem chuvisco, apenas uma torneira aberta a todo vapor. Em um instante, estavam ensopados.

— Droga — disse Sam, ficando de pé e pegando a lona e a mochila em um movimento. Pegaram todas as coisas o mais rápido que conseguiram e correram. McKenna deixou Sam escolher a direção, presumindo que soubesse aonde estavam indo, que os levaria de volta à barraca.

— Espera! — ela gritou enquanto ele se abaixava entre as árvores. Um lampejo de luz, mas não havia tempo para contar o trovão que o seguiu; provavelmente aconteceram simultaneamente. McKenna não tinha sido uma escoteira, mas sabia o que isso significava. — Não podemos ficar debaixo das árvores — ela completou. — Os relâmpagos!

— Você prefere ficar aqui e ser o único alvo? — gritou Sam, depois agarrou sua mão, a levando ao longo do cume. Correram por um tempo, a mochila batendo nas costas dele, antes de finalmente mergulhar em um afloramento de rochas abaixo da borda baixa, nem o lago nem o acampamento à vista.

Eles se amontoaram enquanto a tempestade assolava, segurando a lona sobre suas cabeças para uma proteção extra, a respiração de ambos rápida e intensa. McKenna teve de admitir que não tinha sentido medo antes e não sentia naquele momento. Até agora, o dia tinha sido sobre existir em seu corpo, seguir suas emoções, viver o *presente*. De joelhos com Sam, ver a tempestade só aflorou seus sentidos, ambos molhados e tremendo, a exibição de luz, o som maravilhoso e grandioso. Eram apenas duas criaturas na floresta esperando a Mãe Natureza. McKenna não se preocupou com as roupas molhadas, tudo o que tinham que fazer era voltar ao acampamento para se trocarem. O fervor da tempestade indicava que ela passaria rápido.

— Isso foi incrível — disse Sam. — Já estou aqui na floresta há... sei lá, já perdi a noção de quanto tempo, e nunca vi uma tempestade como esta.

Conforme a chuva diminuía, Sam esticou a mão para fora da lona, pegando as gotas para beber. McKenna fez o mesmo.

— Deveríamos ter colocado uma garrafa e pegado um pouco de água — ela disse. — Água que não teríamos que filtrar.

Sam procurou na mochila e pegou a garrafa de água cheia até a metade — no almoço, tinham bebido da garrafa de McKenna.

— Onde está a minha? — ela perguntou.

— Não consigo achar. Acho que esquecemos lá quando corremos.

McKenna podia visualizar a garrafa quando puxaram a lona, rolando na beirada do cume e parando ao lado do lago. Na luz baixa pós-tempestade, até parecia que o lago tinha sido uma miragem, ou um truque. Era tão estranho terem conseguido correr tão rápido de algo tão gigante.

— Ah, não — disse McKenna. — O filtro sumiu também.

Ela apalpou a mochila, torcendo para estar errada. Mas haviam levado poucas coisas, o suficiente para saber o que tinham perdido. Haviam deixado o filtro para trás.

— Não se preocupe — falou Sam, saindo debaixo da lona. — Temos outra garrafa na barraca. E mais tabletes de iodo.

Levantou-se e sacudiu a lona, depois a enfiou nas cordas elásticas que Sam tinha no exterior da mochila — não fazia sentido molhar a parte de dentro. Acima, a água ainda pingava das árvores em gotas barulhentas e persistentes, mas a queda do céu parecia ter terminado. Um silêncio estranho, as nuvens ainda pairando no alto, vazias, mas ainda não prontas para flutuarem para longe.

Sam deu alguns passos, olhou ao redor. Não havia como discernir um caminho, apenas árvores grossas para um lado e uma parede de rochas do outro. O lugar onde deveriam encontrar pegadas indicando a rota que caminharam tinha se transformado em lama, e a chuva limpou a camada superior de lodo, deixando apenas uma tela em branco.

— Talvez se seguirmos a parede de rochas, ela vá nos levar até o cume, com a vista para o lago — ela disse. Fazia sentido voltar para aquele lugar, tudo o que tinham de fazer era caminhar ao longo da parede, e eventualmente chegariam onde tinham feito o piquenique.

— Mas não vamos encontrar nada lá que marque o lugar — disse Sam. — Tenho certeza de que a garrafa rolou e pegamos todo o resto. Acho que faz mais sentido ir pela floresta.

— Onde tudo parece igual?

Ele virou a cabeça, os olhos azuis pequenos e, McKenna pensou, parecendo um pouco arrogantes. Ainda assim, ela se sentiu melhor porque também eram aqueles olhos calmos, com controle da situação. Ele não parecia preocupado.

— Talvez seja tudo igual pra você — ele respondeu, e saiu caminhando por entre as árvores. McKenna parou por um segundo. A visão de sua mochila, mesmo adorável, tinha o potencial para se transformar em um assunto doloroso. E mais: sua calma incomum ainda estava lá, então respirou fundo e colocou a mochila dele. Não era tão libertador como caminhar sem nada, mas comparado ao peso que normalmente levava, era como se não estivesse carregando nada.

Sam continuou caminhando, virando a cabeça para um lado e para o outro, escolhendo rotas entre as árvores que pareciam cada vez mais aleatórias. Quando as nuvens acima finalmente se dissiparam, revelando um céu de final da tarde, o sol surgiu, suficiente para suas roupas começarem a secar — graças a Deus e à tecnologia de secagem rápida de roupas. Sam já não tinha esse luxo; suas roupas de algodão ainda estavam ensopadas. Parou de repente na base de uma sorveira, olhando para cima entre as folhas, tentando adivinhar se era a mesma que tinham encontrado antes.

— Acho que é uma árvore qualquer — disse McKenna. — Aquela onde pegamos as frutas parecia ser mais cheia. E conseguíamos ver a vista de lá, lembra?

– Eu sei – respondeu Sam. – Só estava pensando se poderíamos pegar algumas frutas.

Na verdade, o estômago dela não parecia bem desde que as comeram. Talvez não fossem venenosas do tipo morrer-no-segundo-que-comer, mas também não estava convencida de que eram *comida* no sentido amplo da palavra.

– Obrigada – ela falou. – Mas tô de boa. Agora só quero encontrar nosso acampamento.

Uma imagem se formou em sua mente do lugar onde deixaram sua barraca e a mochila, com tudo o que tinha transportado nos últimos meses, com o equipamento que se transformara em uma extensão do seu corpo. Sua barraca, saco de dormir, fogão, a carteira com dinheiro, caso precisasse. Não tinha ficado tão longe das suas coisas desde que jantou com Brendan no Maine. Mesmo que a primeira parte do dia tivesse sido tão natural, mesmo com o sentimento tão libertador de deixar as coisas para trás, agora não acreditava que fora convencida a fazer isso. Não só estava longe de suas coisas, como também não sabia como voltar.

As árvores que os cercavam, com suas frutas estúpidas e venenosas, não tinham a marcação branca da trilha, nada que os ajudasse a encontrar o caminho de volta, onde tinham o que precisassem para sobreviver.

– Não entre em pânico – disse Sam, mesmo sem ela dizer uma só palavra.

– Quem está em pânico?

– Ninguém. – Sua voz soava firme demais, como se estivesse dando ordens.

– Então, beleza – ela completou. Fez bastante esforço para dizer as palavras calmamente. – Se não estamos em pânico, o que estamos fazendo?

– Caminhando. Caminhando e observando.

– Para alguma direção exata?

– Por aqui – Sam respondeu.

A certeza em sua voz a irritou, pois sabia que era mentira. Mas não disse nada, apenas segurou as alças da mochila e caminhou atrás dele.

Uma hora passou, talvez mais. Caminharam tempo suficiente para entenderem que não tinham ideia de onde estavam, a ponto de começarem a entrar em pânico. McKenna parou e pegou o casaco de flanela de dentro da mochila de Sam.

— Quer seu casaco? — perguntou a ele.

— Não, obrigado. — Seu rosto tinha assumido uma expressão áspera e travada, como se não importasse a situação, não admitiria que estavam perdidos.

— Tá bem seco, na verdade — disse McKenna, sentindo a lã que dava coceira. As roupas que Sam vestia ainda estavam molhadas, e o ar ao redor começava a ficar mais frio. Ele deveria estar congelando.

— Não, eu tô bem. Vamos continuar andando. Acho que estamos perto.

O que era besteira. A floresta ao redor não parecia nada com o lugar onde acamparam, adentraram tanto a mata que não enxergavam nenhuma abertura, para nenhum dos lados. Mesmo se estivessem *perto* do acampamento, não havia absolutamente nada que indicasse isso.

Agora já estava farta do fingimento de Sam sobre saber o que estava fazendo. Então, disse:

— Ah, é? E por que você acha?

Sam não respondeu, só desviou — aleatoriamente, McKenna tinha certeza — de umas árvores para a esquerda. Lembrava-se da vista do lago, camadas e camadas de picos e florestas. Agora estavam ali, no meio de camadas indiscerníveis e infinitas.

Finalmente, não conseguiu mais evitar.

— Eu sabia. Eu *sabia* que não deveríamos ter saído da trilha.

Ela esperava que Sam parasse, virasse e começassem a discutir. Por exemplo, ele poderia dizer que ela não parecia saber disso quando correu atrás dele falando sobre Walden, ou quando teve sua rebeldia na noite anterior. Não sabia disso no piquenique, ou quando falou sobre descer até o lago, ou quando estavam nus e sem uma preocupação entre eles e o céu azul. Mas não disse nada, só continuou caminhando.

Enquanto seu pânico aumentava, McKenna descobriu que não conseguia parar de falar.

— Tá ficando tarde. Vamos congelar aqui. Só estamos andando em círculos. Mal temos comida. Não tem marcações nas árvores. Sabe o que todas as histórias de desastres na Trilha dos Apalaches tinham em comum? As pessoas saíram da trilha.

Não foi exatamente o que disse, não nessa ordem, de qualquer maneira. Tinham outras frases ligando esses pensamentos. Não costumava tagarelar quando estava nervosa, mas agora que começou, não conseguia parar. Sentia que, se parasse de falar, se ficasse quieta (como os músculos rígidos e tensos de Sam desejavam), todas as palavras traduziriam a teoria para a realidade. Não estaria falando sobre o desastre deles. Estaria vivendo.

— Tá ficando tarde — disse McKenna novamente. — Em algum momento *vai* escurecer, e estamos aqui, expostos, com quase nada para comer e só uma garrafa de água...

— Cala a *boca* — ele finalmente disse. Parou abruptamente e se virou. Uma veia em sua testa, que ela nunca tinha visto, apareceu, azul e furiosa.

— Não! — ela gritou. — Não vou calar a boca. Estou apavorada. A gente pode morrer aqui, Sam.

— É assim que você vai de um ponto para o outro? Ou você está segura e feliz ou à beira da morte?

— Parece que você não entende. Isso é *perigoso*. É a natureza selvagem, animais, e não temos *nada*, deixamos tudo para trás...

— Tudo o quê? Sabe quando eu deixei tudo pra trás? Faz quase oito meses. Quase minha vida toda. Tá preocupada em estar perdida? Preocupada em sentir frio? Fome? O que vai fazer depois? Bem-vinda ao meu mundo, princesa.

McKenna engoliu em seco. Pensou em todos os meses em que Sam esteve na trilha sozinho, sem dinheiro, sem as vantagens que tinha. Sem mencionar todos os anos em uma casa com um pai alcoólatra e imprevisível. Tentou tocá-lo, acalmá-lo, mas ele estava distante. Sam se virou, puxando o braço para longe dela, e continuou andando.

Mas não por muito tempo. Se a briga deles tinha ido longe demais, o dia também tinha. Não passou muito tempo até que Sam admitiu a derrota, encostou em uma árvore e escorregou até o chão, que ainda estava molhado. McKenna tirou a mochila das costas. Tinha espaço suficiente para esticar a lona. Deu o casaco a Sam e pegou o gorro, feliz por tê-lo levado. Mesmo bravos um com o outro, se amontoaram e se abraçaram forte. Era a única maneira de se manterem aquecidos.

17

SAM NÃO CONSEGUIA DORMIR, e não só porque estava frio. Tinha tirado sua camiseta molhada e envolvido McKenna e ele em seu casaco de lã. Ela dormia em seu peito, mesmo estando quase brava demais para olhá-lo. Sua testa parecia fria, mas quando a tocou por debaixo de sua camiseta, a pele das suas costas parecia quente. Estava dormindo tão profundamente. Talvez fosse isso que acontecesse quando se crescia em uma casa onde você sabia que estava seguro. Você aprendia a dormir. Ou talvez porque sua consciência estivesse limpa. O contrário da de Sam.

Ele sabia que a culpa era toda sua. Tinha saído da trilha e arrastado McKenna com ele, mesmo ela sabendo que não era uma boa ideia. Tinha tratado a garota como se fosse uma metida. Provocou e instigou McKenna a algo que poderia muito bem levar à sua morte.

Tinha visto nos olhos dela: pânico, mesmo sabendo que não iam morrer ali *de verdade*. Por que deveria acreditar em algo assim, sua própria mortalidade? Não só McKenna vivia em um tipo de mundo que Sam não conseguia nem imaginar, com redes de segurança feitas de dinheiro e amor, mas ela sempre seguira os planos cuidadosamente. Perigo era algo que não existia para ela. Era apenas algo abstrato que deveria ser evitado, não algo *real*.

O ponto era: ali, nesta época do ano, com pouca comida e possivelmente sem água (ao menos que pudessem encontrar uma fonte de água potável, já que não tinham mais o filtro, apenas uma quantidade pequena de tabletes de iodo), teriam de voltar para a trilha ou poderiam morrer – por desidratação, fome ou exposição.

Eles poderiam morrer.

Sam quase não ligava, definitivamente não se importaria se estivesse sozinho. Mas não suportava o pensamento de levar McKenna com ele.

Com muito cuidado, moveu seu braço debaixo dela e a deitou sobre a lona. Os primeiros raios da manhã passavam pelas árvores. Ele poderia não ir para a faculdade, mas tinha estudado Literatura no colégio, sabia sobre os dedos rosados do amanhecer, e nunca pareceram tanto com dedos em sua vida como naquela manhã. Os raios de luz rosa teriam sido lindos se não estivesse com tanto medo. Onde estavam os espíritos dos viajantes perdidos quando se precisava deles?

Procurou em sua mochila uma linha de pescar e alguns pedaços de carne seca. Se conseguisse encontrar algum riacho, poderia pescar uma truta para o café da manhã. Enquanto estivesse pescando, poderia tentar encontrar um caminho de volta para a trilha. Era melhor perderem todos os pertences do que ficarem andando em círculos buscando por eles. Pegou sua faca do bolso da frente da mochila. Não era tinta branca, mas poderia sinalizar as árvores para funcionar como as marcações da trilha.

No último acampamento deles, na grande mochila vermelha de McKenna, encontraria canetas e um diário de capa de couro no qual ela não tinha escrito mais do que algumas palavras. Mas não o levaram na expedição. Então, Sam pegou um graveto e escreveu no chão, à direita da cabeça dela, em letras grandes, para que as visse assim que abrisse os olhos: FUI PESCAR. ESPERE AQUI.

Deixou a mochila, comida e água. Alguns passos à frente, marcou a primeira árvore. Talvez ainda não tivesse perdido todas as esperanças, porque a ideia de voltar e acordá-la com um peixe fresco o fez sorrir.

"Ei, Mack", ele diria. "Encontrei o caminho de volta para o acampamento. Mas, antes, vou fazer o café da manhã."

O alívio que poderia ver no rosto dela era mais que o suficiente para querer continuar.

McKenna acordou uma hora depois. Olhou para a frente, depois em volta. Não olhou para o chão perto dela.

– Sam? – chamou.

As árvores responderam com silêncio, sem vento, sem gotas de chuva, nem mesmo o som do pássaro irritante. Até eles eram espertos o suficiente para ficar longe daquela parte da floresta. Ficou em pé, chutou a lona para o lado e apagou metade da mensagem de Sam.

– Sam? *SAM, seu idiota!*

Se uma garota gritar por seu namorado na floresta e ninguém ouvir, ele é um completo idiota? Ela é comprovadamente insana e idiota por ter dado ouvidos a qualquer palavra saindo da boca dele?

McKenna se agachou na lona e colocou a cabeça nas mãos. Em junho, sentada na sala da Associação dos Estudantes da Universidade de Whitworth com Courtney, convenceu-se a completar a Trilha dos Apalaches sozinha. E ela *tinha* caminhado sozinha até o estado da Nova Inglaterra. Desde então, estava caminhando com Sam. Os dois, subindo e descendo montanhas juntos. Um casal em uma viagem de acampamento: mais condizente com o que as pessoas esperam do que uma garota fazendo a travessia sozinha. Mas, para ela, a estrada com Sam era uma estrada não convencional.

E agora, olha só aonde essa estrada a levara.

Tirou a cabeça das mãos e as chacoalhou, forte. Entrar em pânico não ajudaria. Entrar em desespero também não. Seu estômago já nem roncava mais, sentia uma cólica forte de fome. Pelo menos antes do teatro que performou ao desaparecer, Sam tinha deixado a mochila e alguns suprimentos. Conforme vasculhava os itens, começou a se preocupar com ele. Não tinha levado nada de comida ou a garrafa de água. Pensou nas roupas que vestia, se já estavam secas.

McKenna respirou fundo e fechou os olhos. Mesmo que a última coisa que tinham feito antes de dormir na noite anterior tivesse sido brigar, não deveria se precipitar nas conclusões. Ele tinha deixado as coisas para trás, não tinha? Até mesmo a garrafa de água? Não poderia estar tão bravo a ponto de se colocar em uma missão suicida. Talvez, se ficasse sentada ali esperando, ele voltaria por aquelas árvores.

Pegou o pacote de salmão e comeu dois pedaços, apesar de poder facilmente devorar até o fim, mesmo com o gosto horrível. Tomou goles cuidadosos de água, já que não sabia quanto tempo demoraria para encontrar uma fonte.

Depois de comer o suficiente para perceber o quão completamente faminta estava, deitou-se na lona, fechou os olhos e esperou.

E esperou. E esperou. E esperou um pouco mais.

Não conseguia mais suportar – a forma como o sol estava nascendo, e como não podia fazer a única coisa que a faria se sentir melhor: caminhar.

Não parecia que Sam voltaria logo, mesmo horas depois. Talvez estivesse perdido. Ou a abandonara. De qualquer maneira, não poderia esperar pelo resto da vida, ou o resto da vida seria consideravelmente menor.

Juntou suas coisas, forçou-se a afastar o medo e rumar com determinação. *Verei minha família de novo. Voltarei para a trilha e vou caminhar até a Geórgia.*

No trecho mais largo de terra que despontava entre as árvores, na coisa mais próxima de um caminho, McKenna podia ver as pegadas de Sam. Decidiu segui-las. Em algum momento, as pegadas pararam; não tinham desaparecido, mas iam se afunilando, se misturando com uma variedade confusa de outras pegadas. Por um momento, elas confortaram McKenna – deveria ser uma parte da floresta por onde outras pessoas também caminharam –, mas a garota rapidamente percebeu que eram as suas pegadas e as de Sam do dia anterior. Eles deviam ter andado em círculos, como aqueles garotos em *A bruxa de Blair*. Courtney a tinha feito assistir ao filme e McKenna tinha se rebelado contra as tentativas flagrantes de ser aterrorizada, recusando-se a perder uma piscadela de sono se lembrando das imagens exageradas. Agora, cinco anos depois, finalmente sentia medo. O que seria pior que andar em círculos em uma floresta, presa, sem encontrar o caminho de volta? Pensou se o filme não tinha sido gravado ali, nas Montanhas Smoky.

Ela parou, tirou a mochila de Sam e deu um gole pequeno na água. A perda da outra garrafa e do filtro foi brutal. Graças a Deus ainda tinha alguns tabletes de iodo, mas só serviriam se encontrasse alguma fonte de água. Ter apenas uma garrafa significava achar uma fonte a cada litro bebido. Lembrou-se de quando estava em casa, com todos os equipamentos espalhados na cama, analisando tudo com Lucy. A garrafa gigante de água que encheu e depois achou ser muito grande para carregar. Claro que estava certa, de jeito algum teria conseguido chegar tão longe com todos aqueles galões. Mas agora, com o pouquinho de água molhando seus lábios secos, lembrou-se do quão descuidada tinha sido ao encher a garrafa com água da banheira, o som que fez, as bolhas se formando sobre o plástico dobrável. Viver em um mundo com um teto, a apenas alguns passos de uma torneira, parecia um luxo apenas encontrado em sonhos.

— Sam! — gritou a plenos pulmões. O som voltou quase como um eco, a floresta especialmente quieta depois do barulho. Nada.
— SAM, SEU CUZÃO IMPULSIVO! CADÊ VOCÊ?

Mais nada, somente um vazio, nem criaturas se deslocando atrás das árvores. Sentiu algo muito próximo de desespero ao pensar em sua casa, em sua família. Ou até em Sam. Então, decidiu pensar nas coisas que *tinha* levado, o que tinha carregado o caminho todo e deixado no acampamento no dia anterior. Suas sandálias; seu shorts-saia horrível de vestir, porém fofo; a bússola que não sabia como usar; o livro dos pássaros; os livros *Walden* e *O gelo no fim do mundo*. O fogão e a panela; suas luvas; o dinheiro; o cartão cujas faturas seus pais pagavam. Itens para sobrevivência. Na sua mente, pedia desculpas para cada um deles, prometendo com determinação cruel que os recuperaria.

— Bússola, sandálias, livros — murmurava como um mantra, caminhando ferozmente, com o ritmo já usual de um pé depois do outro. — Eu vou encontrar vocês.

Horas depois, exausta, o sol destruindo seu coração enquanto iniciava sua trajetória para o outro lado do mundo, McKenna não sabia se tinha feito algum progresso. O padrão das árvores e galhos, a falta de um caminho, os troncos: tudo parecia igual. Quando *podia* ver entre as árvores, via camadas e camadas de montanhas exuberantes que seriam lindas se não representassem uma extensão infinita para se manter perdida.

O acampamento poderia estar a alguns passos ou a quilômetros de distância. Se tivesse a bússola, com certeza descobriria como usá-la. Imaginava que a tinha na palma da mão, o bronze maravilhoso, o peso, apontando para a trilha.

Ela se recusou a pensar em Sam, seus tênis com fita isolante, a falta de água. Não era culpa dele?

O único ponto alto do dia aconteceu quando encontrou um riacho. Naquele momento experimentou algo parecido com alegria, bebendo tudo que ainda tinha na garrafa e depois enchendo-a mais uma vez. A água parecia tão limpa e tinha um gosto tão bom que quase ficou tentada a não gastar um tablete de iodo. Pensou que isso seria algo que Sam faria, quase conseguia escutar a voz dele ao seu lado, tirando sarro dela por se importar em tomar tantas precauções. *Você vai morrer de sede esperando os tabletes fazerem efeito.*

Colocou os tabletes na garrafa com provocação, depois esperou trinta minutos, agradecida pela tecnologia que ainda tinha: seu relógio. Então bebeu tudo, reabastecendo-se antes de mergulhar a garrafa novamente, enchendo-a até a boca e adicionando mais dois tabletes.

Horas depois, o sol fez sua reverência final e McKenna caminhou com dificuldade na escuridão. Ouviu uma coruja distante e tropeçou na raiz de uma árvore, caindo no chão sujo, apoiando as mãos na queda e raspando as palmas. Ficou de joelhos e tentou chamá-lo pela última vez no dia.

— Sam! – gritou. – Sam! Cadê você?

A floresta respondeu com o mesmo silêncio irritante, os pássaros todos já tinham ido dormir, os grilos e sapos já tinham fugido do inverno. McKenna cobriu as orelhas com o gorro e pegou o suéter que Sam deixara para trás, sem se importar com a lona ou com a comida, mas se forçando a dar alguns goles na água antes de fechar os olhos. O sono veio em um ritmo notável, a força total da sua exaustão mental e física tomou conta.

Então, de algum lugar distante, um som. Quase como uma voz, como alguém chamando. Sentou-se e escutou, esperando ouvir novamente.

– Sam! – disse na escuridão. E então, do fundo de seu diafragma, o mais forte que pôde, gritou: – SAM!

Nada. Com certeza era sua imaginação. Ou a coruja. Deitou-se e adormeceu quase antes da sua cabeça encostar no chão frio e duro.

Doze horas antes: Sam se afastou de onde McKenna estava dormindo. A cada três metros, parava para marcar uma árvore. Parecia algo que ela faria, se precaver. Encontrar água demorou mais do que ele antecipou; quando chegou ao riacho, o sol já estava bem alto no céu. Tirou o casaco e se ajoelhou, fazendo um copo com as mãos para beber, depois jogou um pouco no rosto antes de continuar. Estava gelada, perfeita e limpa. Colocou a isca no anzol e jogou a linha de pescar. Mesmo gostando da temperatura da água, agora torcia para que não estivesse fria demais para os peixes.

Enquanto esperava o peixe fisgar a isca, pensou em McKenna, que já devia ter acordado. Talvez estivesse acendendo uma fogueira, confiante de que ele traria o café da manhã. Tentou se lembrar se havia carregado fósforos ao deixar o acampamento.

Finalmente uma fisgada, mas quando recolheu a linha, era uma truta bem pequena. Se um guarda estivesse por ali, teria dado muitas multas a ele – por pescar fora da temporada, sem uma licença, e por não devolver um peixe pequeno. O que teria sido bom, porque ele os levaria de volta seguros, e Sam não pagaria mesmo as multas.

Deveria ser próximo do meio-dia, então uma truta pequena teria de servir. Já tinha deixado McKenna sozinha por muito tempo; ela já devia estar agitada e preocupada. Matou o peixe com uma facada no olho. Sempre achou malvada a maneira como o pai e o irmão deixavam o peixe se debater, suspirando até sua morte, afogando-se em oxigênio.

A última árvore que marcou estava a uns dez passos. A pergunta era: em qual direção exatamente, ele tinha dado aqueles passos? As árvores ao redor do riacho eram mais parecidas do que gostaria de admitir.

Ali. Tulipeira. Tinha certeza de ter passado por ela. Enganchou o peixe no bolso e caminhou por ali. Três ou quatro árvores depois, uma magnólia, tinha feito uma das marcas ali, tinha certeza.

O tempo passava. Andava de árvore em árvore. Aqui! Sabia que tinha marcado esta árvore de carvalho, um pedaço de casca fresca raspada, revelando madeira branca por baixo. Mas quando caminhou para a direção pela qual estava seguro de que tinha passado, notando a posição do sol no céu, percebeu que a marca parecia natural, talvez feita por um esquilo ou pica-pau. Devia ter pensado em uma maneira mais distinta para cravar as árvores, algo que indicasse com que com certeza tinha sido feita por um humano.

– McKenna? – Sam a chamou, torcendo para estar mais perto do que imaginava. Tudo o que ouviu de volta foi um farfalhar, algum roedor pequeno escapando. O ar estava frio, mas enxugou suor de sua testa. Devia ter tomado mais um pouco de água daquele riacho. Percebendo uma área com violetas comestíveis, comeu um punhado e guardou um pouco para dar a McKenna junto com o peixe. Não era lá um ótimo café da manhã, mas ainda assim era comida – até com proteína – para mantê-los em pé até encontrarem o acampamento.

Sam se perguntou: quanto tempo ela esperaria por ele? Ficar parada, sem se mexer, não era sua especialidade. Não demoraria muito para que decidisse que ele estava perdido e saísse para buscá-lo.

Depois do que pareceu algumas horas, ele decidiu cancelar o plano de tentar encontrar o caminho de volta para onde tinham dormido. Nenhuma chance de McKenna ainda estar por lá. Àquela altura, já teria marchado em total modo resgate. Imaginar a cena o fez sorrir. Ele faria o que ela também deveria estar fazendo – tentar encontrar o caminho de volta para o primeiro acampamento com a fogueira. Ou se encontrariam lá, ou no meio do caminho.

Virando na direção correta – agora tinha certeza –, saiu caminhando, sentindo-se mal por McKenna ter de carregar a mochila e também desejando que não perdesse a segunda garrafa.

De vez em quando gritava *Mack!*, mas era tão deprimente não ouvir uma resposta que pouco tempo depois parou de chamá-la. Encontrou uma sorveira e comeu um punhado, mas aquilo, junto com as flores, só o fez sentir mais fome. Se não tivesse comido nada, seu corpo teria entendido o sinal e não esperaria nenhum alimento, o que era algo a que já estava acostumado. Mas a flora abriu seu estômago para a ideia de comida sem fazer muito para satisfazer sua fome. No entanto, não comeria o peixe, o guardaria para McKenna, e também não tinha como acender uma fogueira. Então, comeu as frutas, pois tinha certeza de que ela não gostava delas mesmo. E continuou a caminhar. Encontraria McKenna no fim do dia e comeriam o peixe juntos.

O som viaja estranhamente pelas florestas, pelas paredes rochosas e árvores de alturas variadas. Sam acreditou ter ouvido a voz de McKenna, mas quando a chamou de volta, não ouviu resposta. Ou o vento estava carregando o som em sua direção, mas não vice-versa, ou queria tanto ouvir sua voz que imaginou tudo.

Quando o sol desceu no fim da tarde, o peixe começou a cheirar mal. Sam se sentou em um tronco caído e o tirou do anzol para examiná-lo. Estava se sentindo tonto por conta da desidratação. Sua fome atingiu o limite suportável e seu corpo estava reprimindo a sensação, mas sabia que logo teria dificuldades se continuasse sem ingerir calorias. O que não tornou mais agradável a ideia de uma truta crua, mas usou a faca e cortou o peixe, pegando pedaços e engolindo como comprimidos, sem mastigar, apenas para colocar proteína em seu corpo. Na frente de onde estava sentado, viu um pequeno anel de cogumelos crescendo na terra, amarelos com pequenas manchas marrons. Pensou que poderiam ser amanitas. A parte superior parecia pequena, mas talvez fosse por conta da altitude. Sam jogou fora o resto do peixe podre e cru e arrancou alguns cogumelos do chão. Só comeria alguns, o suficiente para continuar caminhando.

Mais ou menos uma hora depois, enquanto tentava adivinhar o que tinha comido, seu cérebro não estava mais fazendo as conexões corretamente. As árvores começaram a se multiplicar.

— Quem é que colocou tantas árvores nesta floresta? — disse em voz alta, depois riu. Tentou se apoiar em uma, mas acabou sendo o único ponto em quilômetros sem uma árvore. Tropeçou e caiu para o lado. Enquanto caía, ouviu, agora claramente:

— SAM, SEU CUZÃO IMPULSIVO.

Sabia que estava fora de si o suficiente para ter alucinações com a voz de McKenna. Mas provavelmente a parte "cuzão impulsivo" não era uma alucinação.

— Mack! — ele gritou, mas a voz que saiu de sua garganta seca foi um chiado triste. Seu estômago revirou. De repente, não achou que conseguiria se levantar. Quando abriu a boca para tentar mais uma vez, em vez do nome de McKenna, saiu um jorro de vômito. Ficou de quatro, apoiando-se nas mãos e joelhos, vomitando, até seu corpo estar completamente vazio. Então, engatinhou alguns metros e caiu de cara no chão.

O tempo deu voltas engraçadas. Não conseguia dizer há quanto tempo estava ali. Era bom e ruim que tinha vomitado: livrara-se do veneno do cogumelo, mas também de toda a nutrição e fluidos do seu corpo. Sentia-se vazio, exausto e esgotado. Precisava se levantar.

Os cogumelos podiam ter saído do seu corpo, mas não exatamente do seu cérebro. O sol aumentava e diminuía entre as árvores. Imaginava que estava zombando dele. Uma grande piada.

Pela primeira vez em sua vida, algo importava, e Sam tinha conseguido destruir tudo com maestria. Se McKenna estivesse ali, apontaria como tudo estava correndo tão bem por meses enquanto estava na trilha, e agora que saiu dela, tudo estava indo muito mal. Mas não era McKenna, era o sol que o repreendia.

— Você achou que era invencível — o sol disse. — Você achou que as regras não se aplicavam a você. Você se achou mais esperto que o resto do mundo.

— Desculpa — sussurrou Sam e, quando desmaiou, sentiu como se estivesse caindo para dentro da terra e ela estivesse se fechando acima dele, cobrindo-o para sempre.

Mais tarde — não sabia exatamente quanto tempo depois —, Sam abriu os olhos para uma luz direta. Sua mente estava mais lúcida. Levou um tempo até visualizar as árvores, sentindo-se aliviado por estar vivo e, depois, consternado com tudo o que teria de fazer para continuar assim. Estava tão cansado.

Mesmo assim, levantou-se e fez a única coisa que conseguia imaginar. Começou a caminhar. Pensou em chamar McKenna mais uma vez, mas se lembrou da situação de sua voz e decidiu preservar energia até que soubesse que estava mais perto.

Sam estava destruído. E, mesmo assim, seu corpo se movia, fazendo o mesmo movimento dos últimos meses, caminhando adiante. Pensou que, se seu coração parasse de bater ali mesmo, seu corpo continuaria andando, um pé depois do outro, até que sua carne se deteriorasse, descascando seus ossos, e seu esqueleto continuaria a marcha sem fim.

Meu Deus, pensou. *Você está virando um personagem das suas histórias de fantasmas.*

Prestando atenção no céu escurecendo e a temperatura caindo, Sam esperou até o último momento para desamarrar o casaco de lã da cintura e amarrar na cabeça. Queria ter aceitado a oferta de McKenna para lhe comprar um gorro. Sem mencionar as botas — a fita isolante raspava no chão conforme ele andava. Desejou muitas coisas, nenhuma delas adiantaria nada, enquanto o céu escurecia.

— Mack! — finalmente a chamou. O som da voz dela era a única coisa que o convenceria a se manter em movimento. O céu estava tão escuro, nenhuma casa, nada de luzes em qualquer lugar para iluminar o caminho. Começou a escorregar para o chão novamente, deitaria ali para uma soneca rápida e, com sorte, não morreria de frio.

E então ouviu mais uma vez.

— Sam! Cadê você?

Ficou em pé rapidamente. Droga. McKenna precisava gritar mais uma vez. Ela não sabia disso? Uma vez para ele ouvir. Depois outra para saber em que direção ela estava chamando.

— MACK! – gritou. – *Mack, é você?*

Nenhuma resposta. Caminhou alguns passos à frente no escuro, planejando chamá-la de novo, mas antes que conseguisse preparar a voz, estava caindo. Então, em vez de dizer *Mack*, ele só soltou um grito, suas costas raspando nas rochas e raízes. Não conseguia dizer quão profunda tinha sido a queda.

Caiu fazendo um som horrível – o som de um galho se quebrando, exceto que nesse caso a quebra vinha de algum lugar do seu corpo, algum lugar perto do calcanhar.

Ela devia ter ouvido: *Sam!* Dessa vez era alto, claro e definitivo.

— Mack... – disse Sam, o som de sua voz lamentável. Talvez conseguisse avisá-la, se realmente tentasse. Não queria atraí-la em sua direção para que caísse no mesmo lugar. *Fique onde está, Mack*, pensou. *Não arrisque sua vida me procurando. Estou bem aqui onde estou.*

Como se os tivesse chamado, uma matilha de coiotes apareceu na floresta, seus latidos cobrindo um o som do outro, em direção à lua. McKenna os ouviria e pensaria que tinha imaginado a voz de Sam. Estaria cansada, sua mente pregando peças.

Então a dor se moveu do calcanhar para todo o seu corpo, dominando-o sem deixar espaço para outros pensamentos ou preocupações. Pela segunda vez nesse longo e terrível dia, Sam desmaiou.

18

MCKENNA ACORDOU FLUTUANDO por cima de um lago amplo e claro. Sua primeira impressão quando abriu os olhos foi de que estava prestes a escorregar do céu para dentro da água.

Sentou-se e se arrastou-se para trás. No escuro da noite sem estrelas, tomada pela exaustão, aparentemente decidira dormir bem na beirada de um penhasco. Tinha colocado seu gorro e o suéter de Sam, tudo à beira de um penhasco de trezentos metros com rochas irregulares que descem em direção à água. A mochila de Sam também estava ali, inclinada para a frente, como se estivesse pronta para um mergulho. Teria sido uma vista maravilhosa e panorâmica para acordar, se não acompanhasse a percepção de que, a noite toda, tinha dormido tão perto da beirada. Talvez estivesse a alguns metros de distância, mas rolou durante o sono (não podia acreditar que, mesmo naquele estado esgotado, não tinha sentido aquela caverna aberta). Se não tivesse acordado naquele momento, talvez tivesse rolado pela última vez.

Como teria se sentido se tivesse acordado no meio do ar? Caindo, caindo, caindo, até as águas congelantes lá embaixo.

Provavelmente sentiria algo bem parecido com o dia anterior. A sabedoria, sombria e aterrorizante, de que poderia muito bem morrer.

Havia acabado de amanhecer e uma fina névoa de umidade cobria tudo. Seu nariz e bochechas estavam gelados e duros, e podia ver sua respiração condensar-se à sua frente. Com os braços ao redor do corpo e vestindo o suéter de Sam, perguntou-se como ele estaria se virando sem ela. Pelo menos ele tinha levado o casaco de lã. Imaginou a ponta das orelhas dele bem vermelhas, talvez até congeladas.

Não, isso foi dramático. Estava frio nas montanhas, com certeza, mas ainda não estava congelante. Por mais terrível que a situação deles parecesse, tiveram sorte em alguns aspectos. Algumas semanas mais tarde, teriam sido pegos em uma tempestade de neve em vez de um aguaceiro. Talvez não tivessem como sobreviver sozinhos, sem nem ao menos ter um ao outro para se agarrar.

Parte da sobrevivência seria encarar os aspectos positivos, reconhecer as coisas que os ajudariam a continuar em frente. Por exemplo: o lago! O lago não era um ponto de referência? Dois dias atrás, ela e Sam tinham feito um piquenique na beirada dele. Podia não ter sua bússola, ou saber como usá-la. Mas se McKenna estava de frente para o lago, tinha certeza de que tinha vindo pelo lado direito. A menos que tivessem caminhado até o outro lado?

Não tinha como saber se estava sentada em qualquer lugar perto de onde eles estiveram. A beira do lago podia ter quilômetros. McKenna tomou um gole de água, decidindo economizar o que ainda tinha de comida. Seu estômago já havia parado de esperar comida, e comer algo seria pior. A última coisa de que precisava era um pedaço que iniciasse desejos loucos, fantasias de x-burguers e panquecas, pilhas de espaguete e garrafas geladas de refrigerante.

Tirou o suéter, que usava por cima do casaco de flanela, e enfiou dentro da mochila. A possibilidade real de Sam estar morto passou por sua cabeça, tão chocante que nem conseguiu sentir medo.

O que devo fazer?, perguntou-se, caminhando pela direção de onde *achava* ter vindo. Deveria procurar por Sam? Ou encontrar o caminho de volta para o acampamento e buscar ajuda? Mesmo se encontrasse a barraca, não estava confiante de que conseguiria voltar para a trilha. E, mesmo se conseguisse, seriam horas até cruzar com alguém, ou conseguir encontrar o primeiro posto de ajuda, no estado em que se encontrava.

Em sua mente, ouviu o estalo do celular enquanto deslizava pelo barranco. Que idiota tinha sido de não comprar um novo. Mas, olhando em volta para as camadas de árvores e picos, percebeu que havia altas chances de estar em um dos lugares do planeta Terra onde não tinha sinal de celular. Em primeiro lugar, a idiotice maior tinha sido sair da trilha.

McKenna continuou caminhando. Não era como andar na trilha, onde você sabia que estava diminuindo a contagem de quilômetros para o final, em direção a um destino específico. Outra onda de raiva de Sam começou a brotar dentro dela, mas imediatamente foi tomada pela vista de algo incrível, um riacho. Talvez o mesmo que havia encontrado no dia anterior. Ou talvez aquele em que ela e Sam pararam no trajeto feito até ali. A uniformidade da floresta deixava tão mais difícil de encontrar o caminho. Mas lembrou-se do seu plano: reconhecer as bênçãos quando as visse. Bebeu o resto da água e ajoelhou para encher a garrafa, colocando um tablete de iodo lá dentro e fechando a tampa.

— Sam! — ela chamou, apenas por chamar, sua voz mal saía. Chamou-o em vão tantas vezes ontem que nem acreditava mais que ele pudesse estar ali. Pela primeira vez ocorreu a ela: Sam talvez não estivesse perdido. Talvez tivesse encontrado o caminho de volta para a barraca e estava esperando por ela. Ou talvez tivesse encontrado o acampamento, pegado o que precisava e voltado para a trilha.

Mesmo com esses pensamentos amargos se formando, McKenna os descartou. Sam tinha seus problemas, claro. Mas sabia que a pessoa que amava não era uma invenção da sua imaginação. A pessoa com quem passou os últimos meses nunca a abandonaria de forma tão cruel. Porque ele a amava. Sabia disso.

— Mack!

Ela ouviu. Não era um *talvez*, como ontem. *Ouviu* mesmo, uma voz chamando seu nome.

— Sam! — ela gritou. — Sam?

— Mack. — A voz novamente. Soava alta e tensa, como um último esforço final de energia. — Mack!

O cansaço desapareceu. Correu na direção do som.

— SAM.

— MACK.

— SAM.

— MACK.

McKenna estava à beira de um declive acentuado, uma parede de rocha de três metros que não teria sido nada de mais para ambos durante o dia.

Lá no fundo, num lamentável escombro humano, estava Sam.

Sua mãe sempre dizia que ela nunca se assustava. Mas, se fosse honesta consigo mesma, quando estava na Associação dos Estudantes com Courtney e decidiu fazer a trilha sozinha, tinha sim sentido medo. Também sentiu medo quando soubera que estava se apaixonando por Sam. E também quando se perderam e percebera que poderia morrer se não encontrasse o caminho de volta. Nunca sentiu tanto medo na vida como no dia anterior, quando acordou e Sam tinha sumido.

Mas nada se comparava a como se sentia agora, vendo Sam no fundo daquele buraco. Seu rosto estava branco e ele tremia. Os lábios sem cor e rachados, com manchas vermelhas aparecendo. Parecia que tinha perdido dez quilos desde a última vez que o vira, apenas 36 horas atrás. Parecia que poderia morrer, ali, bem na sua frente.

Ele devia ter tropeçado no escuro. McKenna precisava chegar até ele. Equilibrou-se para a frente e deslizou a mochila primeiro, depois engatinhou para baixo, com cuidado, apoiando-se com os pés e palmas das mãos.

— Isso foi impressionante — Sam resmungou quando ela chegou.

McKenna engoliu seus medos — o terror, na verdade — porque não os ajudaria em nada. Colocou seu gorro na cabeça de Sam. Depois, colocou sua garrafa de água em seus lábios. Sam bebeu mais rápido do que McKenna já o tinha visto beber, tomando o líquido com tanta força que ela ficou com medo de ele tomar tudo, ou que exagerasse e vomitasse. Com gentileza, afastou a garrafa. O gosto azedo de vômito agarrou-se a ele. Ela colocou sua mão na lateral de seu rosto. Parecia uma camada de gelo.

— Sam — ela disse. — O que aconteceu?

— Queria achar comida. Não viu meu recado?

— Recado? Como você deixou um recado?

— No chão. Ao lado da sua cabeça. Para você poder ver.

Ele tremia tanto, os dentes batendo como se o calor do sol da manhã não conseguisse alcançá-lo. McKenna tirou seu casaco. O conselheiro do corpo docente do clube de caminhada do colégio sempre dizia que a única maneira de aquecer alguém com hipotermia era pele com pele. Seu corpo era a coisa mais quente ali. Mas não conseguia suportar a ideia de deixá-lo exposto antes que o aquecimento funcionasse.

— Olha — ela disse. — Vou tirar suas roupas.

— Você realmente acha que é hora disso?

— Engraçadinho. — Ela desamarrou seus sapatos, aquele maldito tênis ridículo, tentando retirar a fita isolante e o que sobrou do resto. Seus pés descalços tinham tantas bolhas em cima de bolhas que se perguntou como ele conseguia caminhar. — Assim que conseguir te aquecer a gente vai dar um jeito de sair daqui. Sam. Caramba.

Em sua mão, o calcanhar de Sam tinha tantas cores que não conseguia nem contar, e parecia três vezes o tamanho normal, o osso não era mais visível.

— Acho que está quebrado — ele disse, baixinho.

McKenna procurou dentro de sua mochila — da de Sam, na verdade — desejando ter um daqueles gelos instantâneos, que estavam lá, inúteis, dentro da barraca. Tinha certeza de que tinha levado alguns anti-inflamatórios. Quando os encontrou, tirou quatro comprimidos e os pressionou dentro da boca de Sam, dando apenas água suficiente para que pudesse engoli-los. Novamente, ele tentou beber ferozmente, goles incontroláveis, como se fosse morrer caso não conseguisse ingerir uma quantidade suficiente. McKenna não sabia se ele tinha bebido qualquer coisa desde a última vez que se viram.

Mas as perguntas poderiam vir depois. Agora, precisava aquecê-lo. Tirou o restante das suas roupas, fez uma pilha com o suéter e os casacos em cima dele. Depois, cobriu-o com a lona, tirou suas próprias roupas, e entrou dentro de tudo aquilo com ele, pressionando seu corpo — que estava na temperatura exata que um corpo deveria estar — sobre o dele. Sam tremia encostado nela, conseguia sentir os dentes dele no seu pescoço, batendo, seu corpo ficando mais violento conforme a temperatura aumentava. Colocou seus braços em volta de Sam e o abraçou o mais forte que conseguia.

Mesmo desesperada, continuou a agradecer pela sorte das pequenas coisas. Tinha conseguido se manter aquecida na noite anterior e carregou esse calor até Sam. Depois de mais ou menos meia hora, começou a sentir o corpo dele se acalmar e se esquentar. O céu acima da cabeça deles estava azul e claro, sem nuvens, sem ameaça de chuva.

Tinha encontrado Sam. Ele estava vivo, e ela também. Não apenas isso, mas ele não a tinha abandonado. Pelo menos não de propósito.

Era difícil saber quanto tempo tinha passado. Suficiente para o sol se estender, os raios alcançando lá embaixo, e aquecendo o topo da cabeça de McKenna – ela tirou o gorro de Sam para que ele sentisse também. Ele continuava deitado, sem se mover, e os calafrios passaram. Os olhos estavam fechados, mas ela não conseguia dizer se estava dormindo ou aliviado pela sensação de estar aquecido novamente, ou ainda tentando bloquear o que deveria ser uma dor intensa no calcanhar. Um pouco de cor já tinha voltado para seu rosto. Ainda estava pálido, mas sua pele parecia fluida outra vez, como se as camadas de gelo tivessem derretido. Pressionou a mão na bochecha de Sam, imaginando que podia sentir o sangue pulsando embaixo da palma, movendo-se pelas suas veias. Ela o beijou e os cílios dele se abriram, permitindo que visse aquela explosão de cor, o azul pálido mas vívido, mais claro que o céu limpo.

– Ei – ela falou.

– Ei. – E então ele a beijou de volta, seus lábios ainda secos, mas se curando. McKenna sentiu uma onda de esperança. Estavam tão fortes dos meses na trilha. E eram jovens. Tudo se regeneraria rapidamente. Eles se recuperariam. Todas as partes de Sam ficariam inteiras, assim como seus lábios já estavam. Seus corpos pressionados um no outro, aquecidos e confortáveis. Mas também por amor.

– Eu te amo – ela disse.

– Também te amo. Desculpa. Aquilo foi a coisa mais idiota que eu fiz, sair daquele jeito. E olha que já fiz muita coisa idiota na vida.

– Não, tá tudo bem. Você queria encontrar comida. Não estava pensando direito. O que vale é a intenção.

— É, o que vale é a intenção. Quer dizer, de boas intenções, o inferno está cheio, né?

O calor que vinha se acumulando tão consistentemente em seu peito ficou gelado por um instante. Então, ela disse:

— Sam. Não é hora para pessimismo. Pessimismo pode nos matar.

— Não estou sendo pessimista – ele disse. – Estou sendo realista.

— Um realista é só um pessimista que acha que está certo.

— Quem disse isso?

— Eu. Agora.

— Ah, bom. – Sam recuou, como se tivesse ido para o lugar errado. McKenna nunca tinha quebrado nenhum osso, então não conseguia imaginar a dor que ele deveria estar sentindo naquele calcanhar. – Bem inteligente da sua parte, mas não significa que não estamos ferrados.

McKenna saiu debaixo da lona e vestiu a roupa novamente, exceto seu casaco, que enfiou na mochila. Sam se sentou. Com a faca, rasgou a perna direita da sua calça jeans, abrindo espaço para o calcanhar inchado. Quando estavam vestidos novamente, ela colocou o gorro de volta na cabeça de Sam.

— Meu pai sempre diz que a cabeça é o lugar mais importante para se manter aquecido.

— Sabe de uma coisa? Meu pai dizia a mesma coisa.

McKenna se sentou ao lado de Sam, oferecendo um gole de água. Essa foi a primeira coisa boa que tinha dito sobre seu pai até agora.

— Ele não foi sempre tão ruim – ele falou, como se pudesse ler os pensamentos dela. – Lembra que te falei que minha mãe levava a gente pra acampar? Bom, muito tempo atrás, quando éramos pequenos, meu pai também levava a gente. Quer dizer, íamos como uma família. Sabe o que eu te disse sobre aprender as coisas com os escoteiros? Bom, nunca fui um, Mack. Aprendi tudo isso com meu pai.

Seu rosto estava diferente, mais vulnerável. Ela colocou uma mão em seu ombro, segurando-o firme.

— Sam – ela disse. – Vamos guardar as confissões para mais tarde. Ok? Vamos primeiro ter certeza de que conseguimos chegar a um hospital, que você fique dopado de remédios para a dor, com um gesso na perna, com um teto sobre nossas cabeças e mais uns oitenta anos de vida pela frente.

Ela parou antes de dizer *Não aja como se isso fosse seu leito de morte. Porque eu não vou deixar ser.*

— Mack — disse Sam. — Você não quer saber o que aconteceu com a minha mãe?

— Estava esperando você me contar.

— Ela estava limpando a casa de uma senhora, fazia isso quando conseguia trabalho. E encontrou um armário com um monte de remédios calmantes, para ansiedade. Levou tudo para a cozinha e tomou até o último comprimido. Jogou as embalagens fora e limpou todos os copos. Sempre foi detalhista assim. Não gostava de deixar bagunça para outras pessoas. Então saiu da casa, acho que para ninguém a encontrar a tempo de fazer algo. Caminhou até a floresta, deitou embaixo de um pé de café. E acho que toda sua ansiedade foi embora.

A mão de McKenna apertou seu ombro com firmeza.

— Eu tinha 14 anos — Sam finalizou.

Ela deitou ao lado de Sam, puxando a lona por cima deles novamente. Não disse nada — tudo o que conseguia pensar em dizer parecia muito banal, muito igual ao que todo mundo diria. Então, só o abraçou.

Depois de um tempo, disse:

— Sam? Vou te dizer que sinto muito pelo que aconteceu com a sua mãe quando souber que estamos a salvo. Mas por ora? Sem mais confissões. Não gaste energia com nada, a não ser para sair daqui.

— Não *tem* uma saída. Não para mim. Não consigo me mexer. Definitivamente não consigo andar. E não vou te arrastar junto comigo.

— Bom, então é melhor tentar mais. Porque não vou embora sem você.

— Não deveria ter chamado seu nome — disse Sam. — Eu estava delirando. Senão, não teria dito nada.

— Então, que bom que estava delirando — respondeu McKenna. Puxou a lona de cima dele. — Nós dois vamos sair dessa floresta.

Sam se sentou. Com cuidado, moveu as pernas, recuando mais uma vez pela dor. McKenna deu a ele mais remédios, torcendo para que não afetassem seu estômago. Encontrou alguns gravetos mais grossos e simulou uma tala usando pedaços de fita isolante do tênis de Sam. Comeram o resto do salmão horrível, tomaram mais alguns goles de água e se levantaram.

— Vou te tirar desse penhasco primeiro — prometeu McKenna. — Depois volto para pegar a mochila.

— Odeio isso, Mack — ele disse. — Eu queria ser a pessoa te ajudando.

— Então você queria que o meu calcanhar tivesse quebrado?

— Não — ele respondeu. — Mas você tem que admitir que seria mais fácil eu te carregar do que o contrário.

McKenna franziu a testa e colocou o braço dele em volta dos seus ombros. Sam quase riu.

— Não estou dizendo que você não é a Mulher-Maravilha. Se você provou algo, é que você é. Mas ainda acho que você não consegue me levar de cavalinho lá pra cima.

Ele estava certo. Só testando o menor peso que Sam permitia, logo se deu conta de que não conseguiria carregá-lo. Conseguiria suportar seu peso em uma caminhada, mas não escalando uma parede.

— Aqui — ela ofereceu. — Você sobe sem usar aquele calcanhar. Fico embaixo de você, para te ajudar quando precisar.

Começaram a subir devagar, McKenna logo abaixo de Sam; duas vezes ele escorregou e automaticamente usou as duas pernas para subir, gritando de dor. Mas finalmente conseguiram sair do pequeno barranco. Ficaram no topo do buraco, ofegantes, cada um tomando um gole para se manter em pé. Então, McKenna deslizou de volta para baixo, para pegar a mochila.

— Só vou te atrasar — ele disse, assim que ela voltou.

— Para.

— Vou arruinar qualquer chance de a gente conseguir sair daqui. O que é o mesmo que te matar.

— Cala a boca.

— Mas...

— Cala a *boca*. Primeiro, *você* está sempre indo embora. Agora você quer que *eu* vá.

— Mack, eu...

— Não. Estamos nessa juntos. O que acontecer, vamos ficar juntos. Não vou te deixar nunca mais. Entendeu?

— Entendi — respondeu Sam, mas não parecia feliz com isso.

— Vou procurar um bastão. Se você me usar de apoio de um lado e o bastão do outro, talvez consiga andar sem colocar peso no calcanhar.

— O que vai deixar o nosso ritmo igual ao de uma minhoca.

— Sim, se você continuar com essa atitude. — McKenna estava tentando usar a voz severa que seu técnico de corrida usava quando os atletas estavam desanimados. Mas, assim como a voz de Sam tentando ser irônica e realista carregava muito mais desespero, a sua também tinha um crescente pânico.

E desesperança.

Ontem, ela tinha um objetivo: encontrar Sam. Tinha conseguido; depois, seu objetivo era aquecê-lo e, por último, tirá-lo do fundo daquele pequeno barranco.

O próximo passo parecia impossível. Não tinham conseguido fazer nada além de andar em círculos quando estavam bem. Agora Sam mancava e ambos estavam famintos. Apenas encontrar água já era um desafio, quem diria voltar para a trilha.

E o pior de tudo: ninguém estava procurando por eles, porque ninguém sabia que estavam perdidos. Não *saberiam* que estavam perdidos, não por um mês ou mais, quando não aparecessem na Geórgia. E, mesmo assim, como alguém saberia que ela saiu da trilha? Walden a viu sair, mas tinha certeza de que ele não esperaria para ver se tinha conseguido voltar. A essa altura, não sabia se ele era real. Nunca assinava os livros de registro da trilha. Mesmo agora, nesse momento de desespero, Courtney poderia escrever uma mensagem alegre para seus pais dizendo que tudo estava indo bem. Poderiam continuar recebendo as mensagens enquanto seu corpo apodrecia, sua pele e ossos manchados e surrados pelo sol e chuva e, eventualmente, cobertos pelas primeiras tempestades de neve da temporada.

E Sam? Tinha sumido havia meses, e ninguém tinha procurado por ele.

— Ei — chamou Sam. Notando que ela não estava buscando um bastão, só estava parada ali, sem se mover.

— Sim?

— Eu vim para a floresta porque eu quis. Então, quando eu morrer, não vou pensar que nunca vivi.

McKenna piscou para ele. Era uma frase de Thoreau, a versão de Sam para as primeiras frases de *Walden*. Mesmo que a frase a deixasse sentimental, não choraria.

— A frase é assim? — perguntou Sam.

— Mais ou menos.

Pensou no livro, as palavras que deram início a tudo, esperando por ela no acampamento. Junto com o conto "A história favorita dela", sobre John Smith, que sobreviveu, e o homem que falhou em salvar sua esposa.

— Me fala como é — Sam disse, em uma voz lenta e persuasiva. Ela percebeu o que ele queria, o que não era mantê-lo vivo, e sim ter certeza de que ela tinha vivido.

— Eu vou — ela assegurou. — Quando encontrarmos o livro de novo. Vou ler pra você.

— Promete?

— Prometo.

E McKenna foi em busca de um graveto longo e grosso o suficiente para Sam se apoiar, que aguentasse seu peso, garantindo que não se afastasse tanto para não o perder de vista.

Em Abelard, Connecticut, a mãe de McKenna tinha uma ideia melhor de onde a filha estava do que ela mesma imaginava. Desde que descobriu que estava fazendo a trilha sozinha, não esperava mais pelas faturas do cartão de crédito, mas monitorava o uso do cartão on-line toda noite depois do jantar. As cobranças eram como sinais de fumaça. Viu que McKenna havia gastado trinta dólares em um mercado. Quarenta em um restaurante. Cinquenta em algum lugar chamado Turn the Page. Quando Quinn via a cobrança, buscava no Google a cidade, clicava no sinal de "+" de novo e de novo, como se pudesse dar zoom diretamente onde McKenna estava, vê-la caminhando pela calçada. Em suas aulas, era veementemente contra a tecnologia de drones para vigilância governamental, mas agora pensava que facilmente enviaria um exército deles para segui-la, para reportar cada passo, para mantê-la segura.

Diversas vezes se pegou analisando as cobranças com Jerry.

– Quarenta dólares parece bastante para uma lanchonete – ela dizia. – Talvez ela tenha feito amizade. Talvez não esteja sozinha.

– Talvez – Jerry respondia. Ele ficou irritantemente tranquilo com toda a história, recusando-se a se preocupar. Ou pelo menos recusando-se a admitir que estava preocupado.

Mas agora ela estava mais preocupada que o normal. Não via nenhuma cobrança havia mais de uma semana, não desde que a filha tirou duzentos dólares de um caixa eletrônico em uma cidade pequena na Carolina do Norte.

– Não quer dizer nada – disse Jerry, quando a esposa não conseguia mais ficar calada sobre o assunto. – Quando eu estava na trilha, duzentos dólares teriam durado o verão inteiro.

– Sim, querido. Mas isso foi há trinta anos. – Se ele mencionasse mais uma vez sua travessia, ela teria que matá-lo.

– Escuta – ele disse. – Ela é uma garota esperta. Cheia de recursos. E é bem grandinha. Vamos ter que confiar que ela sabe cuidar de si mesma.

19

MAIS DE 1.600 QUILÔMETROS longe de casa, a noite chegou. Em um galho de árvore baixo, nem um metro de distância de onde McKenna tinha parado, olhos refletiam a pouca luz vinda das estrelas. Sam tropeçou nela, murmurando, como se já tivesse adormecido em pé. Conseguiram andar o dia todo com McKenna apoiando Sam, que pulava para a frente e usava seu bastão no outro lado. Metade do peso dele mais o peso da mochila fizeram com que ela sentisse falta da relativa facilidade com que carregava sua mochila vermelha gigante, cheia até o limite.

O movimento era tão estranho, o peso tão intenso nos seus músculos e ossos. Além disso, ela não fazia ideia se estavam progredindo ou se aproximando de pessoas. Sabia que a coisa mais inteligente a se fazer quando se está perdido é sentar em um lugar e esperar ser encontrado. Mas como ninguém sabia que estavam perdidos, parar significaria esperar para morrer. Do jeito que estavam, quando anoiteceu, McKenna sentiu que *caminhavam* para a morte, seguindo em frente até que ambos desmoronassem sem vida.

Ela não disse nada disso a Sam, mas podia sentir sua resignação quando se apoiava nela. Já tinha desistido. Apenas continuava seguindo por ela. E agora caminhavam na escuridão.

— Queria encontrar o lago novamente — disse McKenna. Depois se preocupou que soaria como uma acusação, afinal fora Sam que a chamou e a levou para longe de lá.

Sam não dizia nada havia horas, desde que encheram a garrafa de água em uma poça de lama pela manhã, então ela continuou falando. Tinham que confiar que os tabletes de iodo fariam seu trabalho no lodo e detritos, dando goles mínimos e raros. Por horas, ela tinha certeza de que estavam caminhando de volta na direção do lago, mas se isso fosse verdade, já teriam chegado.

No escuro, não tinha mais certeza de nada. O par de olhos brilhando de volta para ela poderia ser de uma coruja ou lince. Deu um passo à frente quando ouviu um rosnado baixo, educado o suficiente para avisá-la.

O que você está fazendo aqui? Invadindo meu território, rosnou o animal. Definitivamente não era uma coruja.

McKenna apertou a pegada em Sam e o girou, colidindo com as árvores na direção oposta. Ela sabia que precisavam parar em breve, ou ela arriscaria machucar seu calcanhar também. *Ou pior*, pensou, lembrando-se de quão perto esteve do penhasco. Mas queria pelo menos encontrar algum lugar entre as árvores, alguma saliência, ou um local macio para acomodar a lona. Uma barreira entre o chão frio e Sam seria capaz de protegê-lo de outra hipotermia.

— Esse seria um momento excelente para uma de suas histórias de fantasma — disse McKenna. Ela não esperava que Sam dissesse algo; na verdade, não sabia se ele voltaria a falar qualquer coisa.

Mas ele falou. Ou melhor, emitiu um som, como se fizesse anos desde a última vez que havia falado, e não algumas horas.

— Olha — disse Sam.

McKenna parou. Seus olhos já estavam acostumados com a escuridão, mas ela estava tão exausta. Tudo era um borrão de árvores, sombras e folhas. Se McKenna vivesse para sair dali, nunca mais compraria nada com aroma de pinho em sua vida.

— Ah — ela suspirou, percebendo o que estava na frente deles.

Não era um conjunto de árvores baixas, mas uma casa feita de troncos construída em uma parede de rochas, com um pedaço de grama crescendo em seu telhado. Por um momento, McKenna sentiu uma onda de esperança de que alguém vivesse ali, alguém que pudesse ajudá-los.

Colocou a palma de sua mão nas costas de Sam, para ter certeza de que ele estava firme, depois caminhou até a porta para colocar sua cabeça para dentro.

— Oi? — ela chamou, mesmo vendo que não havia ninguém.

McKenna se apoiou na parede da cabana. A madeira estava tão fria e dura, como se estivesse sido petrificada havia milhares de anos.

— Os Nunnehi — disse Sam, soando mais claro desta vez. — Esta deve ser uma das casas deles.

— Não pode ser — respondeu McKenna. — Os Nunnehi não são reais, lembra?

No entanto, a estrutura da casa parecia perfeitamente real. McKenna deixou a mochila no chão, depois ajudou Sam a entrar. Longe, os coiotes começaram sua festa noturna, latindo e uivando, sem dúvidas perto de alguma fonte de água que McKenna e Sam não conseguiram encontrar. Enquanto Sam se apoiava em um canto da parede, McKenna arrumou a lona.

Ele soltou um gemido baixo e ela buscou um medicamento na mochila. Ela chacoalhou a embalagem — não sobravam muitos comprimidos. Mesmo assim, deu quatro a ele, torcendo para que diminuíssem a dor o suficiente para Sam dormir. Quando tirou seu tênis, ela não tentou examinar seu calcanhar. Parecia tenso em sua mão e maior do que estava pela manhã.

— É como se ele tivesse direcionado a gente para cá — disse McKenna. — Aquele lince.

— Que lince?

Sam não o viu, e ela não tinha contado. Sua mente estava confusa, exausta. Por um momento, ela sentiu que a cabana era só uma invenção da sua imaginação, que ainda estavam tropeçando pela floresta. Ou talvez estivessem deitados no fundo de uma ravina, inconscientes. Talvez já estivessem mortos e essa fosse a última atividade cerebral dela, um momento final antes do seu coração parar.

Tocou a parede fria para se assegurar mais uma vez e pressionou a mão no peito de Sam, seu coração batendo forte pelo esforço, talvez pela excitação também, de descobrir o lugar. Era real. Estavam vivos.

Deu um gole na água barrenta, depois entregou a garrafa para Sam. Ele deu um gole pequeno. Talvez fosse melhor que a água tivesse esse gosto nojento de lama, evitando que bebessem tudo de uma vez. Os olhos de McKenna se ajustaram ao escuro o suficiente para ver os lábios de Sam, rachados e secos como os dela. Durante o dia, mancando desajeitados e tropeçando, nenhum dos dois fez xixi, nem uma vez, e agora que pararam, McKenna ainda não sentia vontade. Estavam desidratados, os corpos se agarrando até a última gota de água.

Sam se arrastou para cima da lona. McKenna sabia que deveria ajudá-lo, mas estava muito cansada. Queria adormecer ali mesmo, apoiada na parede gelada. Seu corpo doía em lugares que nem sabia que existiam; precisou de toda a força do mundo para não tomar todos os comprimidos ela mesma.

— Sam, você tem que comer alguma coisa.

McKenna pegou a última comida que restava, uma barra de cereais, quebrou ao meio, depois em quatro pedaços, e em oito. Colocou um pedaço em sua boca e deu outro a Sam. Ele estava resmungando, talvez já tivesse adormecido. Ela rastejou e colocou a comida na boca dele. Conforme ele mastigava, agradecido, McKenna pressionou a mão na testa dele. Estava quente e pegajoso.

Ela se deitou ao seu lado e puxou a ponta da lona para cobri-los. Aquele pedaço de comida só tinha despertado seu estômago, que se remoía de fome, pedindo mais. Ela se sentou e deu mais um gole na água e parou para terem um pouco pela manhã. Quando purificou a água, tinham apenas mais cinco tabletes de iodo, mas como a água estava muito suja, usou dois de uma vez. Se usasse apenas um dali para a frente, significava que teriam mais três garrafas para beber. E isso se fossem sortudos o suficiente para encontrar alguma outra fonte.

— A pessoa que construiu esse lugar não deve ter escolhido um lugar muito longe de água. Certo? — ela perguntou, pensando em voz alta.

Sam se sacudiu, com um espasmo de dor.

— Os espíritos não precisam de água — ele resmungou.

McKenna fechou os olhos para não discutir com ele. Imaginou Sam e seu irmão na floresta, escutando as histórias de fantasmas que a mãe contava, com os olhos grandes.

Só era divertido sentir medo quando você sabia que estava seguro.

Mas os Nunnehi, eles curavam viajantes perdidos. *Se vocês vierem*, McKenna silenciosamente disse a eles, *agora seria uma hora excelente*.

Seus ossos doíam. Fechou os olhos e escutou os coiotes, tentando ouvir os sons de alguma fonte de água por trás dos uivos. Por trás de suas pálpebras, os animais dançavam e brincavam, com o barulho da cachoeira ao redor. Claro que a cachoeira não era para humanos. Só para os coiotes, linces e ursos.

Raios de luz vazavam pelas paredes da cabana cedo demais, inoportunos. McKenna acordou com uma pontada de medo, pensando em que seria mais um dia sem saber como ela o enfrentaria. A primeira coisa que fez foi tocar Sam e ter certeza de que ainda estava respirando. Não tinha ideia de como conseguiria fazer com que ele continuasse caminhando até a próxima noite.

Fazia mesmo apenas quatro dias que eles tinham saído da trilha? Pareciam milhares de anos.

Ela se sentou. Passos, distintos e firmes. O som de outra criatura se aproximando. Ou talvez de um trilheiro, com um iPhone e um GPS. Ou talvez um guarda florestal? Conforme a empolgação de McKenna aumentava, ela saltou da lona e tentou espiar através das ripas de galhos petrificados. Tão rápido quanto a empolgação apareceu, seu coração se afundou quando percebeu que o barulho não era humano. O que quer que estivesse ali fora, ofegava e bufava, usando seu nariz como guia.

— Ah, não — ela sussurrou, e depois mordeu sua língua. Uma pessoa talvez não escutaria esse nível de decibéis, mas um animal, sim. Um urso podia ter sentido cheiro de amendoim e chocolate da barra de cereais que estava fora da embalagem, do outro lado da cabana. McKenna pensou em jogar os pedaços para o lado de fora para que o animal pegasse e fosse embora.

Mas era a única comida que tinham, e não cederia tão fácil para qualquer criatura que não fosse um urso. Se fosse um coiote, possivelmente poderia assustá-lo usando o bastão de Sam. Mesmo se fosse o lince da noite anterior (embora se fosse, provavelmente tinha raiva, já que não se moviam na luz do dia), McKenna seria corajosa o suficiente para enfrentá-lo.

Apoiou-se nas mãos e nos joelhos e se arrastou para a entrada. O animal estava cada vez mais perto, seus sons cada vez mais altos. McKenna pegou o bastão de Sam, mas não teve tempo de decidir se o empunhava como um taco por cima de sua cabeça ou como um lança, ao seu lado, pronto para apunhalar o animal. Antes que percebesse, o animal estava na cabana com eles: uma cabeça peluda marrom, dentes brancos brilhantes, olhos castanhos grandes e um sorriso canino e bobo.

— Hank! — McKenna gritou, jogando os braços ao redor do pescoço do cachorro.

Sam observava McKenna com seus olhos turvos. Parecia até que o cachorro tinha levado ajuda, um celular, um galão de água e uma refeição de cinco pratos. Aquele cachorro estúpido, com um carrapato gordo inchado acima dos olhos. Não só não poderia fazer *nada* por eles, como provavelmente estaria esperando por uma lata de comida e um punhado de carne seca.

Pensar em comida — qualquer comida — teria sido doloroso se o calcanhar de Sam não estivesse latejando tanto que a dor não estava mais apenas no tornozelo, mas em todo o corpo.

— Ei — ele disse, sem reconhecer sua própria voz. — Mack. Tem mais remédio?

Ela se afastou do cachorro, apenas um pouco, suas mãos ainda nas costas dele com medo que, se o soltasse, ele fugisse.

— A dor está muito ruim? — ela perguntou.

— Bem ruim — ele admitiu.

McKenna pegou o anti-inflamatório. Enquanto balançava a embalagem, olhou para Sam. Ele não disse nada. Ela precisava saber que ele também tinha ideia de que os suprimentos estavam acabando. Sam desejou que a garota não sentisse a necessidade de protegê-lo.

— Aqui — ela disse, colocando três comprimidos na mão dele, em vez de quatro.

O cachorro estava na entrada, abanando seu rabo torto. Seu focinho parecia estar molhado, com água pingando.

— Mack — disse Sam, projetando o queixo em direção ao cachorro. — Hank. Parece que acabou de beber água.

McKenna olhou para Hank. A cabaninha era tão pequena, ela mal precisava esticar seu corpo para tocar sua boca.

— Hank — ela comandou, como se ele fosse a famosa Lassie. — Onde está a água? Hank, me leva até a água.

O cachorro a encarou, meio que sorrindo, abanando o rabo e esperando que ela o alimentasse.

— A água deve estar perto — observou Sam. — Se você procurar um pouco. — Ele viu que ela hesitou, não queria deixá-lo. — Tô com muita sede, Mack. E não consigo beber mais daquela lama. Não consigo.

O olhar que ele conhecia tão bem voltou ao rosto de McKenna. Determinação. Como se estivesse na linha de partida de uma prova de corrida do colégio. Sam desejou que pudesse fechar os olhos e transportá-la de volta no tempo, com os milhares de olhos empoleirados na arquibancada, observando-a, sã e salva.

— Ok — ela disse. — Vou olhar um pouco ao redor. Mas não vou para nenhum lugar que não consiga avistar a cabana.

— Ok — disse Sam. Ela saiu e ele se deitou, desejando que tivesse pedido um gole da água que sobrara. A única coisa pela qual Sam estava feliz era que, naquele momento, ele era o único que parecia saber que estavam condenados.

Não demorou muito para McKenna voltar com a garrafa de água, limpa, com água clara e perfeita. Sam notou que ela usou apenas um tablete. É claro que estavam ficando sem.

– Aqui – ela disse, cortando outro pedaço da barra de cereais e entregando a ele. Sam comeu, mesmo que a essa altura não visse o porquê de fazê-lo, ou mesmo por que consumir uma quantidade tão pequena de comida, ou qualquer coisa. Parte de Sam não queria comer ou beber, apenas desistir e resolver tudo de uma vez. Não queria mais caminhar, estava cansado de tentar, cansado de tudo. Engoliu o pedaço e se deitou. Pelo canto do olho, ele podia ver McKenna checando o relógio, esperando a água purificar. Ele devia ter adormecido, porque não parecia que passara tempo algum antes de ela colocar uma mão por baixo do seu pescoço, levando a garrafa até seus lábios.

O rosto dela se tornou tão familiar para ele. Mais familiar até do que a própria trilha, o lugar em que esteve morando por tanto tempo, porque, ao contrário da trilha, o rosto de McKenna não mudou. Manteve o mesmo rosto doce, com sardas e olhos azuis, apenas suas expressões variavam. Agora, McKenna tinha uma que ele nunca tinha visto, um novo tipo de preocupação. Sam podia ler seus pensamentos, sobre como deveriam continuar caminhando, aproveitar a luz do dia.

Por tanto tempo, ela acordou e começou a caminhar. Sam sabia que ainda não tinha ocorrido a ela que não tinha por que continuar. Finalmente eles tinham encontrado aquele pequeno lugar onde podiam deitar e descansar.

Descansar e esperar pelo fim. Talvez, quando o momento chegasse, fosse tranquilo.

– Sam? – chamou McKenna. Atrás dela, o cachorro latia. O carrapato tinha sumido. McKenna, sempre cuidando de todos.

– Mack – ele sussurrou. E apagou.

Ele podia ver a luz do outro lado de suas pálpebras. Algo brilhando no meio do seu mundo de dor. Uma voz. Soava familiar.

– Sam?

Ele queria tirar a mão de debaixo da lona, apertar forte a mão dela, sentir seus ossos. Mas não conseguia se mexer. A dor no calcanhar

tinha se tornado um cobertor pesado sobre ele, comprimindo todos os seus órgãos. Sua respiração só saía em rajadas curtas e roucas.
— Sam?
Outras palavras, depois do seu nome. Com sorte, palavras de apoio. Ela não queria admitir o que já sabia: Sam não queria mais caminhar.
— Mack — ele conseguiu dizer. — Se você quiser caminhar, vai ter que me deixar.
— De jeito nenhum.
Era a última coisa que teria de fazer, então juntou toda a sua força para fazê-lo. Sentou-se, apoiado nos cotovelos, olhou para ela e se concentrou em fazer seu rosto ficar sério, sua voz definitiva. Teria que convencê-la, ou ela ficaria ali até o fim.
— Escuta — ele falou. — Esse lugar, essa cabana. Quem a construiu, a colocou nos guias, certo? Os guardas vão saber onde é. Se você conseguir voltar para a trilha, não será como antes. Você pode dizer a eles onde estou. Você pode trazê-los até mim.
Ela parecia em dúvida. Ao mesmo tempo, ele via sua ansiedade, a necessidade de voltar, de se mover.
— Não consigo andar — disse Sam. — E você não consegue me carregar. Se você não for atrás de ajuda, eu vou morrer aqui.
Era isso. As palavras mágicas. Ela concordou com a cabeça. Sam soltou um suspiro e se deitou, sentindo como se tivesse corrido uma maratona com seu calcanhar machucado. McKenna entregou a ele a água e o último pedaço da barra de cereais. Ele deu um gole e disse:
— Não. Você come. Vai precisar de energia.
Algo passou pela sua cabeça. Ela comeu sem protestos.
— Talvez Hank saiba o caminho. Talvez eu possa segui-lo.
Sam riu. A vida a que essa garota estava acostumada e o otimismo sem fim que ela tinha.
— Sim — ele disse. — Talvez.
— Você fica com a água — ela falou. — Quer dizer, beba bastante. Quem sabe quanto tempo vai demorar para que eu volte com mais.
Obediente, ele permitiu que ela levasse a garrafa até seus lábios. Bebeu e bebeu. Depois se deitou e escutou enquanto McKenna

reunia as coisas que levaria. Ele sentiu os lábios dela em sua testa e ficou feliz por ela não dizer *Eu te amo*. Soaria demais como uma *despedida*.

Sam continuou deitado, ouvindo o som de sua partida, o som de sua voz baixa falando com aquele animal idiota como se pudesse entender o que ela dizia.

O corpo de Sam tremeu.

Todas as gotas de água que tinha conseguido manter dentro dele transbordaram como uma fonte. Quando terminou de vomitar, usou o restante de sua energia para rolar para o outro lado da cabana.

– Boa viagem, Mack – ele disse.

Ou talvez só tivesse pensado. O tempo começou a escapar, flutuar, um tipo de escuridão que filtrava dentro e fora. Ficou muito difícil de saber ou sentir qualquer coisa.

20

PARA MCKENNA, NÃO ERA POSSÍVEL que tivessem andado tanto.

Talvez fosse só exaustão e fome – sobreviver por dias com o que daria uma pequena refeição. Mas estava convencida de que, se alguém estivesse observando seu progresso do lago até a cabana, teriam visto Sam e ela andando em círculos pelo mesmo caminho, pelos mesmos riachos.

Hank parecia saber o caminho, seguindo determinado entre as árvores. Algumas vezes, McKenna tinha que virar para os lados ou tirar a mochila das costas para segui-lo.

– Hank! – ela gritava, puxando sua mochila depois de se espremer entre dois galhos de árvores torcidas.

Ela observou o trecho de árvores à sua frente. Nenhum sinal dele.

– Hank!

O som de farfalhar, um galope em sua direção. Ele sentou-se na frente dela, encarando-a e abanando o rabo. McKenna ajoelhou e fez carinho nele com ferocidade. Ele lambeu seu rosto. Ela se perguntou, pelo que seria a milésima vez, sobre a ideia de seguir um cachorro selvagem que provavelmente iria embora quando percebesse que a garota não tinha mais comida para alimentá-lo.

– Se conseguisse pensar em alguma outra coisa para fazer – ela disse ao cão. – Eu faria.

Hank cutucou sua mochila com o nariz, como se estivesse pedindo comida. Ela chacoalhou a cabeça em negação.

— Não tem nada aí — ela respondeu, e fez carinho nele mais uma vez, torcendo para que o afeto fosse suficiente para ele não a abandonar. Ela se levantou e colocou a mochila. Hank disparou para dentro da floresta e McKenna fez o máximo de esforço para se manter perto dele.

Uma subida. Eles definitivamente não tinham subido nada tão íngreme. Ao mesmo tempo, ela não tinha certeza de nada. Em toda sua vida, McKenna nunca tinha passado fome. Bom, isso não era verdade. Uma vez, Courtney e ela fizeram um jejum horrível juntas, bebendo por dias apenas uma mistura de vinagre e suco de limão. Foi terrível, mas a qualquer momento poderiam usar a geladeira no cômodo ao lado, visitar a loja de conveniência da esquina, um restaurante na rua. Que bobeira da vida esse jejum parecia agora. Se fosse sortuda o suficiente para voltar para o mundo, nunca mais faria uma dieta novamente.

A subida acabou e Hank estava esperando, como se soubesse que ela ficava assustada de perdê-lo de vista.

— Obrigada — ela disse. — Obrigada, Hank.

Quando recuperou o fôlego, ela deu um passo, sinalizando que estava pronta para voltar a caminhar. Hank disparou mais uma vez. O que ele comia quando McKenna não o alimentava? Esquilos e coelhos? Se o cachorro pegasse um, ela conseguiria ter estômago suficiente para comer um pedaço de carne crua? A essa altura, achava que sim. Enquanto caminhava, seus olhos buscavam algum tipo de vegetação no solo, qualquer coisa que pudesse servir de comida. A única coisa que encontrou foi cogumelos. Talvez tivesse que correr esse risco. Mas ainda não era o momento.

Lá em cima, uma nuvem passou e cobriu o sol. Ele já estava a caminho do outro lado do mundo. Um outro dia de caminhada, em movimento, sem chegar a lugar algum. Mais uma noite se agachando em algum canto, esperando a exaustão superar o medo. Continuaria desse jeito até morrer?

Será que Sam já tinha morrido na cabana?

Um soluço surgiu em sua garganta. Não podia considerar aquilo. Estava tão cansada. E faminta. Por detrás das árvores, mais adiante, Hank latia. Ela o seguiu. E ali estava.

O acampamento. Hank estava sentado na frente da barraca de McKenna, a capa de proteção contra chuvas firme, no mesmo lugar. Os restos da fogueira que tinham feito. Um amontoado de areia onde colocaram os sacos de dormir e dormiram em paz sem saber o que os esperava. Parecia um milhão de anos atrás.

– Hank! – disse McKenna. – Bom garoto. Bom garoto.

Na realidade, nunca tinha se sentido tão grata por nada em toda sua vida. Olhando ao redor, se recusou a deixar o desespero dominar por não ter ideia de que direção tinham vindo quando chegaram lá. Ainda não sabia como voltar para a trilha.

Mas se preocuparia com isso depois. Dentro da barraca estava sua mochila vermelha, com a comida que tinham deixado para trás e que os manteria pelos próximos dias, e uma garrafa de água, cheia até a boca. Seus dedos tremiam conforme tentava abrir o zíper da barraca. Hank se enfiou pelo buraco e foi direto na mochila, balançando o rabo, pronto para comer o que estava ali dentro. Os dedos dela tremeram de novo enquanto tentava puxar o saco com as barras de cereais. Abriu uma e deu a Hank, que engoliu tudo em duas mordidas. As primeiras mordidas de McKenna também foram vorazes, mal mastigava, apenas engolia o alimento. Depois, deu um gole na água e se deitou no chão gelado de *nylon*. Hank cheirou a sacola e ela lhe deu mais uma barra. Os sacos de dormir que havia colocado dentro da barraca sem muito cuidado, dias atrás, poderiam muito bem ser colchões de luxo. Admirou o teto familiar da barraca, sem pensar em nada, apenas comendo, reabastecendo e engolindo.

Comida. Calorias. A diminuição da fome e, mais do que isso, o fim desse buraco. Iria sobreviver.

Fechou os olhos, o alívio físico de ter algo no estômago era tão forte que pensou que começaria a chorar.

Do lado de fora da barraca, pôde ouvir um barulho – de início, bem longe, vagamente familiar, e depois mais e mais distinto. Demorou algum tempo para sua mente processar tudo, o movimento lento de um motor. McKenna se sentou e o som estava mais próximo.

Um helicóptero.

Saiu rapidamente da barraca e olhou para cima. Não estava perto o suficiente para ver nada, mas estava se aproximando, parecia voar baixo, talvez o suficiente para a verem na clareira da floresta, sem árvores para obstruir a vista.

As novas calorias no corpo se misturaram com a maior injeção de adrenalina que já sentira. Pulava, balançava os braços para os lados.

— Tô aqui! — McKenna gritava. — *Estou aqui!*

Não havia nenhuma indicação de que alguém a tinha escutado e, claro, como teriam ouvido algo com o som do motor? O helicóptero voou para a direção oposta. McKenna entrou na barraca e pegou sua mochila, procurando freneticamente por fósforos, tentando se acalmar para focar o que precisava fazer. A pilha de gravetos que Sam tinha feito perto da fogueira continuava lá, ela os organizou em formato triangular o mais rápido que pôde. Então, com nada para alimentar o fogo com rapidez, pegou o livro *O gelo no fim do mundo*. Rasgou as páginas, mas preservou o conto "A história favorita dela". McKenna enfiou as páginas nos gravetos e acendeu. Ainda conseguia ouvir o helicóptero, o som zumbindo, barulhento. Ele começou a voltar em sua direção, conforme seu pequeno fogo emitia o mais fino fio de fumaça. O helicóptero mergulhava mais baixo, mas logo se encaminhou para longe dela. Será que estava procurando algo? Estava procurando por *ela*? Novamente pulou, balançando os braços.

— *Estou aqui!* — ela gritou, porque precisava, mesmo que não pudessem ouvi-la. — ESTOU AQUI!

E então, sentou-se. Mesmo que as pessoas no helicóptero pudessem ver o fogo, que ficava mais alto conforme colocava mais páginas, por que não achariam que ela era mais um campista cabeçudo fazendo uma fogueira para cozinhar o jantar? Por que não tinha se importado em aprender um sinal simples (imaginou que era simples, já que não sabia como era), como S.O.S.? Mesmo que a *vissem*, poderiam interpretar sua presença como alguém empolgado por ver um helicóptero, pulando e acenando, uma garota boba.

McKenna refletiu sobre todos esses pensamentos desanimadores. Então, levantou-se e acenou, pulou e gritou até sua voz não aguentar mais e sua garganta estar rouca e acabada, assim como todas as outras partes de seu corpo. O helicóptero já tinha voado para longe, sem sinal de que a tinham visto, muito menos reconhecido que ela precisava de ajuda.

McKenna se jogou no chão perto da fogueira, ofegante. Não se moveu até que o movimento de sobe e desce de seu peito diminuiu. O céu ficou escuro, exceto pelas estrelas. Admirou a vista que ela e Sam observaram juntos algumas noites atrás, quando ainda se sentiam imortais. Algumas horas atrás, tinha se convencido de que tudo que precisava no mundo era voltar para aquele local, aquele acampamento. Que, ao encontrar suas coisas de novo, lembraria o caminho de volta para a trilha e poderia ajudar Sam. Tudo ficaria bem.

– Hank? – disse McKenna, lembrando-se de repente de como encontrara o local que tanto queria.

Nada.

– Hank?

Sentou-se. Desde o momento que ouviu o motor do helicóptero, tinha se esquecido do cachorro. Provavelmente seus gritos e corridas o assustaram. Caminhou até a barraca e olhou para dentro, esperando encontrá-lo escondido. Estava vazia. Tristeza e pânico, tão familiares, preencheram seu peito.

– Hank – disse, sua voz destruída demais para chamá-lo. Não fazia ideia de como chegar à trilha. Ela e Sam tinham caminhado por horas até chegar ali. E também se sentia culpada. Hank tinha sido muito esperto para levá-la de volta até lá. Imaginou o cachorro, afinal tinha sido abandonado, farejando pela floresta, e depois por quilômetros na chuva para encontrá-la. E tudo que ela tinha feito era agradecê-lo com algumas barras de cereais e com um susto.

Lembrou-se das três latas de comida de cachorro que estava carregando contra a vontade de Sam. Elas tinham tampas removíveis. McKenna puxou uma da mochila e limpou sua garganta.

– Hank – ela disse, em uma voz doce e aguda. – Vem cá, Hank.

Puxou a lata, tentando fazer barulho ao abri-la. No mesmo instante, Hank apareceu no meio das árvores, derrapando até parar em seus pés, abanando o rabo, perdoando-a. Um som que McKenna tinha esquecido completamente que existia, uma risada, saiu de seus pulmões cansados. Ajoelhou-se e alimentou Hank cavando a carne congelada com os dedos e permitindo que ele lambesse uma porção por vez.

Em diversas ocasiões, Lucy disse para McKenna que contato físico com animais diminuía a pressão sanguínea. Ela teria que contar à irmã, se a visse novamente, que estava certa. Mesmo parecendo nojento, esse ritual com Hank a acalmou, diminuiu seus batimentos cardíacos. Quando acabou, deu a lata para o cachorro, que se jogou alegremente ao lado dos restos do fogo, lambendo e mastigando as sobras. Tudo o que McKenna queria comer eram as comidas que não precisavam ser cozinhadas – o segundo pacote daquele salmão horrível, barras de cereais e frutas secas. Mas sabia que precisava guardar essas comidas para a caminhada que teria de fazer no próximo dia, ou nos dois próximos. Não sabia quão longe ou por quanto tempo teria de caminhar, nem quando encontraria um local que permitiria uma fogueira. Então, forçou-se a acendê-la. Cozinhou um pacote de macarrão Alfredo e comeu diretamente da panela quente, tentando não pensar em Sam no chão da cabana, desejando poder dividir tudo com ele. Se não fosse pelo pensamento em Sam, aquele prato italiano semicongelado teria sido a refeição mais deliciosa que já tinha comido em toda sua vida.

Quando terminou, limpou tudo no acampamento. Até pendurou sua comida, porque não tinha chegado tão longe para ser atacada em sua barraca por um urso que amava chocolate. Fez tudo o que fazia quando estava sozinha na trilha. Seguiu seu ritual rígido da *maneira certa* – a única coisa a que ela ainda tinha para se apegar, para se sentir segura.

Atraiu Hank para a barraca com outro pedaço de carne, não queria arriscar que ele sumisse pela manhã. Estava exausta, seu corpo todo estava surrado de fora para dentro, mas pelo menos seu estômago estava cheio. Mesmo que seu coração estivesse pesado demais, McKenna ainda tinha esperança.

Na cabana, o estômago de Sam não estava cheio. Ele não conseguia se lembrar da última vez que tinha feito xixi. Não se lembrava de muita coisa. Havia uma garota, o rosto dela surgia na frente do seu, mas se transformava em pessoas diferentes que conhecera, algumas vezes homens, outras vezes mulheres. Ficou em um limbo entre dormir e acordar. Em alguns momentos, tinha certeza de que alguém estava abraçando-o, um aroma de lavanda ao redor, uma mão puxando seu cabelo. Sua mãe o segurava assim, certo? Era o que as mães faziam quando se estava doente. Talvez fosse um espírito cuidando dele para que logo pudesse se levantar e sair dali.

Onde era *ali*, de qualquer forma? Era noite ou dia?

Adormeceu, sem sonhar, e abriu os olhos para se lembrar de tudo. Seu corpo sentia tanta dor que desejou parti-lo em um milhão de pedaços para ninguém encontrá-lo.

Dormir era melhor. Em segundo lugar, aquele limbo, os diferentes rostos, as mãos acariciando seus cabelos.

Sam não tinha força suficiente para perguntar o que se passava em sua cabeça. Não era mais pânico, apenas uma questão: *É assim que se sente ao morrer?*

McKenna acordou antes dos primeiros raios de luz. Não tinha tempo a perder esperando pelo sol. Abriu o zíper da barraca e Hank saiu. Antes de organizar tudo na mochila, alimentou o cão, depois encheu a mochila de Sam com algumas roupas, sua barraca, o livro dos pássaros e seu saco de dormir. Gostaria de poder carregar sua mochila e a dele. Deixar ali no chão, como um corpo, era quase como dizer adeus para ele novamente.

Atrás dela, Hank estava parado no começo do que parecia um caminho, atravessando as árvores. Ele abanava o rabo. McKenna tinha certeza de que ela e Sam não tinham vindo por aquela direção. Andou alguns passos, depois caminhou de volta para onde a barraca estava, tentando se lembrar se aquele era o ponto de vista que teve. Fechou os olhos e abriu outra vez.

O que se lembrava de quando chegara ao acampamento eram as costas de Sam, a linha dos seus ombros, seu sorriso quando se virou para ela, a rebeldia e como tinha se mantido longe disso por toda a sua vida. O que não a ajudava em nada naquele momento. No futuro, precisava se lembrar de tomar nota dos caminhos quando estava no banco do passageiro. Mesmo com vontade de chorar, mesmo conseguindo sentir seus canais lacrimais tentando funcionar, nada surgiu em seus olhos. Pegou a garrafa de água e deu um gole. Cansado de esperar, Hank se virou e caminhou em direção às árvores.

– Hank! – ela o chamou, com a certeza de que ele estava indo para a direção errada. Mas obedecer não era algo que o cão fazia. McKenna caminhou o mais rápido que podia para acompanhá-lo, imediatamente subindo uma saliência íngreme pela qual *sabia* não ter passado; teria se lembrado. Se aquela parede de rochas tivesse sido um pouco mais vertical, precisaria de equipamento de escalada para subi-la.

Conforme subia até o topo, suor descia pelo seu rosto. O cachorro estava trotando à frente, tão rápido e alegre, como se nem estivesse ciente que ela o seguia. Não queria arriscar tirar seu casaco e perdê-lo de vista. *Mais devagar, Hank.*

Estava determinada a mantê-lo à vista. Foi por causa de Hank que encontrou o acampamento. *Quando você encontrar algo que funciona*, McKenna dizia a si mesma, *você tem que continuar com isso*. Limpou o suor do rosto e continuou marchando. O cão eventualmente parou para beber água em um riacho fundo e largo, e McKenna jogou a mochila no chão e encheu a garrafa. Tinha exatamente um tablete, e decidiu guardar para quando encontrasse uma água mais suja. Aquela corria rapidamente e parecia tão limpa; jogou em seu rosto algumas vezes antes de beber rapidamente, colocando seus lábios na superfície do riacho. Então, encheu a garrafa e subornou o cachorro para descansar usando sua última lata de comida.

A última. Tinha comido o último pacote de macarrão na noite anterior. Tinha conseguido engolir o salmão ruim no café da manhã. Tudo estava acabando, inclusive o tempo.

Quando Hank terminou de comer, bebeu um pouco mais de água e depois começou a atravessar o riacho, nadando pelo meio, arrastando-se em direção à margem. Ele parou e olhou para McKenna, esperando pacientemente enquanto ela completava a travessia.

– Droga.

Ela entrou cautelosamente na corrente de água. Sentia as pedras debaixo de sua bota; a água que tinha sido tão refrescante ao tocar seu rosto, agora parecia congelante com a perspectiva de ter que atravessá-la. Voltou à margem, pegou um graveto longo e grosso, quase tão comprido quanto sua altura. Voltou a pisar na água, enfiando o bastão em direção ao centro. A água estava na altura de sua cintura.

Respirou fundo e deu um passo à frente. Antes mesmo de conseguir apoiar seu pé, a correnteza a levou, derrubando-a para o lado, deixando a mochila e ela ensopadas. McKenna lutou para se equilibrar enquanto a correnteza a levava para baixo; raspou a palma da mão em uma rocha pontuda enquanto tentava se segurar, ao mesmo tempo em que outra pedra cortava suas calças. Seguro na margem, Hank latiu e correu em sua direção.

Enquanto a correnteza a levava, McKenna tentava lutar contra o pânico. Caso se afogasse no rio, ninguém saberia como encontrar Sam, nem que ele estava perdido. A mochila a mantinha boiando, e quando passou por raízes de árvores, conseguiu agarrar uma delas e puxar seu corpo para fora da correnteza. De volta ao chão gelado, deitada de lado, viu Hank ao seu lado, molhado e depois chacoalhando seu corpo, espalhando mais água.

McKenna quase podia ouvir a voz de Sam em sua mente: *É isso que dá deixar um cachorro ser seu guia.*

– Eu sei – disse McKenna, encarando o rosto babão. – É um plano estúpido. Mas é o único que eu tenho.

Tirou seu casaco de flanela ensopado e amarrou do lado de fora da mochila, torcendo para que secasse ao sol. Então, seguiu o cachorro pelo resto do dia, sem se importar em parar quando escureceu.

Escuridão. Novamente. Outro dia de viagem, caminhando e encontrando nada. Hank poderia estar a levando para dentro da floresta. Quantas noites ainda teria de enfrentar antes de ser encontrada ou antes de morrer? Nada no mundo podia vencer a pequena esperança que ainda tinha quando o sol se pôs.

Tinha seu saco de dormir, mas estava encharcado. Não conseguia pensar em parar, procurar alguma roupa quente seria inútil. Quando até Hank desistiu de dar mais um passo, se jogando em uma pilha de folhas, McKenna colocou seu casaco – tinha secado, graças a Deus – e deitou ao lado do cachorro. Por um momento, pensou em escavar a pilha de folhas para se manter quente. Mas se lembrou das cobras. Teria quase sido engraçado se não estivesse tão cansada.

21

RISADAS. Primeiro, achou que estava sonhando. Era o tipo de sono em que seu corpo estava tão submerso em exaustão que era como nadar em um lago profundo, atingindo a superfície. Quando seus olhos finalmente se abriram, no segundo que levou para se lembrar de onde estava, reconheceu o som e sabia que era real.

Pessoas. Risadas. Vozes.

— Droga. Sabia que tinha deixado aqui em algum lugar. Pode apontar a lanterna nessa direção?

Ao seu lado, na cama de folhas, Hank soltou um rosnado baixo e ameaçador. McKenna gostaria de fazê-lo ficar em silêncio. Ao mesmo tempo, não entendia por que não estava de pé, correndo na direção das vozes, pedindo ajuda. *Pessoas*. Isso não significava que estava segura?

Mais risadas baixas. Um deles tropeçou, xingando. McKenna percebeu que estava grudada no chão, com medo. Piscou no escuro, tentando ver os homens, observá-los. Percebeu que torcia para ouvir uma voz de mulher.

Quando era pequena e sua família ia para qualquer lugar cheio de gente, como um parque de diversões ou museu, sua mãe sempre se abaixava à sua frente e dizia:

— Se você se perder, procure um adulto pra te ajudar. Vá até uma mãe com filhos, se conseguir encontrar uma. Mas se não conseguir achar uma mãe, encontre uma mulher.

No verão passado, quando McKenna levou Lucy ao Six Flags, disse a mesma coisa. Lucy revirou os olhos, velha demais para ouvir o conselho.

— Ei – um dos homens disse. – Acho que encontrei.

Eram dois, tinha certeza, ambos com um sotaque carregado do sul. McKenna sabia que precisava se levantar. *Ajuda*, precisava dizer. *Estou perdida. Meu amigo está machucado.*

Que tipo de monstros eles seriam se a machucassem em vez de ajudá-la? Tinham lanternas, deveriam saber o caminho de volta *para algum lugar*. Levariam McKenna para fora da floresta, usariam seus celulares para chamar ajuda.

Escuridão. Nenhum sinal de que a manhã estava próxima. Estava há quanto tempo acordada? Quando o sol finalmente nascesse, um grupo de guardas poderia estar a caminho de Sam para encontrá-lo a tempo.

Tenho que arriscar, ela pensou. *Tenho que arriscar pelo Sam.*

Mas seu corpo não se mexia. Exceto para grudá-la ao chão um pouco mais, para ser menos visível.

— Você vai terminar de contar a história?

— Já terminei. A garota era uma puta. Mas eu sairia com ela de novo, se tiver uma chance.

— Você sairia com qualquer coisa que respira.

Risadas outra vez. O tom deles era sinistro ou apenas tinha soado assim pelo que disseram? Provavelmente não significava nada. Alguns homens falam assim. Especialmente quando nenhuma mulher pode ouvi-los. Mas a espinha de McKenna estava gelada, seu sistema nervoso petrificado, não conseguia se mover. Na mochila ao seu lado, enfiado no meio dos equipamentos molhados, estava o spray de pimenta e o apito. Quem ouviria se ela apitasse? Ninguém perto o suficiente para aparecer correndo.

— Droga, Curtis, não consegue ir mais rápido?

McKenna se apoiou nos cotovelos, espiando entre as árvores à sua frente. Podia sentir o cheiro da fumaça do cigarro e via suas cabeças cobertas por gorros de lã. Um deles tinha um rifle no ombro. Algo brilhou além deles, vidro e metal, e então ouviu o som de um líquido dentro do vidro. Deveria ser um destilador. Lembrou-se de Brendan, em Abelard, mencionando homens que levavam destiladores para a floresta como um possível perigo.

Deitou mais próximo ao chão. Seu coração estava batendo tão alto que estava preocupada que iriam ouvir. Hank rosnou de novo, também estava abaixado. McKenna fez um gesto firme com a mão, como se aquilo fosse mantê-lo quieto.

Só porque tinham um destilador. Só porque falavam palavrões. Nada disso significava que eram perigosos. Provavelmente eram caras do sul, normais, zoando. Não a machucariam. Iriam levá-la para um lugar seguro. Era a chance de eles bancarem os heróis.

Pela primeira vez, McKenna pensou: *O que teria acontecido na estrada se Sam não tivesse aparecido e interferido com aquele grupo de caras?* Provavelmente nada. Teriam provocado um pouco e depois a deixado ir embora. Era no meio do dia. Não teria sido nada.

Mas e se *tivesse* sido algo? Qual era o motivo principal pelo qual as pessoas não queriam que ela – uma garota – viajasse sozinha?

– Aqui, Jimmy, me dê mais desse uísque.

Hank rosnou. Mas também rosnava para Sam. O cachorro não tinha um sexto sentido de caráter. Só não gostava de homens.

Em West Virginia, Sam provavelmente saberia onde encontrar um destilador. Podia também se enfiar numa floresta à noite com um amigo, tropeçando e xingando.

– Curtis. Ouviu isso? Parecia um cachorro.
– Tomara que não seja aquele lince.
– Você pode pegar a pele dele.

McKenna ouviu um clique conforme ele mexeu no rifle. Podia tentar se convencer o quanto quisesse, mas sabia que não se levantaria para pedir ajuda. Mesmo que a maior chance fosse que eles a ajudariam, *sim*. Mas não caminhar na direção deles significava que ela e Sam talvez nunca fossem encontrados. Ela não podia arriscar.

Ela era forte o suficiente para escalar uma montanha e falhar, e depois escalar de novo no dia seguinte. Era forte o suficiente para caminhar, faminta, machucada e exausta, por quantos dias e noites fossem necessários. Era forte – sabia que era, mesmo que isso não tivesse acontecido – para caminhar a Trilha dos Apalaches sozinha.

Mas não podia suportar a ideia de enfrentar dois homens estranhos. Não podia arriscar ser deixada ali, em pedaços.

Mas talvez não tivesse outra chance. Porque ali estavam eles, caminhando até o som de Hank, que rosnava cada vez mais alto. McKenna tentou calcular se era melhor rolar para baixo das folhas – muito barulhento – ou se arrastar ao lado das árvores, sair de vista. Mesmo que conseguisse se esconder, a mochila ficaria para trás, provando que havia passado por ali, que ainda estava por perto, em algum lugar.

De repente, Hank saltou das folhas, cruzando no meio das árvores. De pé, na frente dos dois homens, latindo, quase parecia ameaçador. McKenna aproveitou o barulho e rolou para o lado, se enfiando no meio das folhas o máximo que pôde. A ideia das cobras não a preocupou nem um pouco.

Por favor, não machuquem ele, implorava em silêncio. *Por favor, não machuquem ele.*

Os homens começaram a gargalhar.

– Essa pele não vai te dar dinheiro nenhum – um deles disse. – Sai fora. Vai. Sai fora.

Soava quase como uma brincadeira. Ela fechou os olhos e pressionou o rosto no chão. Se fosse de dia, será que ela se sentiria de outra maneira?

Bang. Um tiro. McKenna congelou, tentando ouvir um uivo, mas em vez disso, ouviu o som de Hank correndo.

Devem ter atirado para cima para assustá-lo. Com certeza seria fácil acertá-lo, se quisessem. McKenna estava em choque, imóvel.

– Curtis. Você vem?

– Pera aí.

Era isso. Sua última chance. Ela podia se levantar. Caminhar até eles.

– Coloca a trava de segurança de novo! Não quero levar um tiro no caminho.

As folhas que a cobriam não faziam nenhum barulho. Era possível que até sua respiração tivesse parado. Curtis e Jimmy foram embora, os pés embriagados, pisando nas folhas e galhos. McKenna prestou muita atenção, mais do que em toda sua vida, tentando adivinhar a que direção estavam indo. Talvez estivesse perto de uma estrada, ou uma trilha, para eles terem ido ali festejar. Ao mesmo tempo, podiam ter levado o destilador para o lugar mais remoto possível. Pensou em engatinhar para fora das folhas para segui-los, mantendo distância. Mas seu corpo ainda não se movia.

Ficou ali até de manhã, quando Hank voltou e tentou cheirá-la no meio do amontoado de folhas. Só então McKenna se sentou, agarrou o cachorro e o beijou no meio dos olhos. Hank se esquivou e se afastou.

McKenna se levantou, sacudindo as folhas de seu corpo. Tinha dormido? Como não tinha certeza, talvez a resposta fosse sim. Tentou piscar, mas um dos olhos estava inchado e não abria — alguma coisa a picara durante a noite. Com cuidado, pressionou os dedos nas pálpebras.

— Ok, Hank — ela disse. — Acho que estamos perto. Certo? Hoje é o dia que vamos sair daqui.

Hank abanou o rabo. McKenna se curvou para abrir a mochila, todo o seu corpo estalando e reclamando. Parecia que tinha mil anos de idade. Na sacola de comida, nada além de quatro barras de cereais. Que se danasse. Comeu duas e deu uma a Hank. Tomou o resto da água.

— Viu isso, universo? — disse McKenna.

Agora não restava nenhuma dúvida. Hoje ela compensaria pela covardia da noite anterior e enfrentaria a situação. Não guardaria os suprimentos como nos últimos dias perambulando pelas florestas. Ela sairia dali.

McKenna entrou na floresta que a separava de Curtis e Jimmy. O destilador ainda estava lá, primitivo e complexo ao mesmo tempo. Não se culpava por não ter pedido ajuda. Não queria pensar no estado em que Sam estava, os remédios fracos que não ajudavam em nada, que já deviam ter acabado, na desidratação e fome. Hoje seria o segundo dia dele sem água ou comida.

Examinou o chão, tentando ver se os homens haviam deixado pegadas, mas tudo estava muito seco e sujo. Foi para a direita. (Oeste? Leste? Norte? Agora, com sua mochila, podia usar a bússola, mas ainda parecia impossível.) Alguns galhos tinham sido puxados de lado, e Hank andou exatamente para aquela direção. Nos últimos dias, o chão embaixo de seus pés parecia muito com uma trilha. McKenna ficou mais esperançosa, e a cada um quilômetro e meio, via uma bituca de cigarro no caminho. Não queria sentir amor por Curtis e Jimmy, e mesmo se aparecessem outra vez, ela provavelmente se esconderia.

Seu olho inchado latejava. Sentia-se mais otimista com o progresso, mas ainda não tinha encontrado nenhuma fonte de água e já era quase fim de tarde.

Sísifo, pensou McKenna. *Me transformei em Sísifo, rolando a pedra até o cume da montanha, só para que ela rolasse de volta para baixo assim que chegasse no topo.* Que crime tinha cometido para estar nessa situação sem fim de caminhar, procurando e não encontrando nada? Talvez, assim como na mitologia grega, o crime fosse apenas sua arrogância.

Mais adiante, ouviu o farfalhar das folhas e lutou contra o sentimento familiar, a combinação de medo e esperança. O culpado – um guaxinim – andou a passos lentos pelo caminho deles, e McKenna sentiu a combinação de alívio e desapontamento. Se não fosse algo que os mataria, também não seria algo que os ajudaria a sair dali.

Hank deu alguns passos para trás e rosnou. O guaxinim respondeu com um barulho que literalmente fez McKenna pular, mesmo exausta e com o peso da mochila nas costas. Era muito alto, muito mais forte que o som que emitia Hank. Quase como um rugido. Se o urso que ela viu no riacho tivesse feito esse exato som, não teria ficado surpresa.

O animal se balançou nas patas traseiras e esticou os braços, parecendo assustadoramente humano e assustadoramente... *errado*. Os guaxinins eram um incômodo comum em sua casa; eles se esbaldavam no lixo, que seu pai tentava proteger de invasores. Equipamentos que faziam os coletores de lixo xingarem e reclamarem não faziam nada para impedir os guaxinins...

Mas eles eram animais noturnos. Agora, no meio da tarde, deveriam estar escondidos. McKenna não sabia muito sobre as criaturas por trás das máscaras pretas e ágeis patas. Mas sabia disso.

E também sabia que não era comportamento normal deles ameaçar um cachorro e um humano. Teriam corrido para a direção oposta.

Mas ele não correu. Na realidade, caminhou para mais perto, em pé, balançando as patas como um bêbado bravo.

Esse guaxinim tinha raiva.

Você só pode estar me zoando! McKenna queria gritar para os céus, e teria feito isso se não achasse que iria deixar a adorável fera ainda mais irritada, tornando-a mortalmente perigosa.

Hank levantou as orelhas e mostrou os dentes.

– Hank – McKenna sussurrou ferozmente. Tentou chamá-lo de volta. Não dava para saber de onde o cachorro tinha surgido ou quanto tempo tinha ficado sozinho, mas tinha certeza de que suas vacinas não estavam atualizadas. McKenna também não estava preparada para pegar raiva. Segurou a vontade momentânea de se meter entre os dois animais.

Aos seus pés, viu uma pequena pedra, perfeita para arremessar. Se o guaxinim não estivesse doente, com certeza se assustaria e iria embora. Mas no estado em que estava, talvez isso o encorajasse a saltar para cima deles. O que, ao que parecia, era exatamente o que Hank estava preparado para fazer – querido Hank, pronto para protegê-la, sem saber o risco de uma morte prematura, espumando pela boca.

McKenna deu muitos passos para trás:

– Hank – ela sussurrou. – Hank, vem.

O cachorro arrastou sua barriga para trás, encostada no chão, em direção a ela. E o guaxinim se apoiou novamente nas quatro patas, e deu um passo na direção deles, rosnando mais uma vez – agora ainda mais alto do que o som de um urso. McKenna não esperou para ver se ele daria o bote, apenas se virou e começou a correr, batendo nas árvores.

Mas foi apenas aquela primeira onda de adrenalina que permitiu a corrida com a mochila nas costas; depois de alguns metros, não teve escolha a não ser arremessá-la. O som dos seus passos não permitia que escutasse o que estava atrás dela, jogou a mochila sem saber se Hank e o animal estavam lutando, apenas correu até o cachorro alcançá-la, em zigue-zague à sua frente, parando na direção oposta.

Ela o seguiu. Não pensou sobre quão distante ficaria da mochila. Apenas correu, acompanhando Hank até a noite chegar mais uma vez.

McKenna tropeçou, seus olhos encarando o chão. Cobriu a cabeça com as mãos.

— Eu desisto — ela disse. — Eu desisto.

Hank respondeu com uma fungada. Olhou para o rosto dela e lambeu. McKenna se recusou a levantar a cabeça. O cão latiu.

Não podia desistir. Sam não tinha outra saída. Precisava se levantar.

De pé, olhou por cima dos ombros, como se pudesse medir a distância que estava dos seus pertences, sem pensar o quão feliz estava quando os encontrou. E agora, enfrentava sua terceira noite sozinha, desta vez sem um casaco, sem saco de dormir, comida ou água.

Hank latiu novamente. Depois se virou e começou a trotar. Não fazia sentido parar. Se morreria exposta, desidratada ou com fome, era melhor estar de pé. Hank se limitava a caminhar entre as árvores, e McKenna caminhava sentindo uma das sensações mais estranhas de toda sua vida.

Todos aqueles dias horríveis, caminhando de uma parte da floresta para outra. Mas naquele momento, enquanto o crepúsculo se instalava ao seu redor, ela viu as estrelas não através das árvores, mas em um céu aberto.

Eu estava aqui o tempo todo, o céu disse a ela, *e o mundo também*.

Ali estava, um pequeno pedaço do mundo. Na escuridão, com seu único olho aberto, podia ver uma clareira. Uma cabana de madeira com uma chaminé e fumaça. Sentado à frente, em uma cadeira, estava um homem que já tinha conhecido uma vez e sobre o qual já havia ouvido falar diversas vezes. Um homem com uma barba longa e um chapéu, e sabia que, em algum lugar do seu ombro, estaria um pequeno pássaro.

McKenna caminhou adiante, balançando os braços para cima, como se precisasse dos gestos para que ele a visse.

— Walden! – chamou, como se estivesse procurando por ele todo esse tempo.

Por um momento ele a encarou, tão plácido que McKenna achou que a cabana era uma miragem. Talvez fosse uma consequência de seu estado, uma alucinação, uma cabana perfeita com um homem que ela meio que conhecia, mas tinha certeza absoluta de que podia confiar.

Walden se levantou e caminhou até ela, colocando as mãos em seus ombros.

— Meu Deus, menina. Eu falei pra você não sair da trilha.

Sua voz era rouca, tão dura, como se estivesse dando uma bronca, que a sacudiu de volta para a realidade. Ela estava aqui. Walden era real. Balbuciou uma rajada de palavras sobre os últimos dias, mas, acima de tudo, sobre Sam.

— Ele está machucado, tive que deixar ele pra trás, não queria, mas não tive escolha, ele não consegue andar, deixei ele naquele lugar, esse abrigo de madeira petrificada com grama no telhado, não tem água, a gente tem que voltar e achar...

Walden colocou seu braço por cima do ombro de McKenna e começaram a caminhar em direção à cabana.

— Já é noite – ele disse –, e você está acabada. Você não vai voltar para a floresta agora.

McKenna se afastou dele. Olhou ao redor, o ambiente parecia irreal. A cena que teria sido rústica alguns meses atrás, agora parecia um pedaço de mundo muito acolhedor, iluminado como um shopping center. Precisava levar Sam para lá também.

— A gente tem que voltar – ela disse. Quando seus olhos observaram a clareira, percebeu que Hank havia sumido. — Temos que pegar o Sam.

— E nós vamos – prometeu Walden. – Nós vamos ajudá-lo. Sei exatamente o lugar que você está descrevendo e vou me comunicar por rádio com os guardas. Mas agora está escuro. Até eu me perderia tentando encontrar.

McKenna parou. Parte dela estava desesperada para correr de volta para Sam, para levá-lo até ali, mas sabia que nunca encontraria o caminho de volta.

– Vamos – disse Walden, sua voz inesperadamente gentil. – Vamos entrar.

É possível se sentir derrotada e vencedora ao mesmo tempo? *Não*, McKenna pensou. Ao caminhar com Walden para dentro de sua casa, seu alívio foi vencido pela preocupação. Claro, ela estava a salvo. Mas, se Sam não estivesse a salvo também, o único resultado da sua sobrevivência seria uma vida à sua frente, oitenta anos depois, sabendo que ela o havia deixado na floresta para morrer.

22

NA PRIMEIRA LUZ DO DIA, dois guardas atravessaram a floresta. Não havia uma trilha, mas ambos conheciam a área muito bem. Não era a primeira vez que garotos iam em busca da cachoeira, ou restos do povo Nunnehi. Geralmente eram garotos de algum lugar próximo o suficiente para serem chamados de locais.

— E a gente imagina que os trilheiros raiz vão ser mais espertos — disse Claire. Ela se formara na Escola Purdue de Silvicultura e Recursos Naturais no ano anterior e começara a trabalhar nos serviços do parque em agosto. Aquele era seu primeiro resgate.

Pete, por outro lado, era nativo da Carolina do Norte. Cresceu nas Montanhas Smoky — não precisava de um diploma chique para ensiná-lo o que estava na floresta. Já tinha perdido a conta de quantos idiotas já havia salvado dessas matas.

— Nenhum deles é esperto, porque acham que sabem tudo — falou Pete.

Ele ia coletando as bitucas de cigarro com um cabo pontudo, colocando-as dentro de uma bolsinha que usava no cinto. Uma coisa que Pete odiava mais do que tudo no mundo eram fumantes — a maneira como deixavam as bitucas no chão sem nenhuma preocupação com a natureza. A única coisa que com certeza encontrará nos lugares mais remotos do mundo são bitucas de cigarro. Pete estava seguro de que, se um dia escalasse o Monte Everest, assim que chegasse ao topo e apreciasse a vista, encontraria uma bituca perto do seu pé.

Ele checou sua bússola. Claire estava usando um GPS, anotando constantemente as coordenadas.

– Se a história da namorada for verdade, esse garoto vai estar destruído – comentou Pete.

– Coitada. Ela estava histérica.

– A culpa faz isso com você. Ela sabe que ambos foram uns idiotas.

No alto, um helicóptero sobrevoava, também em busca de Sam. Outros guardas, que também era técnicos em Medicina de Emergência, como Pete e Claire, vasculhavam alguns locais para buscar sinais de que os dois passaram por ali.

– Muitos sinais aqui, no caso de um deles ser fumante – Pete resmungou.

Um pouco adiante, encontraram restos de uma fogueira com uma mochila antiga ao lado.

– Esse deve ser o lugar onde acamparam – comentou Claire.

– Ela limpou tudo muito bem – disse Pete. – Facilita nosso trabalho.

Não tinham tempo para parar. Pete sabia que demorariam horas até encontrar a cabana Cherokee e não tinham garantias de que o garoto estaria lá.

– Fico torcendo para alguém nos chamar no rádio e dizer que o encontraram – falou Claire, depois de andarem algumas horas em silêncio, concentrados, para ganhar tempo. Pete percebeu pela sua voz que ela estava com muito medo de possivelmente encontrar um cadáver.

– Não se preocupe. Ninguém morre de um tornozelo quebrado. Não fez frio suficiente para alguém morrer congelado. E, se a garota estiver certa, é o terceiro dia dele sem água. Desidratação não vai ter matado ele ainda. – Ele sabia que sua voz soava rígida, reclamona, mesmo quando tentava soar amigável.

– Mas todas essas coisas juntas... – Claire comentou baixinho. Ligou o rádio e ouviu alguns guardas conversando. Um dos pilotos de helicóptero achou ter visto algo, mas era apenas um veado.

– As árvores estão cobrindo tudo – disse Peter. – É um desperdício de tempo e combustível. Nunca vão conseguir ver nada.

Claire apertou o passo, passando Pete, que continuou a conversa sem ela:

— É verdade que um urso pode pegá-lo. Até uma matilha de coiotes, no estado em que ele está. Acho que a exposição pega mais rápido, com tudo o que está acontecendo.

Ele realmente achou que ela não o ouvia, mas Claire parou, seu rosto pálido.

Então, Pete avistou a cabana, exatamente onde imaginou que estaria. Claro que os outros guardas com os helicópteros e satélites com GPS não encontrariam o lugar. Precisava ser alguém que cresceu nestas florestas. Tinha certeza de que poderia encontrar aquele lugar mesmo se estivesse com os olhos vendados.

— Ei! — Pete gritou. — Garoto! Você tá aí?

Claire já tinha enfiado a cabeça pela porta. Pete estava logo atrás dela.

Havia uma lona esticada no chão, um casaco de lã xadrez preto e vermelho. Além disso, a cabana estava vazia.

McKenna estava sentada na cadeira de balanço de Walden, com o ouvido colado no rádio. Sua pálpebra ainda estava inchada, mas conseguia abrir o olho até a metade. Quase se arrependeu de ser convencida por Walden a comer as panquecas que ele fez — todas as vezes que uma voz surgia na estática das ondas de rádio, ela tinha certeza de que colocaria as panquecas para fora. McKenna tirou seu cabelo, que agora tinha cheiro de frutas (o Walden realmente usava aquele xampu?), da frente do rosto e se inclinou para a frente, pressionando a orelha contra o alto-falante.

Walden, por fim, não vivia realmente *na* trilha. Não era um velho nômade sábio, ou um *serial killer* consumido pelo luto. Disse que sempre caía na gargalhada quando ouvia uma dessas histórias. Ficava sempre fascinado pelas anotações nos livros de registro da trilha, pessoas comentando onde poderiam encontrá-lo. Na realidade, era apenas um professor de Literatura aposentado que vivia em uma cabana e já tinha feito a travessia da Trilha dos Apalaches em ambas as direções, mais vezes do que podia contar. Ultimamente, ficava mais perto da casa.

— Ossos velhos não funcionam mais como antigamente — disse à McKenna.

O rádio ficou em silêncio por um segundo. Sentiu que era o tipo de silêncio que precedia notícias ruins. Notícias importantes.

Uma voz cortou a estática.

— Encontramos a cabana. A lona está aqui, mas o garoto não.

McKenna ficou em pé antes de perceber que não conseguia se mexer.

— Walden! — ela gritou.

Walden saiu pela manhã para encontrar a mochila. Achou tão rápido que McKenna pensou que ele — não os guardas — deveria estar buscando por Sam. Mas ele parecia determinado a protegê-la, garantir que não voltasse para a floresta. Estava do lado de fora agora, fazendo sabe-se lá o quê, mas sabia que não deveria estar longe. Não queria deixar o rádio, tinha que ouvir o que vinha depois, mas também precisava contar para Walden. Então, quando ele não apareceu, McKenna correu para o lado de fora.

Sua respiração e palavras saíam baixinho, como suspiros indecifráveis.

— No rádio. Ouvi. A cabana. Está vazia. Encontraram a cabana, mas o Sam não.

Walden manteve sua expressão de paisagem. McKenna pensou que talvez aquele não fosse seu nome de verdade; chamava-o assim, e ele não a corrigiu.

— Isso é algo difícil de ouvir — ele disse. — Mas ainda é um bom sinal de que encontraram a cabana. Ele não pode estar muito longe. Vão encontrá-lo em breve.

— Preciso ir até lá — disse McKenna. — Posso chamá-lo, talvez o cachorro apareça e me ajude. — Hank ainda não tinha voltado desde que chegaram ali.

— Eles já têm cachorros lá, rastreando. Cachorros treinados. E helicópteros. Os guardas sabem o que estão fazendo, podem dar assistência médica. Você só vai atrapalhar.

— Não consigo ficar aqui sem fazer nada – respondeu McKenna.
– Vou ficar louca.

— Melhor ficar louca do que se perder de novo. Acha que vai ajudar seu namorado se os guardas tiverem que buscar por mais uma pessoa? Você não está com o calcanhar machucado, o que significa que andaria mais longe. Ficaria ainda mais perdida do que estava.

McKenna se afundou na grama aos pés de Walden e cobriu o rosto com as mãos. Sabia que ele estava certo. Mas também sabia que não iria sentar e esperar. Seu corpo rastejava com a impotência, com a falta de informações.

Aparentemente, o homem ancião não gostou de vê-la naquele estado.

— O que você acha, mocinha, de em vez de voltar para o meio da floresta, ligar para seus pais?

As panquecas se agitaram de novo dentro do estômago esfolado. Não queria imaginar como seria falar com os pais, confessar tudo.

— Sorte sua – disse Walden, sua voz um pouco mais doce – que eu não tenho telefone. Então você vai ter que esperar. Pelo menos um pouco. Aqui – ele adicionou, colocando uma garrafa de água debaixo do nariz de McKenna –, mantenha-se hidratada.

Sam tinha certeza de que aquilo era o fim.

Não conseguia se lembrar de quando ou por que saiu da cabana. Todas as histórias que contava a McKenna, quase como piadas – maneiras de impressioná-la, entretê-la –, agora rodavam em sua mente, na frente de seus olhos. Espíritos o abraçando, falando com ele. Um até levou um pouco de água até seus lábios, Sam podia jurar que sentiu a umidade, era real, até que tentou beber, e apenas engasgou com sua garganta seca e mortal.

Mortal. Essa era a palavra que pairava tão próxima dele quando estava dentro daquelas quatro paredes. Como se outras pessoas engatinhassem até lá para morrer, e agora era sua vez. O ar estava cheio disso, ele podia sentir – seu próprio corpo, mexendo em suas entranhas, consumindo o que sobrou dele, até desejava água para lavar tudo, para molhar a secura áspera de seus lábios. Não podia sentir mais seu calcanhar, nem sua perna.

McKenna queria que ele ficasse lá. Foi o que o manteve ali. Esperando.

Em algum momento, enquanto esperava, percebeu que isso nunca aconteceria. Sam não conseguia dizer quando chegou a esse ponto, porque perdeu a noção do tempo. Talvez McKenna tivesse saído havia alguns dias. Talvez havia algumas horas. Semanas. Talvez estivesse naquela cabana toda sua vida, ou pelo menos desde que saiu de West Virginia. Quando foi isso? Mil vidas atrás, ou talvez ontem. Talvez tivesse saído da casa daquele filho da puta malvado e parado diretamente naquela cabana.

Esteve ali desde então, inventando toda essa besteira de caminhar até o Maine. De ter conhecido uma garota. Sobre ter alguém ali, que se preocupava, procurando por ele.

Os olhos de Sam se abriram. Não sabia que estavam fechados. Podia ver uma pequena luz, como se fosse a Tinkerbell, flutuando lá fora. Não conseguia se levantar, mas podia rolar. Podia escorregar de barriga até o sol. Não tinha percebido como estava frio, tremia, até que deslizou como uma cobra para fora do buraco, naquele trecho quente.

Fechou rapidamente os olhos. Viu o bastão que McKenna encontrara encostado na cabana e se levantou com a ajuda dele. Cambaleou alguns passos, depois caiu. Levantou novamente. Pelo menos poderia conseguir água. Se pudesse beber um pouco, poderia durar mais alguns dias.

Tinkerbell dançou e voou. Para um lado e para o outro. Queria que ela ficasse parada. Gostaria que a fada falasse com ele.

Daria tudo para ouvir a voz de McKenna agora. Riu da ideia, daria tudo, mas claro que não tinha mais nada para oferecer. O que ele queria, mais do que sobreviver, era saber que a garota tinha encontrado algum lugar seguro. Ele suportaria ficar na floresta, congelando e morrendo de sede, desde que McKenna estivesse seca, alimentada e limpa. É isso que ele daria. Sua vida pela dela.

Três raízes. Para aleijados idiotas tropeçarem na floresta. Sam caiu, sem nenhuma fonte de água à vista, e desta vez sabia que não conseguiria mais se levantar.

Não sabia quanto tempo tinha passado, se horas ou dias, até que teve outra miragem: vozes. Vozes que não eram familiares, mas que sabiam seu nome. Sam nem se importou em gritar de volta. Já tinha sido idiota o suficiente por um dia, por uma vida toda, arrastando-se do único lugar onde alguém poderia encontrá-lo para seguir um feixe de luz que, claro, o abandonou. Mesmo se ele *quisesse* responder, não havia nenhuma voz dentro dele, tudo estava seco, até a última caloria tinha ido embora, usada. Ele estava acabado.

— Meu Deus — a voz disse, uma voz feminina. — É ele.

— Está respirando? — uma voz masculina perguntou.

Sam tentou focar o rosto à sua frente. Dois dedos pressionaram sua garganta, outra mão tocou seu peito. Olhos e cabelos castanhos. Jovem, assustada, esperançosa. Talvez isso realmente estivesse acontecendo. Se fosse ver uma garota, uma alucinação, com certeza veria McKenna.

— Sim — a garota disse. Estava usando uma calça cáqui, um distintivo, um uniforme de guarda. Isso o fez menos esperançoso. Mesmo amando McKenna, também poderia tranquilamente alucinar com uma guarda.

Outro apareceu, um homem, seu rosto franzido, bloqueando a vista da garota. Um som maravilhoso, o barulho de um cantil de água se abrindo. O metal gelado em seus lábios, e então, como se vida estivesse adentrando seu corpo depois de ter desistido completamente: água.

— Devagar — a garota disse, suavemente. — Um pouco de cada vez. Não tão rápido.

Sam afastou a cabeça. Respirou fundo. E bebeu novamente. Umidade lavando seus lábios e garganta secos. O mundo voltou a ter foco. Isso era real. O homem tinha colocado sua mochila no chão, pegando o que Sam imaginou ser uma maca dobrável. A garota lhe deu mais um gole, depois foi até seu tornozelo para examiná-lo. Sam estremeceu quando a dor voltou. O homem jogou um cobertor por cima dele.

— Você é um completo idiota. Você sabe disso, né? – o homem disse.

— Eu sei – Sam respondeu. E então, porque nunca tinha sido tão grato em toda sua vida, e agora sabendo que sua vida, de fato, continuaria, disse: – Obrigado. Eu sei que fiz merda. Mas obrigado.

Na casa de Walden, McKenna voltou a se empoleirar na frente do rádio. Diferentes vozes apareceram, lamentando os lugares vazios. Algumas vezes escutava o motor dos helicópteros cobrindo todo o som. Até que, finalmente, ela pensou ouvir uma voz feminina quase tão empolgada quanto ela teria se sentindo, anunciando:

— Encontramos ele! Severamente desidratado, mas lúcido. O tornozelo está bem ruim. Mas ele está vivo!

Coordenadas e detalhes foram enviados. McKenna pressionou suas mãos nas bochechas, quase não acreditando que tudo era real. Virou a cabeça. Walden estava ali; por um momento pensou que estava franzindo a testa, mas depois percebeu que era sua carranca permanente e que, em algum lugar, podia ver um movimento, um sorriso.

McKenna se levantou.

— Para onde estão levando ele? Podemos encontrá-lo?

— Não vamos ficar no caminho deles – respondeu Walden. – Vamos até o hospital.

Já estava com as chaves nas mãos. McKenna assentiu e o seguiu.

QUÃO ESTRANHOS, e ao mesmo tempo normais, eram o zumbido e o brilho das lentes fluorescentes. Afinal, McKenna viveu na civilização por quase dezoito anos antes de começar a trilha. Mesmo quando estava na travessia, tinha passado pela civilização, sentado debaixo de luzes de restaurantes, caminhado por mercados para reabastecer seus suprimentos. Durante todo esse tempo vivendo entre as camadas das Montanhas dos Apalaches, a civilização e suas luzes, carros, ar-condicionado e máquinas ficavam, se não de fácil alcance, pelo menos ao alcance de um mapa, uma simples questão de consultar um guia e caminhar o número prescrito de quilômetros.

Até que saiu da trilha.

Sentou-se ao lado de Sam na cama do hospital, as máquinas com seus bipes, a urgência visível pela porta de vidro. Sam dormia, com um gesso que ia até seu joelho, e soro para reabastecer os fluídos que tinha perdido, além de antibióticos para combater a giardíase que tinha testado positivo. McKenna testou negativo para a bactéria, mas como também bebeu água não purificada e ficou em contato próximo com Sam, deram-lhe medicação como precaução. Quando pegou os medicamentos da receita na farmácia do hospital, automaticamente fez uma nota mental de onde os manteria na sua mochila, para protegê-los da chuva.

Era impossível acreditar que não voltaria para a trilha. Naquele momento, o mundo civilizado parecia apenas uma parada de descanso. Não parecia o fim, mesmo que seus pais estivessem a caminho, e mesmo que Sam estivesse ali, numa cama de hospital, dormindo, grogue, com o gesso pesado. Ele não poderia caminhar, pelo menos não agora.

Passou a mão na cabeça de Sam e tirou o cabelo loiro de sua testa. Ele estava pálido, como se todos os seus sinais vitais tivessem sido sugados. McKenna acompanhou os ossos de sua face com a ponta de seus dedos. Quando o viu pela primeira vez, o achou maravilhoso, até intimidador. Agora, seu rosto não a intimidava. Só fazia seu coração aumentar de tamanho, com uma dor que também a fazia se sentir como ela mesma, mais humana. Não porque seu rosto era bonito, mas porque pertencia a ela.

Sam, a pessoa que ela conheceu tão bem, corajosa e vulnerável, muitas vezes cabeça-dura, mas inteligente e resiliente, único. Tão disposto a viver fora das regras da sociedade, regras que eram uma prisão para as pessoas com o mesmo tipo de vida dela.

Fui para a floresta porque eu queria viver deliberadamente.

A verdade era que McKenna sentia muitas emoções sentada ali, com ele, escutando as máquinas do hospital e o zumbido das luzes. Emoções fortes, que não eram amor, mas alívio. Ver Sam deitado – machucado e esgotado, sim, mas vivo, aquecido e seguro. Estava comovida. De acordo com os médicos, seu corpo estaria como novo em alguns dias. O tornozelo, claro, demoraria mais. Mas ele ficaria bem, sobreviveria, não pelos próximos dias, mas por toda sua vida. Sam merecia prosperar.

Ela sentiu tanto medo; primeiro, que nunca encontraria ajuda, e depois, que os guardas não o encontrassem ou, se o fizessem, que ele estaria morto. Agora, a visão dele ali e a promessa dos médicos de que ficaria tudo bem encheram McKenna de um alívio urgente e tão profundo que, se começasse a chorar agora, talvez não parasse mais. Produziria tanta solução salina que conseguiria se conectar ao soro de Sam.

Fui para a floresta porque eu queria viver deliberadamente, encarar apenas os fatos essenciais da vida e ver se eu podia aprender o que ela tinha para me ensinar, e não, quando eu vier a morrer, descobrir que não tinha vivido.

Por trás dos olhos de Sam: movimento. As drogas e a exaustão aparentemente não eram tão pesadas para combater o movimento rápido dos olhos. McKenna observou os globos oculares por trás das pálpebras, os cílios pálidos. Com o que ele estaria sonhando? Seu pai? A trilha? Ela?

Tirou a mão do rosto de Sam e se sentou, massageando os joelhos. Ainda estava usando as calças de sempre, com manchas escuras em ambos os joelhos de todas as noites ajoelhada no chão, em frente às fogueiras que Sam a convencera de acender.

Se fosse sincera consigo mesma, junto com todas as emoções, também estava sentindo raiva. Raiva de Sam por todas as coisas que a convencera a fazer, principalmente sair da trilha e caminhar em direção ao perigo. Não perigo de mentira, perigo *real*. Que quase os matou. Mais do que raiva dele, sentia raiva de si mesma por não ter sido mais firme, por não ter escutado sua intuição. Por mais que o amasse, mesmo que – de certa forma – estivesse grata por sua amizade, e a tudo o que ele a mostrou sobre a vida, gostaria de ter sido forte o suficiente para se ouvir em vez de ouvi-lo. McKenna ouviu Sam como se ele tivesse que ensiná-la, como se tivesse algo de errado com ela, que precisava mudar. Quando, na verdade, não precisava mudar nada, por ninguém.

Não queria viver o que não era a vida, viver é tão maravilhoso; nem quis praticar resignação, a não ser que fosse absolutamente necessário.

Seu pescoço coçava de uma série de picadas de insetos – aranhas? mosquitos? – que não tinha notado até a adrenalina diminuir e ela chegar ao hospital. Agora, sua pálpebra já estava quase voltando ao normal. Ela coçou as picadas da maneira que a mãe tinha ensinado mil anos atrás: em volta da picada, sem deixar as unhas encostarem no lugar que estava inchado.

Ela se sentiu culpada de pensar nisso, mas se sentia forte. Na sua frente, estava Sam, deitado, quebrado da sua experiência. Os guardas o encontraram em colapso, delirante, perto da morte. E McKenna saiu caminhando da floresta. Escapou inteira e sem machucados. O único tratamento que precisava era uma ou duas boas refeições, muita água e uma dose de antibióticos possivelmente desnecessários.

Com arranhões, machucados e picadas de insetos, com certeza. Mas tirando isso, estava inteira, saudável e bem.

Parte foi sorte, McKenna sabia. Mas outra parte era por ela. Sua força, perseverança e seu cérebro inteligente e razoável. Conseguiu sair da floresta sozinha – bom, com bastante ajuda de Hank, mas essa tinha sido sua decisão, confiar naquele cão doido. Queria saber onde ele estava. Torcia para que estivesse bem e desejava de alguma maneira poder encontrá-lo novamente e agradecê-lo.

Não conseguia parar de pensar. Voltar para a trilha. Voltar e encontrar Hank. Agora, por fim, as lágrimas começaram a se juntar em sua garganta. Lutou contra elas; não queria acordar Sam nem começar a chorar caso alguém entrasse no quarto. Porque, na realidade, o mesmo sentimento que tinha sentido naquele dia na Montanha Katahdin estava começando a surgir dentro dela agora. O sentimento de um objetivo não alcançado. O sentimento de decidir conquistar algo e agora ter de respirar fundo e deixar tudo para trás.

Fazer a trilha do Maine até a Carolina do Norte tinha sido um feito impressionante. Mas não era a travessia completa da Trilha dos Apalaches. Seu passaporte estava na mochila, mas ainda não estava completo. Ainda não era uma trilheira raiz. Não teria seu certificado. Tudo o que tinha feito, tudo o que tinha passado, para no fim falhar, com a mesma certeza de que tinha falhado naquele primeiro dia.

McKenna se inclinou para a frente, colocando sua cabeça nos joelhos e cobrindo as picadas no pescoço com ambas as mãos. Elas coçavam terrivelmente. Talvez os médicos – que estavam doidos para tratá-la por alguma coisa – pudessem receitar algo para que elas sumissem.

Queria viver intensamente e sugar toda a essência da vida, viver tão robustamente tal qual um espartano e jogar fora tudo o que não era vida, cortar uma parcela grande e raspar rente, encurralar a vida e reduzi-la a seus termos mais baixos.

– McKenna?

Uma voz de milhões de anos atrás, e a voz de toda a sua vida. McKenna não levantou a cabeça, não imediatamente. Queria ouvir mais uma vez.

A voz de sua mãe, falando como se não estivesse brava com tudo o que McKenna a fez passar, mas tão feliz de vê-la viva e bem que disse seu nome como uma pergunta, com medo de estar certa.
— McKenna?
Em um movimento, McKenna levantou a cabeça e ficou em pé. As máquinas de Sam bipavam. Seus pais estavam na porta, encarando-a como se fosse uma alienígena, e não a própria filha. Encaravam-na como se não tivessem certeza se tinham permissão para cruzar o limite, e também não tinham certeza, uma vez que reunissem coragem, se queriam abraçá-la ou estrangulá-la.
McKenna deu dois passos. Seus pais deram quatro. Estavam ali, na sua frente. Viajaram até ali e teriam viajado mais um milhão de quilômetros. Para levá-la de volta para casa.
— Desculpa — disse McKenna. — Desculpa.
— Ai, McKenna — sua mãe suspirou e começou a chorar.
Sem surpresas, os pais decidiram não estrangulá-la, favoráveis ao abraço. McKenna nunca imaginou que seria tão bom ter os braços deles ao seu redor.

Quinn não sabia o nome do restaurante, mal sabia o nome da cidade. Sentou-se na frente de McKenna, absorvendo sua presença. A filha pediu comida italiana. Eles teriam concordado com quase tudo que ela pedisse. Qualquer raiva por serem enganados, pelas decisões ruins, foi toda eclipsada pelo fato fundamental de que a filha deles estava saudável e bem.
— Foi bom não saber que você estava perdida — disse Jerry. Mal tinham tocado no macarrão deles, enquanto McKenna já tinha devorado sua salada, a maior parte do pão de alho e metade do prato gigante de *conchiglione* recheado. — Acho que não teríamos sobrevivido.
McKenna assentiu. Mesmo que tivesse acabado de sair do banho, com o cabelo solto, limpo e brilhante, ainda tinha as roupas encardidas e manchadas como a de uma pessoa em situação de rua.
— Me desculpa, mesmo — disse McKenna. — Desculpa por ter mentido pra vocês. A única coisa que quero dizer é que o pensamento

de não fazer, de não caminhar a trilha, era tão terrível. Era algo que eu *tinha* que fazer, e não podia deixar ninguém ou nada ficar no meu caminho. Sabe?

Sua mãe se recusou a concordar com isso. Ao mesmo tempo, tinha que admitir que estava impressionada.

Jerry, por outro lado, não podia deixar o momento passar sem dar uma lição:

— Eu nem vou entrar na história toda, sobre mentir pra gente. Mas quero que pense no perigo em que se colocou. A primeira regra da trilha, especialmente se estiver sozinha, é sempre avisar alguém sobre onde você está. Aquele truquezinho que armou com a Courtney poderia ter te matado.

— Pai — disse McKenna —, você acha que eu não sei o perigo em que me coloquei? Eu *vivi* o perigo. Acredita em mim. Nunca mais quero passar por aquilo de novo. Não quero passar nem perto do que passei novamente. Quando digo que sinto muito, é de verdade. Mas é muito mais do que estar arrependida. Mais do que uma lição de moral.

Algo muito profundo mudou nela, pensou Quinn. A McKenna que acenou e se despediu na garagem em junho tinha sido uma garota corajosa. A pessoa sentada à sua frente agora era uma mulher de sucesso. Alguém que deveria ser ouvida. Alguém que deveria ser respeitada.

— Aquele garoto — ela disse. — Você salvou a vida dele. — Quinn queria fazer mais um milhão de perguntas sobre ele: de onde tinha vinha, quem era. Mas em vez de perguntar, esperou McKenna contar.

McKenna concordou com a cabeça e deu mais uma mordida.

— Estou orgulhosa de você, querida. — Quinn levantou a mão para sinalizar para o garçom que queria pedir mais pão de alho. A comida ali era surpreendentemente boa. — Mal posso esperar para levá-la para casa.

McKenna colocou o garfo na mesa. Podia ser uma nova mulher, mas havia um olhar familiar surgindo. O tipo de olhar de determinação e recusa de sentir medo que a caracterizava desde que era um bebê. Quinn sabia exatamente o que a filha diria e tentou se inspirar na coragem dela para absorver aquilo e aceitar, porque já sabia: não tinha nenhum poder de decisão.

— Não vou pra casa — respondeu McKenna. — Vou voltar para a trilha. Tenho que terminar.

ALGUMAS HORAS DEPOIS, McKenna estava sentada no centro de convenções do hotel. Seus pais tinham reservado um quarto ao lado do deles. Ela esperou até que a beijassem e abraçassem dizendo boa-noite antes de descer para checar meses de e-mails e mensagens no Facebook. Depois do jantar, seus pais lhe contaram sobre Buddy, e seus olhos ainda estavam vermelhos de tanto chorar. Pensou em como a casa deveria estar vazia sem ele. Como deveria ter sido difícil para Lucy, ainda mais sem McKenna por perto. Entendeu o motivo de os pais não levarem a irmã nessa viagem, mas não via a hora de poder abraçá-la.

Tinha algo mais difícil no mundo do que deixar as pessoas que amamos ir embora?

Passando por todos os e-mails, McKenna encontrou um remetente desconhecido com o assunto "Foto da Ponte". Em poucos segundos a imagem de um tempo e lugar diferentes encheu sua tela. McKenna e Sam, juntos, na passagem de pedestres que levava ao estado de West Virginia.

Os olhos dela naturalmente foram direto para Sam, seu rosto e sorriso. A luz estava perfeita, limpa e brilhante, sem sombras. McKenna até podia imaginar aquela foto em um porta-retratos no seu quarto, um lugar para que sempre pudesse olhar.

Desviou os olhos de Sam e olhou para si mesma. A garota com sardas, sorridente e feliz. Apaixonada. McKenna ainda estava apaixonada enquanto olhava para a foto; agora, mais do que nunca. Se vivesse mais cem anos, nunca deixaria de olhar para ela e sentir um calor no coração, um tipo de sentimento bom em relação a ele.

Queria até dizer em voz alta, com o recepcionista do hotel em sua mesa a alguns metros de distância.

Eu te amo, Sam.

Mas não disse nada.

As lágrimas que se juntaram para Buddy agora tinham companhia. Sam estava em uma cama de hospital, pensando que não tinha nenhum lugar para ir. Mas ele tinha uma opção.

Depois de McKenna contar para seus pais que não voltaria para casa (ficou impressionada como eles não tentaram impedi-la), também disse que não iria para Ithaca após o Natal. Porque sabia de alguém interessado em pássaros que seria um ótimo ajudante e poderia começar antes, desde que Al Hill não se importasse em trabalhar com alguém de muletas.

Podia notar nos olhos do pai o quão orgulhoso ele estava por a filha ter cedido seu trabalho. Por tudo.

Algumas coisas não acontecem como você imagina. Aquela garota da foto, reluzente, inocente e apaixonada: McKenna tinha uma ou outra coisa para dizer sobre bater o pé e confiar em sua intuição. E sabia que aquela garota entenderia. Tinha que terminar o que havia começado. E, depois, voltaria para casa e trabalharia como garçonete até as aulas começarem.

E Sam precisaria encontrar seu caminho fora da floresta. Poderia dar a ele um começo, mas era só isso.

Sabia que era o que tinha de fazer e também sabia que seria muito mais difícil do que salvar os dois da floresta.

Pela manhã, McKenna e sua mãe compraram algumas roupas e um novo iPhone. Depois, dirigiram até o hospital. Até o momento, os pais não tinham feito muitas perguntas sobre Sam, e mais ou menos aceitaram a versão sucinta:

— Um amigo que conheci na trilha.

O que era verdade, mas não era nem perto da metade da história.

— Vou esperar aqui – disse a mãe, na recepção do hospital, procurando o celular na bolsa e sentando-se em uma cadeira.

McKenna parou na entrada do quarto de Sam. Podia ver que ele já não estava mais conectado ao soro. Havia uma bandeja ao seu lado, com os restos do café da manhã esperando para serem levados. Uma mulher estava sentada na cadeira ao lado da cama, mostrando papéis em uma prancheta. McKenna observou Sam, que parecia estar ouvindo, mas não muito concentrado. Acenava com a cabeça e depois assinou em alguns lugares que a pessoa apontou. Mesmo com a barba crescendo no queixo – o mais próximo de uma barba que McKenna tinha visto nele –, ainda parecia uma criança, sentado ali, com a roupa de hospital aberta atrás do pescoço, concordando obedientemente enquanto a mulher falava.

Depois de alguns minutos, a mulher se levantou, deu um tapinha no ombro de Sam e foi embora, passando por McKenna como se ela não estivesse ali.

Ela entrou no quarto. Foi a primeira vez que o viu consciente e acordado desde que o deixou na cabana. Estava determinada a não fraquejar. Mas sentiu o nó na garganta ao ver seus olhos pequenos se abrirem quando a viu.

Isso, McKenna pensou, *é amor*. Duas pessoas se olhando, tudo dentro delas se abrindo com felicidade.

– Ei, Mack – disse Sam. Ela esperou que sua voz estivesse rouca, fraca, mas ele soava normal, exatamente como ele mesmo. – Estou tão feliz em te ver. Eles não querem me dar café.

Ela sorriu. Depois, sentou-se na cama ao lado dele, que colocou os braços em volta dela. Ela o abraçou, seu rosto pressionado no pescoço dele. Abraçou-o forte, mas com gentileza. Depois de um minuto completo, ela se sentou e segurou sua mão. Ainda tinha um pedaço de gaze, com um círculo pequeno com sangue no meio, no lugar onde o soro estava.

– Não vou te dar café – ela disse. – Mas *estou* muito feliz em te ver sentado e corado.

– Corado – disse Sam, sorridente. – Primeira vez que alguém me chama assim. O que aconteceu com seu olho?

McKenna tocou sua pálpebra. Tinha se esquecido de que o inchaço ainda era visível.

— Uma picada de inseto — ela disse. — Está bem melhor do que antes. Quem era aquela mulher?

— Alguém da cobrança do hospital. Tive que me cadastrar em um programa social. Eles vão pagar por tudo. Pelas acomodações luxuosas. — Ele apontou para o quarto com a outra mão, e, na verdade, era bem legal. Privado, com uma TV de tela plana e uma janela grande, as montanhas que o fizeram de refém visíveis a distância.

— Que ótimo — comentou McKenna. Não tinha parado para pensar em como Sam pagaria por tudo. Que vida privilegiada vivia, protegida do mundo em todos os detalhes.

— Tem algumas vantagens em ser pobre desse jeito — disse Sam.

— Não, não tem — McKenna disse determinada. — Sabemos que não.

O sorriso de Sam desapareceu. Ela notou que o rapaz não esperava que as coisas ficassem tão sérias tão rapidamente. Ela pensou no que ele *realmente* esperava, para onde imaginou que a conversa iria dali. Ela pegou uma sacola e deixou em cima da cama.

— Lembra que te disse que diria o quanto sinto muito pela sua mãe quando estivéssemos no quarto de hospital com um gesso no seu tornozelo?

Sam assentiu.

— Bom, eu sinto muito — disse McKenna. — Sinto muito, Sam. Pela sua perda, pela sua mãe. Por tudo o que você passou. Você merece coisa melhor.

— Obrigado — respondeu Sam. Sua voz era difícil de interpretar. Seu rosto estava sem expressão.

— Compramos algumas roupas pra você — ela completou. — Jeans, camisetas, moletom. Um novo par de tênis. Acho que acertei os tamanhos.

Ele olhou para a sacola e piscou. McKenna se lembrou de todas as vezes que tentou comprar algo para ele na trilha e Sam recusou. *Que pena*, ela pensou. *Você vai ter que sentar aí e aceitar ajuda.*

— Tudo bem — ele disse depois de um minuto. — Quer dizer, agradeço, mas tô bem.

— Ah, é? Você vai embora do hospital com essa roupa?

As roupas que Sam vestia quando foi encontrado estavam arruinadas — McKenna imaginou que o hospital já havia jogado tudo fora, e até onde sabia, não encontraram sua mochila. E os tênis estavam oitenta por cento colados com fita isolante.

Sam deu de ombros. Esticou os braços e tocou a alça da sacola.

— Obrigado — disse eventualmente.

— Você pode agradecer à minha mãe — respondeu McKenna.

— Ah, é? Vou conhecê-la?

— Você quer?

Pelo tom de voz deles, parecia que estavam discutindo. Talvez Sam pudesse sentir o que ela estava planejando dizer.

— Ei — disse McKenna. — Sam. De verdade. No que você está pensando? O que vai fazer? Para onde vai?

— Eu acabei de acordar — respondeu Sam.

— Bom, não vão deixar você ficar aqui para sempre. O soro acabou, você já está hidratado. O que eles disseram sobre quanto tempo você ainda pode ficar aqui?

— Não sei — respondeu Sam. — Mais alguns dias.

— E depois?

— Acho que não posso voltar para a trilha — ele apontou para o calcanhar.

— Não. Acho que não pode.

Sam não olhou para ela. Manteve os olhos na sacola de roupas, sem abri-la para ver o que ela tinha escolhido. Finalmente, disse:

— O que você vai fazer?

— Vou terminar. Meus pais vão me deixar no começo da trilha amanhã.

Sam encostou a cabeça no travesseiro e fechou os olhos. Por um segundo, McKenna pensou que lágrimas sairiam por entre os cílios, como cobras. Mas seus olhos estavam secos. Ele colocou a mão que McKenna não estava segurando em sua cabeça, tocando o topo do seu crânio. Dedos largos, fortes, rachados e vermelhos. Ela se inclinou e os beijou antes de se sentar novamente.

— Sam. Escuta.

Com pressa, contou seus planos sobre ele ir para Ithaca e trabalhar para Al Hill.

– Ele tem um lugar pra você ficar, um apartamento em cima da garagem. Está incluso no pagamento. Era lá que eu iria ficar.

Sam ainda não abriu os olhos.

– Como vou chegar lá? – perguntou.

– Meu pai vai comprar sua passagem de avião. Você pode pagar de volta quando puder. Sabe, com o seu salário.

– Uau – disse Sam. – Você pensou em tudo.

– Não – ela respondeu. E então, porque isso tudo ainda não tinha soado sincero: – É só uma sugestão. Ninguém está te dizendo o que fazer. Nós só estamos te dando opções.

Ele abriu os olhos, aquele azul impossível.

– Nós – ele disse. – Engraçado. Lembro quando *nós* éramos eu e você.

Ela não ficou surpresa quando respirou e se sentiu ofegante.

– Escute – respondeu Sam. – Antes de você continuar, escute. Porque preciso dizer primeiro.

McKenna assentiu, segurando as mãos. Sentia-se de duas maneiras. Queria ir embora, pra longe daquele quarto, para a parte difícil acabar. E também queria ficar ali, não importava onde Sam estivesse, com ele, para sempre.

– Obrigado – disse Sam. – Obrigado, McKenna, por me salvar. E me desculpa. Desculpa por quase... – Ele parou para se recompor. – Desculpa por quase ter matado a gente. Você estava certa, e eu estava errado. Se tivesse te escutado, não estaríamos aqui. No hospital. Com você prestes a terminar comigo.

Parecia tão estranha a frase *prestes a terminar comigo*. McKenna nunca tinha ouvido Sam falar sobre termos convencionais, como *namorado* ou *namorada*, ou até *relacionamento*. Certamente nem *terminar comigo*.

– Mas esse não é o ponto – continuou, antes que ela pudesse contradizê-lo. – A parte de *terminar*, quero dizer. Não estou reclamando. Estou agradecido. Está ouvindo? Gratidão que nem consigo expressar em palavras.

Ele pausou. McKenna o conhecia o suficiente para saber que ele queria dizer *Eu te amo, Mack*. Mas não disse, porque não queria tornar a situação ainda mais difícil para ela. Uma onda de amor a invadiu. E ela não lutou contra.

— O principal — ela disse — é que você precisa aceitar. O trabalho. O empréstimo. Tá? Se você... está grato por mim, essa é a maneira de agradecer.

— Não parece que estou agradecendo. Parece que estou tirando muito de você. Deixando você fazer tanto por mim, quando já fez tudo.

McKenna inclinou-se para a frente e colocou suas mãos na cama, ao lado dele, como se estivesse rezando, o que, de certa forma, estava.

— Sam — ela respondeu. — Algumas pessoas precisam de uma mãozinha. Sabe? E tá tudo bem. A razão pela qual eu vou voltar pra trilha, a razão pela qual eu vou pra faculdade ano que vem... é porque pessoas, meus pais, me ajudaram a vida toda. E você não teve isso. Você sobreviveu e se transformou em você, uma pessoa incrível, mesmo quando todas essas mãos estavam tentando te segurar e te bater. Então, por favor. Aceite essa mãozinha que estou te oferecendo. Porque você merece, Sam.

Ela observou seu rosto, tentando adivinhar o que ele estava pensando. Mais do que qualquer coisa na vida, queria que Sam concordasse com isso. Seu rosto estava tão sério, pálido, não via nenhuma resposta.

Quando finalmente disse algo, sua voz soava clara, serena e calma.

— Será que você não gostaria de passar o inverno em Ithaca? — ele disse. — Quando terminar a trilha. Vem morar comigo.

Ela engoliu em seco.

— Eles nunca me deixariam ir — ela respondeu. — Meus pais. E Al não permitiria, se eles dissessem não.

Com medo de ter dado uma razão para Sam não aceitar o trabalho, ela rapidamente adicionou:

— De qualquer maneira, tenho que trabalhar no restaurante. Prometi a meu pai que pagaria pelos custos da trilha. E depois, no outono, vou para o Oregon. Nós só temos 18 anos. E você tem que encontrar uma maneira de terminar o colégio. Ir para a faculdade. Você é tão inteligente, Sam.

— E todos os *Eu te amo*? — disse Sam, com a voz murcha.

— É exatamente por eles que estou fazendo isso — ela respondeu. Sua voz soou mais como um sussurro, por um momento não teve certeza se ele a ouviu. Mas então viu um gesto, quase imperceptível, um movimento leve do seu queixo, como se estivesse pensando em assentir.

— Não é como se eu estivesse dizendo que nunca mais vamos nos ver — completou. — Porque eu espero que sim, Sam. Você não sabe como espero que sim.

Ele começou a balançar a cabeça, mas mudou de ideia e concordou, olhando para McKenna com cuidado. Então, colocou a mão sobre as dela, sua palma grande facilmente segurando as duas mãos da garota.

McKenna juntou um pouco mais de forças. Não conseguiria continuar por muito mais tempo. Parte dela estava desapontada com o fato de que Sam não estava sendo mais resistente com o fim. Mas outra parte sabia o porquê. Então, ela continuou:

— É muito cedo para planejar o resto de nossas vidas agora.

Sam estava determinado, desde o momento que McKenna entrou no quarto, a não mostrar o quão fraco se sentia, quão estremecido. Queria se parecer consigo mesmo, o garoto que era antes de convencê-la a sair da trilha. Antes de quase matar os dois. Queria parecer como o Capitão John Smith, alguém que sobreviveu, alguém que poderia salvá-la em vez de alguém que precisava ser salvo.

O que era bem difícil quando se estava em uma cama de hospital, usando um vestido que amarra nas costas.

Além disso, a situação em que se encontrava, recebendo uma oportunidade em uma bandeja de prata. Sam não sabia se já tinha visto uma bandeja de prata na vida. Provavelmente na casa de Mack eles tinham uma gaveta cheia delas. Mas não queria pensar assim e agir de maneira agressiva e com desdém, como teria agido antes. Tudo o que queria agora era puxá-la para perto dele.

E ali estava McKenna, calmamente lhe dizendo que tinha uma vida para viver.

Sam segurou as duas mãos dela – juntas pareciam um punho pequeno – e as colocou perto dos seus lábios. E as beijou. Como suas mãos podiam estar tão macias depois do que passaram?

Tudo o que ele queria era convencê-la do contrário. Sabia que não seria difícil. Sabia que ela o amava muito. Estava escrito em seu rosto. Estava marcado em cada coisa que fizera por ele – conseguir um trabalho e um lugar para morar. Não só o salvara de uma vida miserável, mas dera duro para que ela fosse bem menos ruim.

Graças a ela, finalmente tinha um lugar para ir. Gostaria que esse lugar fosse ao seu lado. Mas entendia por que não podia ser. Pelo menos por ora.

– Ei – disse McKenna –, a vida é longa. Quem sabe o que vai acontecer daqui pra frente?

– É – respondeu Sam. Ele riu um pouco, esperando que não soasse tão amargo. – Vamos manter contato. Podemos ser amigos de Facebook.

– Sam.

– Ou talvez eu serei a primeira pessoa com um diploma de supletivo a conseguir uma bolsa para a faculdade Reed.

– Não ficaria surpresa – comentou McKenna. – E eu amaria isso.

– Oregon. Muitas trilhas para a gente se perder.

– Ou ficar nelas.

– Certo – respondeu Sam. – Da próxima vez ficaremos juntos na trilha.

Depois de todas as suas fantasias sobre salvá-la, resgatá-la, ela tinha sido a pessoa que o resgatou. Então, se o que tinha de fazer para retribuir o favor era deixá-la ir, aceitaria a troca. Não era o momento para ser fraco. Não era o que sempre quis, saber que Mack conseguiria ir embora se precisasse? Porque ele a amava. Alguém, em algum lugar, deve ter feito algo certo. Porque Sam sabia o que tinha de fazer por alguém que amava.

– Obrigado, Mack – ele disse.

– De nada, Sam.

E se beijaram, sem que o corpo deles se encostasse; o maior esforço conjunto para manter as despedidas em nada além de beijos. Depois, McKenna passou a mão na cabeça de Sam, tirando o cabelo de sua testa. Ele pensou se algum rosto em toda sua vida seria tão bonito e tão importante quanto o de McKenna.

— Te amo — ela disse.
— Eu também te amo.

E mesmo assim, ele a deixou ir embora.

Esperou até que os passos leves tivessem sumido no corredor, que as portas se abrissem e fechassem a distância. E então fez o que não fazia havia um milhão de anos, desde que sua mãe tinha morrido: chorou.

Foi bom. Sentiu o expurgo, a cura e muita sinceridade. Como se as lágrimas estivessem prontas havia anos, desde sempre. E agora, a coisa mais dolorosa, o suficiente para libertá-las, tinha finalmente ocorrido. Uma coisa a mais pela qual agradeceria a McKenna se a visse novamente.

EM UM DIA CLARO E FRIO nas Montanhas Smoky, depois de três dias de chuva e refeições regulares, McKenna voltou para a Trilha dos Apalaches. Era o primeiro dia de novembro, seu celular estava com a bateria carregada e protegido por uma capa antiqueda. Sua mochila estava um pouco mais pesada do que o normal, cheia de roupas quentes e uma boa carga de alimentos. Seus pais a levaram no carro alugado até o começo da trilha e se despediram. Não disseram nada como *Juízo* ou *Use a cabeça*. Apenas disseram *Tchau, Divirta-se e Nos vemos em algumas semanas – mas você vai mandar uma mensagem hoje à noite. Certo?*

– Certo – prometeu McKenna.

Ela caminhou para a trilha sem olhar para trás para vê-los se despedindo. Apenas continuou andando. Um pé na frente do outro. As montanhas silenciosas à distância. Nem cruel nem despreocupada. Apenas ali.

Passou pelo lugar onde vira Walden. Ali, nas duas árvores onde Sam, depois ela, saíram da trilha. Todos esses dias depois, não via nada de marcante naquele local; folhas cobriam qualquer pegada que tivessem deixado, e não havia galhos quebrados. McKenna não parou para observar. Apenas passou reto, notando as marcações brancas nos troncos alguns passos adiante.

Caminhou. Sentindo-se muito mais forte do que naquele dia, não tanto tempo atrás, quando tentou escalar a Katahdin. E, ao mesmo tempo, sabia que estava buscando forças no mesmo poço de antes, dentro dela, e que ele floresceria sempre, desde que fosse esperta o suficiente para ouvir sua voz interna da razão.

Tinha tanta sorte.

Pendurados no lado de fora da mochila estavam seu apito e o spray de pimenta. E também a bússola, que Walden a ensinara como usar. Daquele momento em diante, saberia a direção em que estava caminhando sem a necessidade de baterias ou de uma torre de celular.

Vinte e quatro quilômetros, um ritmo excelente, especialmente para o primeiro dia de volta. McKenna sentiu a euforia usual ao tirar sua mochila. Armou a barraca, depois vestiu seus novos casacos de flanela, gorro de lã e o casaco antigo. Também levou uma jaqueta extra, no caso de ficar frio demais nos próximos dias. Mas por ora, mesmo com o sol se pondo e a altitude, estava tudo bem.

Enquanto fervia água no fogão, abriu a sacola de comidas congeladas e escolheu um *pad thai* e algumas cenouras pequenas. Antes de começar a comer, pegou o celular e enviou uma mensagem aos pais dizendo que estava tudo bem, quantos quilômetros tinha caminhado e onde estava acampada. Prometeu fazer o mesmo todas as noites. Era o justo a se fazer.

No dia seguinte, eles levariam Sam ao aeroporto. *Cuidem bem dele*, ela escreveu, mesmo sabendo que eles o fariam. Pensar em Sam a deixou com um nó na garganta, e derramou algumas lágrimas.

Não teve muito tempo para chorar, porque ouviu um barulho na floresta e viu um animal ofegante e peludo que parou à sua frente, balançando o rabo, babando: era Hank. McKenna o abraçou.

— Hank! — exclamou. — Obrigada. Obrigada por salvar nossas vidas.

Ele chacoalhou o rabo um pouco mais e lambeu seu rosto, depois sentou-se ao seu lado para dividir as cenouras.

A água ferveu. McKenna jogou o macarrão na panela. O sol se pôs e ela tremeu um pouco, aproximando-se um pouco mais de Hank.

— Escuta — ela disse. — Você vai dormir na minha barraca hoje. Tá? E não vai sair correndo.

Hank balançou o rabo, feliz ao som de sua voz, e também pela porção de *pad thai*, quase metade do prato, que comeu em sua própria cumbuca.

Era bom estar sozinha. E, ao mesmo tempo, era bom ter companhia. Na barraca, Hank ficava aos seus pés. McKenna se enfiou no saco de dormir, sua respiração já se juntando no teto vermelho da barraca. Seus ombros doíam. Suas pernas doíam. Todo o seu corpo doía. Juntou todos os pedaços para descansar, para que pudesse acordar na manhã seguinte e começar tudo de novo.

Não havia dúvida. A essa altura, tinha certeza absoluta: ela seria uma em cada quatro pessoas que começava a trilha e de fato a terminava.

Hank dormiu dentro da barraca todas as noites. Caminhou ao seu lado até a Geórgia, até a última marcação da Trilha dos Apalaches. McKenna teve de subir a Montanha Springer para alcançar o final e, lá no alto, assinou o primeiro livro de registros de sua travessia, no terminal do sul.

— Consegui — McKenna escreveu enquanto pronunciava as palavras em voz alta para Hank. — Caminhei todos os quilômetros da Trilha dos Apalaches.

No registro, ela adicionou a data em que tinha começado e depois checou o celular para adicionar a data em que terminara o caminho. Depois, desceu a montanha. Hank a acompanhou. Ele também estava lá quando ela voltou com seu último selo no passaporte, no Hostel Hiker em Dahlonega, esperando pacientemente como um cachorro que não só era manso como treinado.

— Consegui, Hank — ela repetiu. — Você acredita?

Já tinha enviado uma mensagem aos pais e avisado que alugaria um carro em vez de usar sua passagem de avião para voltar para casa. O que significava que ainda precisava alugar o carro. No meio do caminho, ela teria de visitar um veterinário para dar as vacinas a Hank. Então, teria de comprar dois x-burguers — ela estava faminta —, sem mencionar o banho quente (ou, no caso de Hank, um banho de banheira). E provavelmente teria de comprar uma coleira. Estavam de volta à civilização agora.

Mas, antes de tudo, McKenna se sentou no chão e colocou seus braços ao redor do cachorro. Seus pais ficariam tão felizes com a notícia de que a trilha tinha acabado. Tinha conseguido, chegara em segurança e estava mais forte do que já havia se sentido em toda a sua vida.

A adrenalina que experimentou ao pensar em tudo aquilo quase a fez colocar a mochila nas costas novamente e voltar para a trilha – de volta para o Maine.

Mas, por ora, a travessia tinha acabado. Foi forte o suficiente para terminá-la viva. Era oficialmente uma trilheira raiz. Agora, só tinha que descobrir se era forte o suficiente para sobreviver e ter sucesso no mundo real.

— Acho que vou conseguir, Hank — ela disse.

O cachorro chacoalhou a cabeça e McKenna ouviu a voz dentro de si, clara como qualquer coisa que já tinha ouvido na vida. Uma voz rouca, cheia de bom humor, com uma dose de bravura e — mais notavelmente — amor. *Você sabe que vai, Mack*, ela disse.

McKenna se levantou, colocou a mochila nas costas e saiu caminhando para enfrentar o resto de sua vida.

Nota da autora

A rota de McKenna na Trilha dos Apalaches é ficcional. Se este livro te inspirou a caminhar por alguma parte da travessia, por favor, use um guia oficial como o *The Appalachian Trail Thru-Hikers Companion*, de Richard Sylvester, ou o *The A. T. Guide (Northbound or Southbound)*, de David "Awol" Miller. Mais informações sobre o planejamento da viagem estão disponíveis no site *Appalachian Trail Conservancy*: www.appalachiantrail.org.

Desejo a todos uma viagem segura e feliz.

Agradecimentos

Agradeço a Peter Steinberg por ter me dado essa oportunidade. Trabalhar com Pete Harris e Claire Abramowitz foi a coisa mais divertida que qualquer pessoa poderia fazer, e estou muito agradecida por terem confiado nesta história. Obrigada, Shauna Rossano, por sua graça e paciência, você é a mais inteligente e amável dos editores.

Obrigada à Jen Besser, Chandra Wohleber e todos do grupo de Jovens Leitores da Penguin.

Este livro foi composto com tipografia Bembo Std e impresso em papel Off-White 70 g/m² na Formato Artes Gráficas.